外地巡禮

「越境的」日語文學論

西成彥___著　謝惠貞___譯

臺灣版序文

西成彥
立命館大學尖端綜合學術研究科名譽教授

自從進入東京大學比較文學比較文化專業的研究所之門，也快要邁入45年了，在大學時代專研法國文學的我，突然為波蘭文學的魅力所擄獲（我想與遭逢波蘭電影風潮的關係頗深）。當時我心想，只要能在比較文學此一範疇底下，心無旁騖地研究波蘭文學的話，也就心滿意足了。

然而實際踏入波蘭文學研究之後，我明白到如果我沒有先設定一個和想像「日本文學」及「法國文學」形式相異的「文學史觀」，我是無法論述「波蘭文學史」的。

其中一個原因是，和蕭邦同時代的《塔德伍施先生（Pan Tadeusz）》的作者亞當・密茨凱維奇（Adam Mickiewicz）、《橫渡大西洋（Trans-Atlantyk）》的作者維爾托德・貢布羅維奇（Witold Gombrowicz）或者1980年獲得諾貝爾文學獎的切斯瓦夫・米沃什

（Czesław Miłosz），他們即便使用波蘭語書寫詩和小說，卻是以巴黎、布宜諾斯艾利斯和美國舊金山灣區等異鄉土地為據點活動的詩人和作家，但也在波蘭文學史上具有重要的意義。（屬於在波蘭土地之外書寫的波蘭文學）

再者，如同《吉姆爺（Lord Jim）》約瑟夫・康拉德（Joseph Conrad）和《異端鳥（The Painted Bird）》的作者傑茲・科辛斯基（Jerzy Nikodem Kosiński）這樣，無論波蘭作為一個國家的存亡與否，皆抱持著波蘭人的自覺，雖然以波蘭語為母（國）語，卻選擇以非波蘭語來書寫的作家，也為數眾多。（屬於以異國語言書寫的波蘭文學 A 類）

此外在波蘭作為一個國家存續的時期當中，也存在著許多使用國語波蘭語之外語言書寫的作家。其中像以撒・巴什維斯・辛格（Isaac Bashevis Singer）這樣的意第緒語作家，也在離開波蘭之後，承受對波蘭的鄉愁之苦，卻持續創作不輟。（屬於以相異語言書寫的波蘭文學 B 類）

再者，論及波蘭的記憶，主要浮現的便是，在集中營內艱辛的經驗。然而解析人生經驗當中這段時期的意義，便是其文學創作主要目的的有：普里莫・萊維（Primo Levi）、艾利・魏瑟爾（Elie Wiesel）、因惹・卡爾特斯（Kertész Imre）等作家群（屬於以相異語言書寫的波蘭文學 C 類）。

覽觀上述事例，復又自問「日本文學究竟為何物」之際，我便不禁開始思忖著，「日本文學」當中，也有「在日本之外＝外地書寫的作家」，還有「雖然有著日本人以外的身份認同，但使用日語書寫的作家」，或是「擁有部分日本人身份認同，卻作為日裔少數族群，以日語之外的語言書寫的作家」。將之各自適切標註、描繪的文學史，有其撰寫之必要。

日本文學，並非僅由日本人和以日語為第一語言的人類所佔有。日本人即便在以日語為國語之外的地區活動，也堅毅地綻放自家燦爛。

倘若人生經驗，肇因於日語而蒙受心理創傷，這些人們的文學，即便未以日語書寫，也承受著日本（語）的烙印。透過這樣的思考迴路，我思欲摸索多元的日本文學，因而出訪了我的「巡禮」之路。

進而為了完成此書，而更向前邁出了一步。我尋思著，若欲得見「日語文學」的多樣性，必須加注自身的課題是：曾經大量產生並且至今依然孕育「以日語執筆的作家」的臺灣，以及它在「華語文化圈」當中所占有的位置。

倘若我們說，日本這塊土地，內部包含許多「他者」卻又將之彈出；或者大量產出自發性地向外擴散、選擇成為「他者」的人們。那麼僅僅分析從日本統治起始以降的臺灣，狀況也雷同相仿。再者，日本人的移動和臺灣人的移動，雖然由於是在鄰國而無法避免，但持續相互連動而交錯著，也是事實。

如此的關係，在思考波蘭時，也如出一轍。如果排除與俄羅斯和蘇聯、德國、法國、英國、美國之間所培育出來的關係，「波蘭文學史」是不存在的。

我之所以現在仍然能夠持續身為一個「比較文學者」，完全是因為年輕時期接觸了波蘭文學的緣故。

日本的比較文學，是從日英、日法、日德、日俄等大國間的比

較研究（以影響研究為基礎）起家的。時至今日，日本仍然屬於構想著躋身上述列強之一，並擘劃「帝國文學」的陣營。因此，應當以「比較宗主國文學研究」的形式，由後殖民的研究領域來繼承之。

然而參照波蘭文學，我所構想的方法是，對於「保留了人類移動與異文化接觸痕跡的文學」進行交互比較。此一方法，可以彌補「比較宗主國文學研究」這個方法，補足其常常必須優先考量「宗主國與殖民地」這種「非對稱性」的缺陷。而且能夠仔細拾綴打撈到「比較宗主國文學研究」容易疏漏的議題，不失為有效的研究方法。

因而，我相信未曾系統性學習過臺灣文學的我的解讀，據此也得以成立。

再者，我想此書堪稱是，我與為數眾多的臺灣文學研究者以及臺灣的日語文學研究者相識相知的機緣，所惠予我而誕生的副產品吧！本書之所以得以有中文版面世，也是由於這些學者們的盡力。

特別是，先前在申請國際交流基金出版補助之際，付出辛勞翻譯的謝惠貞教授，以及為我撰寫書評和推薦文的黃英哲教授、大東和重教授、三須祐介教授，還有在我邀請他們讓我將其精闢書評收錄此書之時，爽快慨允的三木直大教授、翊木伸明教授、日比嘉高教授。在此獻上我由衷的感謝！

翊木教授是盎格魯—愛爾蘭文學（Anglo-Irish literature）的學者；日比教授則是專研包含日裔文學等近現代日本文學的研究者。人生何其有幸，與多元領域的文學研究者們，在學問路上有志並行。

再者，回顧我初嘗文學研究秘奧的當年，對於彼時啟發我的老師和同儕們，以及華沙留學時代，以微笑包容我這個日本人對波蘭文學熱烈訴衷的華沙大學老師及同學們，藉此機會表達我的謝意。

於今此景，特別能夠深切體認到，學術研究絕非僅憑一人之力，而能畢竟全功的。

2021年9月5日

西成彥

目　次

I

日語文學的擴散、收縮、離散

1. 外地與原住民文學

在現代的日本，「外地」一詞已然成為死語。因為在戰敗的同時，日本放棄了包含作為傀儡國家的「滿洲國」在內的所有的「殖民地」。然而，雖說如此，現在的日本，也並非和從前的「內地」完全一致。現在的北海道，有內地人組織性地開始移住，是設置開拓使（1869年）之後的事。其後，移住者們仍然自認是「內地人」。我們應該可以認為，這是他們每天進行著追認動作，追認過去的「蝦夷地」[1]並非日本人土地的這個史實。愛奴族經常稱呼從內地來的移居者叫做「シャモ＝鄰人」或「和人」，這同樣是為了進行確認。

---

1 譯註：蝦夷地，是北海道的舊稱。

觀察美洲大陸原住民的歷史和現狀，近代的國境是如何將原住民族的生活圈切斷、碎斷的，便很明白。原住民族被捲入國家間的國境紛爭，被命令從前線退去之事，也屢見不鮮。近代日本，不是作為國境地帶，而是作為國土將所謂北海道（包含樺太及千島[2]）地區占有，以此跨出作為「帝國」的第一步的。

合併蝦夷地之後，愛奴成為「同化」的對象，到如今，無論再怎麼從狩獵採集生活轉變為農耕中心生活，來進行「改善生活」，他們被來自內地的移住者視為「同一」者，幸或不幸地，現狀是經歷了相當漫長的歲月。內地人和原住民族的關係基礎，是建立在只能用「人種偏見」來稱呼的「歧視」構造之上的。《北海道舊土人保護法》（1899年）中的「舊土人」的稱呼，便顯示了這點，然而，近代日本對於「新平民」的歧視，復又加上對「舊土人」的歧視。

明治時期以降，在北海道（千島・南樺太）所產生的文學中，原住民族因為後到的入殖者給予政治上、文化上的壓力而屈服的狀況，在世界各地不乏例證。我認為大體可分成四種類型：

（1）移住（入殖）者的文學：始於以舊士族為母體之屯田兵和大規模農場的擴大或礦工、漁業的近代化同時引進的勞動者（在此之後也包含了朝鮮半島出身者），他們構成了北海道文學的主流（mainstream）。有島武郎《該隱的末裔》（1917年）、小林多喜二《蟹工船》（1929年）、李恢成《再次上路之途（またふたたびの道）》（1969年）之屬是代表作。

2　譯註：樺太（庫頁島）及千島皆是日俄間有主權爭議的島嶼。

（2）以傳教、學術調查之名到訪的知識分子所做的原住民族文化之調查報告：英國人約翰·巴契拉（John Batchelor）、波蘭人布羅尼斯瓦夫·畢蘇斯基（Bronisław Piotr Piłsudski）、日本語言學者金田一京助等人即為先驅者。

（3）得到上述知識分子的知遇之恩，從原住民族之中登場的雙語創作者們：《愛奴神謠集》（1923年）的編譯者知里幸惠、《給年輕的同族人》（1931年）短歌詩人巴契拉八重子屬於這類。她們乍看之下，追隨著殖民地主義國家日本的多語言、多文化主義下的國策，然而首要的是，必須將她們視為，透過文字創作對抗「逐漸消亡的愛奴」此一成見的愛奴系創作者吧！

（4）試著正面接受北海道這塊土地的外地性之內地人作家的實驗作品：有初期的嘗試之作，例如，中條百合子的《乘風而來的倭人神）》（執筆於1918年）、鶴田知也的《胡奢魔犬記》（1936年），也有武田泰淳的《森林與湖泊的祭典》（1958年）及池澤夏樹的《靜謐的大地》（2003年）等現代文學中另一種最前線的作品，批判式地重新描繪擁有原住民族的國民國家之成員，所應盡的使命。

以下將焦點集中於，日本人（內地人）和原住民族及當地民眾，在此一「外地」空間中，如何生存？其文學如何處理如此實驗性的「共生」姿態？因日本帝國陸續擴張而成為外地之空間，不僅送進內地人，並強迫內地人以外的當地人使用「國語」，促使了以此「國語」加入文學場域之動向。所謂「外地的文學」，概言之便是內地移住者和原住當地人的「合作」。在展開以下論旨之前，首先想先確認，北海道曾是此種「合作」的Prototype（最初的實驗場）之事實。

2. 侵略大陸、攻略南方

侵入北方的同時，日本帝國也向亞洲大陸及南洋諸島擴大版圖，並推動內地人的入殖。中日甲午戰爭之後，清廷割讓了臺灣（1895～1945年）；日本介入義和團事件後，透過日俄戰爭從俄羅斯手中獲得南樺太地區；以及接受因租借權益轉讓而得的關東州（1905～1945年）、「江華島事件」（1875年）以降，虎視眈眈地瞄準侵略的機會，終至以併吞大韓帝國的形式「合併」朝鮮（1910～1945年）；趁著歐洲戰爭之勢進行軍事占領，其後主動以「委任統治」形式接管了舊德意志領的密克羅尼西亞（1921～1945年）等，皆在此列（關於「琉球處分」之後的沖繩縣，將另立項目論述之）。在這些地區，自19世紀中葉以來，西洋人陸續取得治外法權等權力利益，而與此相抗衡的是，也有與日本相仿地著手建設近代國民國家的大韓帝國等案例，以及像臺灣這樣，自從清朝時代便業已產生了漢民族系入殖者與各原住民族群之間對立式共存的土地。然而，各自越是擁有固有的前史，在從「內地」移居的日本人眼中，這些「外地」越是充滿異國情趣。人口比北海道更為稠密的這些地區上，內地入殖者多為軍人、官員、商人、女性勞動者（「女傭」或「風俗業」）。像北海道這樣，以內地人為中心發起的勞動運動是相對罕見的。然而，也因此，為了鎮壓抗日的民族運動，內地人訴求強權統治（與其說是依法統治，不如說是以武力、警察權力進行的壓制）。

鐵路網的整備、中國航路及南洋航路的擴充，加速了內地和外地的人員往來。內地人所撰的「外地文學」採紀行文形式是大宗，中日、日俄戰爭當時，由森鷗外這樣的軍人及田山花袋等從軍記者獨領風騷的「外地文學」，到了大正時期，儼然成為日本文學中，人人可涉足的新領域。

日本以臺灣總督府為權力核心的臺灣統治，屢屢誘發武裝反抗，尤其是「原住民」所引起的事件。1920年，作為一介旅人訪台的佐藤春夫，留下數篇紀行文形式的短篇。以「原住民」暴動後餘波未定的高地為舞台的《霧社》（1925年），不僅描寫了日本統治烙印在原住民社會中的爪痕，並刻畫在臺灣深山裡苟延維生的原住民女性及日本男女的生活，開拓了「外地文學」新的可能性。《魔鳥》（1923年）則在介紹「原住民」傳說的同時，暗諷關東大地震後，惑於東京的流言蜚語而虐殺了大量朝鮮人的「文明國」，是極具文明批判的作品。「外地」對於眾多的內地人而言，提供了深具魅力的就業新天地。在「韓國合併」後的朝鮮，擔任《平壤日日新聞》記者的中西伊之助，曾因揭露日本對礦山勞動者的壓榨、虐待之由，而經歷投獄生涯。《在赭土中萌芽》（1922年）中，有效地反映了他在獄中與朝鮮收監者的人際關係。即便被收奪土地仍然訴求回復獨立的抵抗者們的運動，無一倖免皆被鎮壓的歷史過程中，強化了朝鮮社會道德的腐敗。對此，他以透過文學呼籲連帶感的姿態所寫出的作品，在日本人所寫的朝鮮文學的嘗試作當中也十分出色。其一部分的作品也被翻譯成韓語了。

另一方面，隨著前往殖民地朝鮮擔任中學教師的父親，在當地

渡過年幼歲月的中島敦，之後任職於帛琉的南洋廳。留駐期間時常懷想著，從小敬愛的R・L・史蒂文生（Robert Louis Stevenson）度過晚年的薩摩亞。將島上有過日本留學經驗的最優秀的菁英女性，描繪成象徵正在近代化途中的太平洋島嶼地區實況的《瑪麗安》（1942年）。日本的1920、1930年代，在西洋文學中對標榜異國情調的作品之介紹也陡然增加，例如英語圈的史蒂文生、康拉德；法語圈的洛蒂、紀德等。在女性島民瑪麗安的書架上，發現岩波文庫的《洛蒂的結婚》的小說段落，可說是正確地反映了這個時代。

上海是以鴉片戰爭後所開啟的英美租界、法國租界為中心急速成長之港灣都市。也有許多企業家和知識分子從日本流入此處。橫光利一的《上海》（1928～1931年），可說是在描寫上海的日語文學當中相當秀逸之作。書中精心安排了感到「肉體所占的空間，不斷地成為日本領土而流淌著」的日本男性，以至在「土耳其浴」工作的日本女性、拋棄革命後的俄羅斯流離於亞洲的俄裔「乞丐和娼妓」、中國共產黨的女性運動家等，諸多點綴了上海的登場人物，一・二八事變當時的國際都市躍然紙上，是為嘲諷地描繪出日本人浪跡亞洲之力作。以文學史回顧二十世紀的上海，光是日語和中文是不夠的，含括英語、法語及俄語的比較文學式的解析，不可或缺。

然而，隨著中日戰爭的激化，包含上海的日本外地，被迫在「大東亞」的妄想版圖中，進行文化重組。以該地區為活動據點的所有創作者是不得不迎接要旗幟鮮明地選擇「親日」抑或是「抗日」的時代。（可以說以日語寫作者當中，變得幾乎沒有「抗日」的選項了。）從1942年到1944年，「日本文學報國會」主辦下所召開的「大東亞文學者會議」，即是明瞭的一例。在此，不僅各個地區代表從日本帝國全區各地，齊聚一堂，連滿洲國及南京政府之下的「親日」作家也受到邀請。雖然以現在的時間點回顧，將之評為鬧劇很簡單，但是不僅是國際級作家會議容易陷入的黨派性和傾向，若不能將如此的作家會議或能開拓之無限可能性列入考量之中，那如此的歷史性評價也無甚意義。

順帶一提，田中英光的《酩酊船（よいどれ船）》（1949年），出席完1949年在東京召開的「大東亞文學者會議」踏上歸途的滿洲國作家受內地之邀前往京城，並描繪出朝鮮新進作家群像的回想體小說。比起內地甚至更為遠離戰場驚怖的外地「御用文壇」被譬喻為「酩酊船」，實為妙得其韻。

3. 海外移居地的文學：北美、南美、滿洲國

日本進軍亞洲，輸出了大量日本人前往外地。雖說如此，但人口稠密的臺灣和朝鮮半島上，作為讓內地小作農移居的「應許之地」，並非條件充足。因而，作為內地人的移居地，夏威夷（1900年後為美國領地）、北美受到矚目（在亞洲，除了其後的滿洲國外，菲律賓達沃市的入殖為最大宗）。1890年代郵船公司和移民公司的想法開始發揮影響力，農村改善事業和海運政策與拓殖政策，形成三位一體的結構（如此的情況在德國的海外移居事業中，可見相似之例）。

然而，北美（特別是美國）不僅只對於農業移民和漁業移民是

希望大陸。內村鑑三和津田梅子這樣到北美東海岸大學的留學生另當別論，自從1880年代開始，前往西海岸的書生（打工留學）絡繹不絕。其背景，在於徵兵法開放海外留學中的男子得以申請緩徵兵，以及在自由民權運動中挫折的年輕人對「自由的聖地」之憧憬。片山潛和幸德秋水的渡美，可說含有高度的政治性色彩。島崎藤村讓《破戒》（1906年）中的主角決心要前往「德克薩斯」。瀨川丑松的渡美，與其說是農業移民，不如說是書生留學，或者說趨近於「亡命」之意。昭和初期谷讓次在〈American Jump（めりけんじゃっぷ）〉系列中所描繪的美國形象，作為一窺日本人書生的美國體驗之例，極為重要。此外，其後，英語詩人野口米次郎（Yone Noguchi），或是舊金山的日語報紙《日米新聞》的創設者安孫子久太郎和其後的普羅文學作家前田河廣一郎等人，皆是在遊學美國時發覺自身天職的個性派日本人。

然而，對於赤手空拳的青年們，或許看似魅力十足的美國風土，由國策制度所派遣的移民們，卻不必然能夠充分滿足其夢想。中國系勞動者遭受的人種主義眼光，同樣也傾注在日本勞動者身上。透過政府間協定而按理說應當被保障的移居名額，也被削減。被烙上「無法同化者」之印記的第一代，便被排斥於市民權之外。移居日本人被迫自行組織日本人社群，依照自身的身分認同，找出表現政治訴求的場域。

身為作家的翁久允，同時也是倡議日本人移居地文藝活動之重要性的理論家。「此後的在美日本人，應終結作為移民的生活，進入成為移居民的時代。接著，過了二十世紀中葉，我們便可以得到，在我們子弟當中產生，以世界性語言——英語，撰寫故事的人才。在他們的時代來臨之前，我們作為中繼者，在日本民族傳統之下，需要繼續吐露在他國所受到的神經痛楚」（此處所謂的「移民」，是「出了日本的出境者」emigrant；所謂「移居民」是「進入美國的入境者」immigrant之意。）1924年，翁久允留下此言，返回日本。該年同時也是日本移居美國計畫被迫全面停止的年份。此後，直至第二次世界大戰終戰為止，北美的日本人社群，進入寒冬時序。

北美移居熱潮退燒之後，轉而受到矚目的是巴西的崛起。搭上咖啡熱潮的巴西，是許多人離開日本前的夢想，但此夢也隨抵達而破碎。以那些從契約農場出走的日本人為中心，日語的新聞業大為景氣，文學熱潮也隨之高漲。海外日人社群中，似乎普遍愛好和歌及俳句者頗多，年少時代受過日本國民教育之後，遠渡巴西的移居者中，從漂洋過海之前便具備文學素養者不在少數。

石川達三的成名作《蒼茫》（1935～1940年）是根據與移民船同行之經驗，所撰寫而成的半自傳性報導小說。未能充分描繪日本人移居者定居巴西的過程，有趕搭同時代「外地文學」流行之嫌。（此小說的「第一部」是第一屆芥川獎得獎作品，而戰前的芥川獎有作為獎勵「外地文學」之功能。）同此時刻，巴西的日語文學，朝向了翁久允曾經高舉的理想邁進，正在築基踏實的途中。而且，巴西的日語文學在第二次世界大戰之後，自稱為「Colonia文學」，希求能自立於「日本文學」之外。

另一方面，1930年代，巴西的同化政策也漸次強化，採用大幅削減移民的政策。因此，作為從日本輸出勞動力的去處，一躍而起的就是，作為大日本帝國的軍事霸權主義的果實，新建立的「滿洲

國」。

原本關東州的租借地（大連）和上海並列為散發異國情趣的「外地」，同屬「外地文學」的名角，同時是現代主義文學的聖地之一。然而，設都於新京（現在的長春）的「滿洲國」，成了新的「國策文學」的實驗場。並且，該處與其他的「外地」不同，在「五族協和」的名義之下，標榜著一種多語言、多文化主義。正如同美洲大陸的日本人移居地，形成日語文學的新據點一樣，他們也夢想著在滿州國讓日語文學大鳴大放。

不過，所謂「滿洲文學」，並未給予人們一種日語文學獨占鰲頭的印象。即便它不過是一個未能得到國際承認的「魁儡國家」，既然自稱「獨立國」，對於非日本內地作家的活動，也要負起一定的責任。滿洲國不僅多所奉承尼古拉・A・巴伊科夫這樣的俄國作家；隨著中日戰爭後日本佔領地（淪陷區）的擴大，作為懷柔中國人的早例，倍為禮遇古丁等中文作家；也鼓吹住在滿洲的朝鮮族積極地參與。

然而，結果看來，「滿洲文學」的構想，最終徒為空中樓閣。多數飽受期待的中國東北地區的中文作家，選擇出逃到抗日文學據點，日語媒體則僅止於提供從內地或朝鮮半島來的轉向作家或前衛作家活動之處而已。當它們開始對生於「滿洲國」、長於「滿洲國」的內地人作家開放門戶之後不久，隨著日本的戰敗，「滿洲國」本身也隨之崩壞。

4. 戰敗與全員撤退

1945年8月15日，約莫660萬的內地日本人，在外地及占領地迎接了戰敗。以活著的狀態。這是超過日本的總人口約7000萬人（保有內地國籍者）的9%的可觀數字。以下茲列出660萬人的所在地作為參考。

- 蘇聯軍管區（滿洲、朝鮮北部、樺太、千島）二百七十二萬人
- 中國軍管區（除了滿洲之外的中國、臺灣、法屬印度支那北部）二百萬人
- 美國軍管區（菲律賓、朝鮮南部、北太平洋島嶼）九十九萬人
- 澳大利亞軍管區（婆羅洲、新幾內亞東部）十四萬人
- 東南亞軍管區（上述的東南亞及太平洋島嶼之外的部分）七十五萬人

從遠東到東南亞，這個日本軍占領區域（日本人進出海外停留的地區），開始步上「去殖民地化」的過程，進行再分割、政治性的重組。值此之際，這個地區的日本人有必要將所有資產悉數放棄。日本方面欲確保日本人的安全，這樣的意向，也與此方針吻合（戰敗後的德國，也是類似的狀況。該地一般使用驅逐「Vertreibung」一詞）。

戰敗後的「民族大移動」使得大量的紀錄文學流通在日本的市場上。多數美化了從軍經驗及冒死撤退（引揚）的經驗，或是懷舊地回憶在「外地」的生活。然而，戰後作家的使命是對於如此的懷舊主題，築起一道名為文學的防波堤。其結果便是，作家們不只同時與戰爭英雄主義對抗，也被迫與伴隨著戰鬥與撤退而來的心理創傷所導致的失語和沉默對抗。《俘虜記》（1947年）或《野火》（1951年）的大岡昇平，自己對自己出了一個課題，對極限的體驗進行文字化的課題。由於本身是從美軍軍管區回來的復員，大岡昇平從日美戰爭末期的緊張狀態下，被美軍釋放，將日本俘虜的經驗，由羞恥的意識轉為罪惡的意識，透過精心計算的文字技巧來描繪。而且，回顧菲律賓的戰爭，只靠自身的經驗為基礎的方法，會變成是助長了戰爭記憶的排他性國民化，因此大岡昇平更深入以《雷伊泰島（Leyte）戰記》（1971年），將菲律賓民眾及美軍視角的雷伊泰島戰役的記憶立體化。

這樣的嘗試，可以說是日本對於歐洲戰後文學的一種回應。不管是日本人或德國人等戰敗國國民，或是被當作滅絕計畫對象的終極受害者猶太人，又或者是即便屬於戰勝國也蒙受極大損害的各國國民，活下來的人們，對於成為犧牲品的夥伴和鄰居，所產生的罪惡感和恥辱、所受的煎熬是相同的。從地獄的戰場活著被解放的人們的餘生（Afterlife）中，有無數的心裡創傷和禁忌意識盤根錯節，無論民族的歸屬和使用語言，內心都抱持著倖存者情節。相同的狀況，我想可以指出長谷川四郎、石原吉郎，將西伯利亞拘留經驗，昇華為文學的例子。

必須渡過戰後艱苦時代生存的，不光是復員者。戰爭中被軍部徵用而被迫擔任國策文學的先聲作家，也在此例。以中日戰爭中的從軍經驗為背景，火野葦平寫就《麥子與兵隊》（1938年）以來，成了被受吹捧的流行作家。然而，戰敗後，除了需要與作為戰爭協力者的罪責和內心糾葛搏鬥外，同時也必須回到日本面對批判的眼光。此外，南方徵用作家林芙美子，以一對日本情侶戰後回顧在日占「法屬印度」的蜜月，寫成《浮雲》（1951年），是有效運用在戰地見聞組併到戰後文學框架的一位作家。對於戰爭協力作家而言，所謂戰後，不光考慮戰敗國立場，而要連法國的納粹協力者（Collaboration）的立場一併考慮。戰後同時意味著必須面對自我偽裝和再次轉向的問題。

相反地，沒有直接強烈感到戰爭責任的年輕世代的撤退者，或者是戰後文學的新世代也登場了。舉例言之，如《終點的路標（終わりし道の標べに）》（1948年）的安部公房，或《日本鬼子（チョッパリ）》（1970年）的小林勝，《金合歡的大連（アカシアの大連）》（1970年）的清岡卓行，《夢物語（夢かたり）》（1976年）的後藤明生等人。只在概念上體驗過「外地」的日本人，和生於外地、長於外地的日本人是有相當大的鴻溝的。這反映在他們聽聞朝鮮戰爭和阿爾及利亞的獨立戰爭之報導的敏感反應和其他某些情況當中。耳聞阿爾及利亞獨立報導的人們，會將自己投射在阿爾及利亞的法國人身上，這是一種生於殖民地的戰敗國民身上特有的敏感。我認為一接觸到平壤廣播時，38度線的記憶便伴隨著壓倒性真實感甦醒過來的話，這是曾經經驗越過38度線的人們所固有的心性。戰前的日本文學，越是帶有國策色彩而消費外地，在戰後日本文學當中，外地便越是在每個人心中蒙上受難的色彩。不過，此處所言的受難並非伴隨著脫離殖民地化的舊殖民地人的那種受難，而是在一種籠統地以撤退統括內地人受難的時代氛圍下，作家們不得不經過道德的審判。（類似的傾向，在德國作家對於舊普魯士的態度中也可得見）。

如此的戰敗後撤退者文學中，武田泰淳和堀田善衛的立場誠屬特殊。在上海迎接戰敗的中國文學者武田泰淳於1944年、於南京召開的第3回「大東亞文學者會議」上也露面了。正因如此，越是執著於描寫戰敗後，日本人在上海生活的醜惡面。再者，1945年春天渡海至上海的堀田善衛，不僅和武田泰淳共有了反思日本人對戰後被稱為「漢奸」者有道義責任，並且把己身也納入漫無目的徬徨於上海國共內戰下的「喪國者」之中，藉此將「橫光利一式的上海」埋葬在過去。

在上海的戰敗體驗，直接叩問了這兩人一個問題，也就是在亞洲作為一個日本人生活究竟是怎麼一回事。這並非只限於日本何去何從。他們強烈關心的目標是東亞的新未來，以及亞非去殖民地化過程的走向。知名的魯迅翻譯者竹內好，在戰敗後主張應該重新追索「亞洲」的意義。和竹內好一同，戰時、戰後的中國通對於日本文壇、論壇所進行的介入，隨著東亞的冷戰越是拉長，越是得到廣闊的影響範圍。

5. 沖繩文學

地處中國南部沿岸地區及臺灣和日本之間交通要衝的琉球，是在清國和日本（特別是薩摩藩）之間摸索著獨自政體的島嶼國家。然而，開始和西洋列強並肩的主權國家體制的明治日本，如同以北邊的「蝦夷地」為軍事基地一般，十分重視作為南進基地的琉球王國。1881年被傳唱的「小學唱歌」、「螢之光」的歌詞如下：「千島之遠奧和沖繩，皆是八洲之防」。二年前的1879年設置沖繩縣（琉球處分），和後來日本在臺灣及朝鮮半島設置總督府來強化支配的「殖民地化」，是相同的。再者，與北海道和朝鮮相比，對於缺乏資源的沖繩支配，可想而之，軍事色彩濃厚。不論是第二次世界大戰末期，沖繩成為決戰之地，或是戰後美國持續重視作為東亞支配的軍事據點的沖繩，都只能歸因是明治維新以後，沖繩地處東亞地區重整後的政治秩序中心，在地政學上的位置所帶來的必然結果。

此外，因為瞥視過內地的產業化，便接受了內地依存型的經濟結構的沖繩，在輸出勞動力到內地的工業地帶和臺灣、密克羅尼西亞等外地以及海外的數量之多也相當顯著。琉球語和愛奴語相比，較接近標準日語，然而日本人較少流入琉球，以及琉球＝日常使用沖繩語之勢並未衰減，因此對於沖繩人實施語言教育，和在臺灣或朝鮮半島上的該行為一樣，伴隨著相仿的暴力。不光是內地，即便是在外地或海外移居地，內地出身者對沖繩縣民的歧視，帶給他們的日本人身分認同一種決定性的扭曲。沖繩孕育了山之口貘、伊波普猷等詩人和學者。然而為了樹立沖繩文學和沖繩學，他們和被強加的同化壓力及歧視的搏鬥，與諸多殖民地出身者的遭遇相通。

廣津和郎在描繪沖繩出身的青年《徬徨的琉球人》（1926年）一作裡執著地描寫刻板印象中的「琉球人」形象，對此，沖繩知識分子群起抗議之激烈，屬於日本國內弱勢族群，對於日本文學中的歧視傾向而發起的論戰之中，初期且重要之例。

1945年春天，沖繩成為美日決戰的舞台，沖繩人不僅受到來自美軍的戰爭暴力，甚至也為日軍（友軍）所傷害。更甚者是戰後，琉球諸島的歸屬曾一度回復白紙狀態（意即琉球人並非日本人，甚至浮現認為琉球人應當與中國人命運與共之見解）。而且，沖繩的基地重建，是以美軍主導所進行，其結果是沖繩在1972年歸還日本以後，其扭曲的空間配置、經濟構造仍然延續至今。互異的前史、被定位為日本國內殖民地的近代史、美軍的佔領及統治，以及保留美軍基地前提下的「歸還」，如此與舊內地（指日本本土或是大和民族）之歷史大相逕庭。沖繩出身者的文學即使以日文書寫，仍然持續追求不被日本文學內部收編殆盡的自立性。

《雞尾酒晚宴（カクテル・パーティー）》（1967年）的大城立裕，以沖繩出身者在中日戰爭中的上海作為一個日本人生活的經驗，以及沖繩女性被強暴的經驗，當作兩相映照的對照鏡，藉此來強調對於沖繩縣民而言，戰爭尚未結束。此外，塞班出身的東峰夫的《沖繩少年（オキナワの少年）》（1971年）當中，不僅透過少年之眼描寫美軍佔領下的沖繩性事百態和想要逃往非內地的南方這種逃避願望，甚至支配了少年的無意識，可說揭示了此種沖繩縣民的集團心理。不同於以東京為中心的內地，沖繩這個場所，潛藏著投向世界的眼光。沖繩的作家們經常以挑戰的形式強調這一點（藉由超越國民國家的地理性想像力來顛覆文學，近來開始展露頭角，是與臺灣的「原住民文學」互通的特徵）。再者，《喬治射殺的山豬（ジョージが射殺した猪）》（1978年）的又吉榮喜，以美軍為主角，描繪積澱在沖繩社會的挫折（frustration）之深沉。《嘉間良殉情（嘉間良心中）》（1984年）的吉田末子（吉田スエ子），從資深娼妓慫恿年輕美軍逃兵，試圖相偕殉情一事，刻劃沖繩的無國籍（橫越國境）的現實。

日語文學中，留下最具問題意識的海外移居小說的，實為沖繩作家。《諾羅埃斯帖鐵路（ノロエステ鉄道）》（1985年），是由大城立裕依據他旅行到沖繩裔移民眾多的南美諸國時的採訪紀錄，寫作而成的短篇集。標題同名作品中，敘事者是一名老嫗，她是1908年最早的巴西移民船、笠戶丸的乘客之一。其後，深入巴西僻地，與丈夫艱苦奮鬥，終於丈夫戰後成為「勝利組」（認為日本戰敗是巴西政府的謠言戰略，狂信最終乘載著皇族的船會來迎接日系人民，並襲擊認為日本戰敗的同胞之集團）的一員。然而，1978年，巴西為了迎接日本皇太子（平成時代的天皇）的到來，大使官的館員勸使老嫗列席在聖保羅舉辦的歡迎儀式。而老嫗則懷想著與亡故的「逃避徵兵」之夫的記憶，希望與之悄靜地在巴西的僻地裡終其一生。日系移民對於日本（以及天皇制）的距離感，相當複雜地扭曲。這並非僅限於移居海外者身上才得見。沖繩縣民大多長期對於作為天皇制國家的日本，保有特有的距離感。在此可以看見沖繩文學的去中心性。

沖繩文學，確實是以日語創作，然而若要問這是否是「日本文學」的一部分，相當難給出「yes」的答案。這是由於，至今仍然殘留著作為「外地的日語文學」的特徵，並且內含了廣大美軍基地的武裝地區，蘊藏著世界級規模的固有問題之故。或許在思考沖繩文學時，應當認為在地政學基礎上的位置，相較於日本文學，更近

於韓國文學及臺灣的現代文學。在日本，以戰敗一詞即可概括諸如東亞各地區及沖繩內戰及冷戰開始的經驗。對這些地區而言，說是被迫接受同一歷史，並不為過。至少，沖繩文學中，不可避免地被填充了日本文學中較稀薄的廣域規模的想像力。

6. 日系文學

在襲擊珍珠港之後，美國、加拿大（以及追隨美國的秘魯等）的日本人、日裔人，被迫受到磨難。大半是不得不開始在敵性國民收容所（轉住中心）的隔離生活，特別是「二世」們，被迫面臨對聯合國忠誠或是對日本忠誠的思想檢測。戰爭中，作為敵性國民而受到人權威脅者，並不限於日本人。那是猶太裔德國人被希特勒驅逐而流亡美國，強制過著難民生活的時代。戰中，無法充分對美國政府要求自身權利的少數族群們，到了戰後開始致力於以各種形式請求回復他們的市民權。其中，日本人、日裔人所受到的殘酷待遇明顯地帶有人種主義色彩，日系社會以此等對待的補償作為抗爭的主體，摸索著和其他少數族群合作的道路。

北美的日語文學，在日本人第一代的高齡化及失去自信的結果下，早在1930年代開始便把主導權讓渡給第二代人的英語文學了。短期內因為「歸美二代」們的參與，戰中的收容所經驗為日語文藝開啟了可能性的道路，然而終究無法逆轉時代的趨勢。在如此這般的演變之中，二代以後的文學，同時主張作為美國市民的權利，也相對於祖父母或父母世代的一代的描繪能力，展現了壓倒性的優勢。

John Okada《No-No Boy》（1957年）這部小說，主在敘述一個對戰時收容所中的思想檢測說「No」的第二代，對美國提出強烈的批判的同時，也展現對於日裔社會毫不留情的攻擊性。此作顛覆日系英語文學的既成形象，在發表當時，遑論批判，簡直受到近乎忽視的對待。不過漸次地受到其他少數族群作家的支持，如今則備受佳評。再者，過去日本帝國對眾多的外地民眾，也施以相同的「思想檢測」，一思及此，便無法將此作單純視為日裔美國人特有的悲劇看待了。

雖然使用了日系作家特有的素材，然而持續廣度叩問作為少數族群而生存的意義，這樣的北美日系作家的活躍，之後令人瞠目結舌。第三代的Karen Tei Yamashita巡遊於美國、日本及巴西，邊寫就了《巴西號（ブラジル丸）》（1992年）等作，描繪了日系人身分認同的去中心化。再者，生於夏威夷的日系第四代Garrett Kaoru Hongo的《火山村（ヴォルケイノ村）》（1995年）是部尋找自我的故事，但其中所描繪的父親與祖父形象，並非僅止於傳達日裔人的悲哀。日裔第三代的敘事者，似乎想訴說他從祖父和父親身上學到了將自身從世界剝離的技巧。對於美國，大聲說「No」的激動，可以說是承繼了John Okada。

另一方面，不同於如此的北美英語圈，戰後再次接受日本的移住計畫的巴西和阿根廷等南美諸國，長期以來擁有日本國籍的移居第一代的文學活動愈見茁壯。戰前移民者松井太郎的《虛舟（うつろ舟）》（1995年），試著刻劃從日系社會隱身消失的第二代。此外，戰後移民Ricardo宇江木（リカルド宇江木）在歸化巴西之

後，著述《花之碑（花の碑）》（2002～2004年）傳世，無拘無束地採用在日本本國可能因為「檢閱」制度而不得不修改掉的素材，追求「Colonia文學」才得以實踐的可能性。另一方面，生於桑托斯的沖繩裔第二代的山里奧古斯特（山里アウグスト），將《七個民工（七人の出稼ぎ）》（2005年）一書，以日語和葡萄牙語刊行，終獲揚眉吐氣。在日本文學中，「亡命文學」之範疇很少能成立，這些作家以日語寫作的情況下，也不會討好本國的讀者和出版業界偏頗的嗜好。「Colonia文學」並非在「日本文學」的內側，而是在其「外部」開花結果。就像美國文學、澳洲文學或印度文學，雖然也在「英語（圈）文學」之中，但並非「英國文學」那樣，吾人可說「Colonia文學」並非「日本文學」吧！曾經的殖民地臺灣、朝鮮和「滿洲國」在追求日語文學新的可能性時，那可說正是致力於在以東京為中心的文壇外部，進行開拓的一大計畫。日本戰敗後，這種「新的日語文學」的可能性，狹義上，相對於在「外地」的潰敗，在南美卻是勇健地存活了下來。

然而，即便在這般的南美土地上，Maximiliano Matayoshi（阿根廷）或是Oscar Nakazato（巴西）這樣的當地語作家，漸次展露頭角，世代交替可以說只是時間的問題了。

7. 在日文學

日本的戰敗就結果而言，引起了日本人全體的撤退。然而，由於日本的戰敗，應當被「解放」的朝鮮半島和臺灣，在此後持續著冷戰狀態，再者中國國民黨所實施的獨裁也長期化，日本戰敗之前四散到日本內地（或是樺太、滿洲）的舊外地籍人們，其中一部分更是被迫再次離散。

即便在戰爭中的朝鮮和臺灣的日語作家中，已屬「親日」派的作家，及難以歸類於此的作家兼而有之。不過，並非因為他們在戰爭時候的選擇，便就此單純的將他們的命運一分為二。站在「親日」首位的李光洙，連恢復名譽的機會都未可得，便被帶往北朝鮮，消失在歷史的舞台了。以民眾派的無產階級作家出發，中途卻「轉向」，轉而書寫了《加藤清正》（1939年）等國策文學的張赫宙，戰後如願歸化日本籍，以野口赫宙之名，持續寫作生涯。再者，金史良《往光裡去（光の中へ）》（1939年）雖然候選芥川獎，然而他從事以朝鮮語創作或將朝鮮語文學翻譯成日文的工作，絲毫不隱瞞自己是朝鮮作家的身分，在日本即將戰敗之前，進入中國的抗日據點，與解放後的朝鮮人民軍一起行動後，病死戰場。此外，《朝鮮民謠集》（1929年）以後，以朝鮮詩的著名譯文，獲得佐藤春夫及北原白秋極大讚賞的金素雲，在戰後雖然回到韓國，卻分別使用雙語進行評論活動，與張赫宙、金史良交情甚篤的金達壽，身為戰後在日朝鮮作家，無庸置疑是第一交椅，享負盛名。

另一方面，臺灣的日語作家張文環積極取材臺灣鄉土素材，操持日本帝國的國策文學之一翼。戰後在中國國民黨的獨裁之下，遲遲無法重返創作生活，卻像是靈光一閃地，以日語執筆回想小說。同樣是臺灣作家，呂赫若「在光復後」，亟欲切換成中文創作，然而卻在國民黨的獨裁統治開始之際，銷聲匿跡。

隨著觀察如此的舊外地出身者的後續發展，得以知曉日本人全

體撤退的過程所擁有的齊一集團性，將日本文學的戰後，導向極為均質化。正因如此，舊外地出身的創作者們的介入，對於戰後的日語文學，持續發揮著「棘刺」的作用。

戰後的日本，對於保有舊外地籍的人們，並不積極主動給予日本國籍。即便是出生於舊內地，若是其父尚保有外地籍，便被排除於日本國籍之外。如此的時期持續甚久。由此，在日第一代和第二代以降者，在權利上並無區別。而且，戰後曾一度返回朝鮮或臺灣的人們，不被許可「再次返國（日本）」，眾多的在日朝鮮人或臺灣人，也被冠上「偷渡入國（日本）」的嫌疑。生於臺灣的邱永漢，是一位抗議國民黨政權，取得香港籍的臺灣出身者。其作《偷渡入國者的手記（密入国者の手記）》（1956年）中傳達了身為舊外地出身者的悲哀。再者，金達壽《偷渡者（密航者）》（1963年）則描繪了朝鮮人的越境體驗。其後，日本和韓國的關係正常化之後，伴隨著在日作家訪問韓國或留學韓國的潮流興起，李恢成《看不到盡頭的夢（見果てぬ夢）》（1977～1979年）、李良枝《由熙》（1988年）等問世，這些作品和金石範《火山島》（1976～1979年）、梁石日《死如焰（死は炎のごとく）》（2001年，其後更名為《夏之焰（夏の炎）》）相同，不僅映照出困擾於日本和朝鮮半島，以及三十八度線這兩種國境的在日朝鮮人的現實，也是出於以堅強意志亟欲透視東亞一直混沌不明的前景，所產生的作品。我認為這是因為舊外地出身者及其後裔，比起日本史，是優先生存在東亞史之中的存在（沖繩作家的獨特性也在於此點）。與特定的國家或國語保持距離，正因為是生發於那邊緣之故，而得以蓄積強韌之能量的「在日（外國人）文學」，比起在

「日本文學」的框架討論，更適合在「東亞文學」的框架討論。

＊我是以服務於形構出屬於「東亞文學史」的「日語文學」「輪廓」之計畫（project）而寫就此演講底稿。在此若能平行地書寫「韓國．朝鮮語文學之輪廓」、「華語文學的輪廓」等種類的素描加以補足的話，便足以完成近似所謂「東亞文學史」了吧！在此之前，先於此進行構想。

冷戰的影響至今仍深刻地烙印在「東亞」，在此，無論是「歷史」或是「文學史」，皆是流動性，且是進行式的。而且，最能顯示「進行式」之處，便是處於各種「語圈」文學之邊緣地位的「邊境（marginal）文學」。

而我想強調的是，歷來的「日本文學」，只能是「定居者的文學」，然而在其中，今日的「日語文學」領先了「移動者文學」這個以廣大區域之人類遷徙為背景的文學，早已刻劃了諸多樣態在其中。李維英雄、楊逸、溫又柔等的華麗登場，在我的觀點上，絕非是只見於「現代」的特徵。雖然改寫這種「日語文學史」的嘗試，才剛見起步，然而我業已在《雙語的夢與憂鬱（バイリンガルな夢と憂鬱）》（人文書院，2014年）中，表達了我個人的觀點。例如關於「雙語主義（Bilingualism）」的議題，是跨越國境、橫亙語圈的「移動者的文學」所無法避而不談的問題。

此文作為活字初次面世，是以「科研費基盤研究（B）現代世界之語言的多層化與多重語言使用所衍生的文化變容之多面向研究」（2001-03年度）的《報告書》（2004年）面貌呈現的。不過，那原本就是從1998年左右，為了投稿國際比較文學會的東亞地區理事所企劃的中日韓三語版《東亞比較文學史》，所準備的。這個出版企劃本身沒有實現，然而承蒙上垣外憲一先生的盛情，得以將之與在國際比較學會里約熱內盧大會上所發表的幾份論文，一起收錄於《二〇〇七年東亞及南美比較文學工作坊報告書》（帝塚山學院大學國際理解研究所，2008年）。不過，本書所收錄的版本，是根據2015年6月7日應邀於淡江大學招開的「移動中的「日本」——空間・語言・記憶國際研討會」中演講的文字稿，亦即收錄於《淡江日本論叢》第32輯（中華民國104年12月）上的最新版本。

II

去殖民化的文學與語言戰爭

1

1955年在印尼的萬隆召開的亞非會議，不只有印尼的蘇加諾、中華人民共和國的周恩來、印度的尼赫魯、埃及的納瑟等大人物的參與，也包括了2年後以「迦納」為名立國的「英屬黃金海岸」等29個國家的元首級人物雲集於此，揭示在東西冷戰當中，以「反帝國主義」、「民族自決」為基調的「第三種」立場，以此為契機，其後便有了「第三世界」一詞誕生，是為世界史級的一次會議。而且，匯集於該地的亞洲各國，以印度以東為限的話，除去泰國，每個國家都是在第二次世界大戰中，受到日本軍占領的地區，結果看來日本的軍事佔領，似乎成了某種「催化劑」，促使這些國家邁向「去殖民化」。雖然馬來西亞和新加坡的獨立，更為錯綜複雜，但是1948年脫離英聯邦的緬甸（當時Burma，現稱Myanmar）、在那

之後經歷了越南戰爭，1954年奠邊府戰役後法軍撤離的越南等舊法屬地，以及舊荷屬的印尼，或是舊美屬的菲律賓等被認為是「亞洲人的國家」的各國，也列名其中。接著，進入1960年代，1955年的時間點上，未能實現政治獨立的非洲和加勒比海地區等舊英屬、舊法屬地的大多數，都取得了政治上的獨立，若以這個層面來看，萬隆會議的歷史意義也極為重大。延續至今的中華人民共和國，開始在世界政治、世界經濟上展現存在感，也是因為這場萬隆會議。對中華人民共和國而言，由中華民國手中實質地奪取代表戰勝國「中國」的國家地位，在這場會議上，握有主導權一事，是極為重要的。再者，值此會議之際，曾經由日本主導的「解放亞洲」（大東亞宣言）的正當性，也有人試圖將此像是事後追認般的文脈帶入會議中。當時，時任日本外務大臣的重光葵，也正是為實施戰爭中的「大東亞會議」而四處奔走的外務官僚。他在萬隆會議中率先提到「亞洲諸國從殖民地主義被解放，朝向自由獨立的天地發展，是日本懇切的願望」，甚至誇下豪語說，「在原本的亞洲式文化上，又加上受過西洋文明洗禮的日本，則是處於特異的立場」，日本「足以發揮連結這兩個世界之橋樑的作用」（宮城大藏《萬隆會議與日本的亞洲回歸（バンドン会議と日本のアジア復帰）》，草思社，2001年，108頁。）

無論如何，與會國家的思考，或許各懷鬼胎、莫衷一是，然而，設下「冷戰體制」的美國與蘇聯的兩大國並未參與，取而代之的是，繼承了戰勝國地位的中華人民共和國，以及戰敗國的日本，慶賀非歐洲世界的全新出發，這種極其扭曲的結構所組成的會議。再者，那也是暫定被17度線分隔的越南民主共和國和越南國同時與會，形成一種動搖「冷戰」狀態的會議。

然而，不顧萬隆會議的盛況，將據點移到曾經是日本的殖民地的臺灣土地上的中華民國，出於與中華人民共和國的對立關係之理由，而不出席；再者南北韓，或許出於朝鮮戰爭剛休戰不久，對於蘇聯或美國的依賴尚高的緣故，並未派代表出席會議。而當時處於蘇聯強力影響之下的蒙古，也同樣未出席。

換言之，萬隆會議是一個企圖從「冷戰狀態」中，謀求一部分自立的歷史性會議。與此同時，若限定在東北亞而言，這會議除了凸顯了「冷戰狀況」的嚴峻，也承認了以對抗美蘇姿態崛起的「第三極」＝中華人民共和國的「抬頭」，以及戰敗國日本的「再出發」。

順帶一提，1958年在塔什干召開了第一回亞非作家會議，此會議上日本也以和萬隆會議幾乎相同的形式與會。然而，在會上赫魯雪夫時代的蘇聯，則是展現了其巨大的存在感。

在如此的脈絡下，我想各位可以了解，1945年以後，地球規模的「去殖民化」的動向，以及以美蘇為主軸的「冷戰狀況」，絕非將世界一分為二，而是產生了「第三世界」這個「空間」，對於該「空間」，中華人民共和國和日本，佔有特別的位置的來龍去脈了。

2

事實上，從萬隆會議開始說起這次的主題，有其理由。

我在思考地球規模的「去殖民化」的時候，有幾個不能不考量的類型。

19世紀末開始，到20世紀，西洋列強和日本，正展開其帝國主義式的霸權主義，一面互相競爭角逐，一面想要將自己國家的「國語」，作為「帝國的語言」推廣到全部的殖民地上。結果，在這些地區，當地人當中，陸續有使用「帝國的語言」的作家們展露頭角。其中像是同時使用英語和孟加拉語創作的泰戈爾般的詩人也出現了，還有肯亞的恩古吉・瓦・提昂戈（Ngũgĩ wa Thiong'o），這種拋棄了最初使用的英語，連通用於廣大地區的斯瓦希里語也不用，而是使用其部落語言基庫尤語的作家。不過，至少「帝國的語言」，在滿足知識好奇心層面上，在國際性的展開民族運動的層面上，對於地區的知識分子和指導者而言，都是不可避免的語言。

而且，在這樣的諸國，以第二次世界大戰的終結為契機，當要構築獨立後的體制之時，要使用如何的語言政策，便是首要的緊急課題。簡言之，就是是否放棄「舊宗主國」的語言，或是留在手邊使用的問題。

在世界史上已然有，18世紀的美利堅合眾國和進入19世紀之後的拉丁美洲等，新興國家獨立後直接繼承舊宗主國的語言當作「國語」，以及以存續歐洲族裔有產階級霸權的形式，達到「去殖民化」等的事例。這些皆是不可抹滅的既存前例。

俄國革命之後，即便在蘇聯的各個共和國，對於非俄羅斯民族保證了形式上的「獨立」的狀況下，俄語的地位仍然極大。

換言之，「去殖民化」當中，一邊溫存著「帝國的語言」，不完全切斷透過語言中介和「舊宗主國」的合作，就完成解殖的模式，也是一種可能的選項。特別是在兩個美洲大陸和非洲（阿拉伯

語圈算是需要例外處理的少數），「帝國的語言」的存在感，無論在政治上或文化上，都是極為巨大的。而且，進入到全球化的時代，在原本英屬的殖民地上，英語的地位越漸不可動搖，與此並行，在英屬之外，也就是說，法屬、西屬、葡屬的地區，「舊宗主國的語言」和「英語」之間的霸權爭奪，現正熾熱展開中。特別是中南美和加勒比地區，長期因為政局不穩定，也有其影響，逃亡、移居、送出難民到美國和加拿大的狀況，層出不窮，原本應該以法語、西語為母語的人們，移居北美的英語圈之後，在當地多接受了英語，創作文學時也使用英語的例子，越漸顯著。這些地區，原本在歐洲人前來之前，是呈現豐富的「語言的多樣性」的。然而，如此的「多樣的語言」之中，至今存活下來的，極為稀少。從1930年代左右開始，在拉丁美洲，被稱為「原住民主義（Indigenismo）」的文學運動興起，阿奎達斯（José María Arguedas） 這樣，以奇楚瓦語（quechua）的民俗學（folklore）為基底的作家登場，嗣後又有諾貝爾獎作家馬利奧．巴爾加斯．略薩（Jorge Mario Pedro Vargas Llosa）這樣有如後繼者般的作家出現。不過，連他們都沒有放棄西班牙語，其中略薩對於美國和英國的「英語」總是經常保持著警戒心。而這便是拉丁美洲的現狀。

那麼亞洲又如何呢？

首先，可以提到一個顯著的現象，舊英屬的地區當中，作為「帝國的語言」的「英語」一點一點地被溫存保留下來。印度是如此，新加坡、馬來西亞亦然，再者，1900年以後受到美國支配的菲律賓亦同。在那裡，多樣的語言當中，馬來語、菲律賓語，印地語這樣的「國語」或者是「準．國語」被選中，其整頓也被有計劃地

實行，然而，即使如此「英語」還是作為在國內外的通用性極高的公用語殘留下來，甚至在進入全球化時代之後，想要有效地活用它的動向是增強的。似乎在訴說著，一旦開始紮根之後，將英語從公用語的地位拉下來，是很可惜的。

對此，原本荷屬的印尼和原本法屬的「印度支那」的事態則完全不同。在這些地區「舊宗主國的語言」是被清除殆盡的。像越南那樣走上社會主義路線的國家，曾經有過俄語取代法語誇示其存在感的時代，再者，蘇聯崩壞後，即便在那樣的地區當中，親近英語正在成為參與全球化的最低門檻。

換言之，集中在語言政策考量亞洲的「去殖民化」的狀況時，排除「舊宗主國的語言」的影響力，是作為一種傾向而存在的，可以觀察得出來，只有「英語」作為「全球語（Globish）」殘存下來的現實傾向。

而且，日語在臺灣和朝鮮半島等地的地位，也和法語和荷蘭語同樣地面臨急遽下降之勢，這是毋庸贅述的。

其他方面，在亞洲，從西洋列強進軍之前，就已然在一定程度上確立了其文字體系。其中，以殖民地支配為契機，將活用漢字的形態，切換成羅馬拼音的越南語；或者是原本使用阿拉伯文字，在進入到英屬殖民地時代時，切換為羅馬字的馬來西亞語等地的例子。泰國如此，柬埔寨的高棉語、寮國的寮語等特有的文字也都是從殖民地支配以前，就開始使用了。

承上，萬隆會議上集結的各國之中，對於西洋諸語的依賴方式，各異其趣。再者，西洋語言當中，對於英語的依賴最強（特別是從非洲來參加的國家，埃及、蘇丹、迦納、賴比瑞亞等，幾乎都是本就高度依賴「英語」的國家），相反地亞洲各國，則是以在從前的漢文化、印度文化，或是伊斯蘭文化的影響下，業已確立了特有的語言和其表記型態的國家為中心。亞洲的「去殖民化」，特別是在文學這樣的藝術領域當中，綜觀來說有著驅逐「帝國的語言」的傾向。

而且，另一個不可忘卻的是，在所謂的「東南亞」地區的「華人＝華僑」的存在。從社會語言學來說，也可說是顯示了「北京話＝Mandarin」的存在感吧！換言之，「馬華文學」等成立的土壤，是在該地所孕育出來的。

因此，如上概略地綜觀了萬隆會議與會的「第三世界」各國的「去殖民化」與「公用語」，以及「文學語言」的問題，在如此峰迴路轉之下，受到「冷戰狀況」的衝擊，而沒有派遣代表前往「萬隆會議」的南北韓和臺灣（中華民國）的「去殖民化」所擁有的特徵，更顯得易於辨識才是。

3

首先南北韓，在排除「舊宗主國的語言＝日語」的同時，為了排除擁有悠久歷史的漢文化之影響，也推行了廢止漢字的強硬政策。可以說是孤注一擲在韓文（한글）這個獨創的表音文字上。這十分接近緬甸（Burma＝Myanmar）和柬埔寨、寮國等案例。而且，特別是沒有說韓語／朝鮮語之外的少數族群語言的居民存在這點，也支持著南北韓的「單一民族主義」，反倒剩下的語言課題

是，如何與在南北朝鮮的「在日韓僑」或居住在舊蘇聯屬地的「高麗人（고려사람）」等離散朝鮮人（Korean Diaspora）的語言，建立關係。

其他方面，在臺灣，將文字帶進古時沒有文字的「美麗島＝Ilha Formosa」的是葡萄牙人，接著是荷蘭人。在此後續有明朝、清朝的漢民族流入，漸次有「中國化」的浪潮波及。然而，在中文（華）語圈近代文學（白話文學）成立之前曾受過日本殖民統治的臺灣，在近代文學成立之際，便被迫處於三大選擇中，一是以日語書寫；二是憑藉著在大陸確立的白話文；三是以文學創造的力量，確立臺灣獨特的文字體系。並且，在這三個選項中，除了日語之外的選項幾乎喪失殆盡的時期，島上迎來了「解放＝光復」的時刻。

沒日沒夜地處於國共內戰的中國大陸，隨著近代化的進程，超越意識形態的對立，「國語＝普通話」的標準化倒是確實地被推動，因此解放後的臺灣，在「國語」的選擇上，並未太過迷惘。但是，觀察關鍵時刻時，「本省人」日常所說的各種臺灣話（閩南語、客語或各種「原住民」語言），以及「國語」之間的背離，並非是容易克服之事。特別是「本省」人與主要講北京官話的「外省人」之間的齟齬和各持己見，以「省籍矛盾」的形式，在社會以至於文化各層面，暗藏了由一小部分少數派，管理多數派的緊張張力。再者，國民黨的獨裁、中國共產黨的獨裁，以及不接受上述兩者，選擇第三條路的離散臺灣人（其中也包含一部分從戰地或大陸撤退回來的「本省人」），也就是散居於日本、北美、香港的華人集團。一想到此，就不能不考慮到華人被捲入複雜的「冷戰狀況」一事，臺灣除了面對「國共對立」的冷戰之外，同時在內部也有

「省籍矛盾」的類冷戰狀況。但唯一能確定的就是，臺灣文學在這般激烈的人口移動的漩渦之中，必須要有新的出發。

而且，首先說北京官話的國民黨系統的創作者們，成為臺灣文學最早的領導者，此事也相當重要。那正是國民黨的獨裁，引發「反國民黨」的離散（簡言之，就是「逃亡」到日本或北美）之事，與此不可混同，初期的臺灣文學有著可以稱作「國民黨系統的逃亡文學」的特徵。

「逃亡（émigré）文學」這個稱呼，在法國革命以後，伴隨著歐洲人的政治逃亡，成為一種文學性的潮流而興起，相同的現象在「冷戰狀況」當中，收容了多數的「反共逃亡者」的西歐各國和南北美各國的土地上被繼承下來了。這些逃亡者們，與其說是描寫如何適應當地社會，不如說是以一種將對於故里的鄉愁，以及對於支配故里的意識形態的嫌惡感前景化的形式，建立愛國主義性的文學。1950年代的臺灣文學，基本上瀰漫著濃厚的這種「逃亡文學」的特徵。更何況，當時在臺灣，「逃亡文學」之外的「鄉土文學」尚未成熟。

換言之，國民黨統治臺灣時，「外省人」將同樣是漢民族、或許能夠共有相同的「國語」的「本省人」驅趕到社會底層，可說是一種接近「殖民地統治」的行為。正因如此，被英國驅逐的盎格魯薩克遜人，最終讓美國獨立，就像模仿此例一樣，在殖民地出生的白人（criollo），並未給當地的原住民帶來任何解放，就達到獨立那樣，雖然沒有喪失對於「舊宗主國」的語言和文化的忠誠，但是對於該「舊宗主國」所保持的距離，正是置放在國族認同（National identity）基礎上的「遠距民族主義（long-distance

nationalism）」，這也成了臺灣文學的基調。而隔著臺灣海峽，國共對立仍未見終止的氣息，臺灣文學在1960年代左右，終於開始納入「本省人」，朝向「鄉土文學」一點一點地拓展，到了1987年，以北京官話為唯一國語的一黨獨裁終於結束。這也意味著作為「多語言的島嶼」的臺灣形象再度浮現。

現在臺灣文學，和南北美的文學在英國和西班牙、葡萄牙本國的文學之間，作為「市場」來「接軌」的動向不同，和中國大陸的文學確實有著一線之隔吧！而且，甚至連在「外省人」的文學當中，也開始可以零星取得「亡命」後經驗為中心的文學素材，與其說是「鄉愁的文學」，不如說其「本土化文學」的要素更加強化了。再者，其「本土化」的潮流當中，包含「原住民」的「本省人」的存在，也越漸強大。

然而，即便是一時性的，吾人不可忘卻的是，臺灣文學，曾經是將「亡命文學」的特徵前景化的文學。因為在島上的多語言狀況之外，還有一點，便是透過「普通話」這個「通用語（Lingua franca）」，不僅和中國大陸，也可以和世界的華僑相連結的文學國際網絡，牽涉到「臺灣文學」的未來。

而且，同時地，在臺灣文學的「本土化」進行之際，把相異於北京官話的閩南語和客家話當作「母語」學習成長的「本省人」加入臺灣文學，在世界規模看來已經是，強烈擁有一種作為「去殖民化」案例的共通性了。

那便是「克里奧語」。

4

所謂語言學所說的「克里奧語」，作為哥倫布之後的西洋殖民地主義的歷史副產品，不以歐洲語言為母語的人們，說的是隻字片語的西洋語言，而這樣的「皮欽語（Pidgin）」（混雜語言）漸次取得等同於母語的地位，並在世代間傳承，曾幾何時和「宗主國的語言」變成了雙層語言（diglossia）的關係。即使到了現在，特別是在加勒比海地區，被廣泛地使用，在原本英屬的牙買加和千里達，一般稱為「Patois（方言）」，在海地和法屬的馬丁尼克等地叫做「kreyòl（克里奧語）」，原本荷屬的安地列斯，則名之為「Papiamentu（帕皮阿門托語）」，這些克里奧語的存在感，在當地出身作家身上，強加了各式的實驗。在英語圈包含有標榜著「Patois」生猛的聲響，而在英語圈文學當中，最具戰鬥精神的一群作家。以及在法語圈當中，有作家將「kreyòl」的獨特語言遺產，置換成法語，用以推動法語本身的「扭曲」和「役使」。標榜「克里奧化」這個超越了「國民國家」原理的世界觀，也是法語圈克里奧作家的特徵。再者，對於「Papiamentu」而言，不用說荷蘭語佔了重要地位，甚至連西班牙語、葡萄牙語、英語的要素，也佔了很大部分。在其使用地區，以凌駕於使用宗主國語言的荷蘭語文學之勢，按照「Papiamentu」的正確表記方式的創作，一點一滴興盛起來。這樣的加勒比海域的現實，或許也有可能發生在1945年以後的臺灣。再者，這也暗示了，即便是往後，不知何時又會產生的各式語言實驗的可能性。

我認為，事實上在日本統治期，以及國民黨的一黨獨裁時期，窒礙難行的許多事情，到如今卻或許是可能的。比起尋求安定性的「國語」，作為庶民語言的克里奧語變幻自在、富有創意，具備有將所有東西「吃人般（cannibal）」地吞食的生命力。總而言之，臺灣文學依照著臺灣各種被置放在「國語」下位的各種語言如何被使用，而蘊藏著能更加強「本土化」傾向的潛在可能性。再者，只要不捨棄作為「國際通用語（lingua franca）」的北京官話，就可以避免喪失世界華人的網絡。

5

回顧於此，日本也如同前述，一樣存在著處於「國語」下位的子語言——「方言」。開拓北海道和琉球處分，統治臺灣、庫頁島、朝鮮半島之後，日語文學透過經歷當地人作家的參與，孕育出了富有躍動感的文學史。我認為，不以日語為母語的李維英雄和楊逸、溫又柔的登場之所以可能，也是明治以降所培養的日語文學的彈性在發揮其影響力。

例如，在日語的印刷品上，有著「標示假名（ルビ）」的存在。當我們在思考佐藤春夫、中西伊之助，或是巴契拉八重子（Yaeko Batchelor）和大城立裕的文學之成立時，不可輕忽「標示假名（ルビ）」的重要性。在推動擴大殖民地支配的時代，日本的文學，即便乍看之下是以「單一語言」書寫的，在當中也交響著各式的異種語言。在「描摹」殖民地地區的多語狀況一事上，是凸顯

「地方特色」時，最有效的方法。再者，戰敗後，以及失去殖民地之後，在日外國人的各種作家們，各有其離散體驗、移居體驗，他們根據這些體驗，嘗試著日語的多音交響化。

恐怕比起日語圈還要來得歷史悠久，並且範圍廣闊地反覆離散、逃亡、移居的華人的記憶，即便是以臺灣為根據地，也會促進華人文學的多音交響化吧！那將實現另一種實驗，隨時都足以抗衡在中國大陸或許會產生的多語狀況下的文學。而且值此之際，在加勒比海地區發生的那樣，有的手法是將子語言不經精煉就帶入文學當中；有的手法是給予子語言正式表記法，等待其成熟達致文學性，他們多樣化地追求著這些方法。

其實，舊殖民地地區裡，在「去殖民化」的進程中，徹底執行了「國語」所帶來的異種語言的全面壓制的地方，比想像中的少。參與「萬隆會議」的國家，幾乎現在都仍然擁有少數民族和少數語言。再者，看以下的例子也能理解。即使在並非如此的國家（例如韓國），「非・國語」的存在正在迎接一個新時代，也就是如果不和包含以北美為據點的韓國人在內的離散韓人交流的話，國民文學本身並不能成立。

6

話說，2009年，殖民地文化學會的年度大會邀請了臺灣作家李喬先生來日本。他在演講的開頭說了些許的日文。李喬先生生於1934年，少年時代所學的日語，雖然有些結巴卻很坦蕩莊重。從他

的話當中，我深切感動的是，他說他無比地喜愛福克納（William Cuthbert Faulkner），無論是中文或是日語，只要有譯本，必定飛撲而去，一展而讀。那時我立刻想起出現在多和田葉子《Exophonie──走出母語外的旅行》一書的逸事。

她受到歌德學院（Goethe-Institut）邀請而造訪韓國首爾。在分組座談的席上，代表韓國人的作家是資深的朴婉緒（Park Wan-suh）。朴婉緒面對會場提出的「你受到哪些外國作家的影響？」之疑問時的應答，讓多和田大為吃驚。對此問題朴婉緒「舉出幾位歐洲作家的名字」就想結束話題，然而提問者卻又追問「您都不讀日本的文學嗎？」。而對此追問的回答，讓多和田為之愕然。

> 她回答道，在我們的世代當中，沒有把日本文學當作外國文學的想法，我們在年輕的時候，就被強制讀日語，不能閱讀韓語，因此杜斯妥也夫斯基等歐洲的文學，也全部都是讀日譯版的。（多和田葉子《Exophonie──走出母語外的旅行（エクソフォニー──母語の外に出る旅）》，岩波書店，2003年，61頁）

據說，朴婉緒女士是1931年出生的，8歲的時候移居首爾，幾乎有6年的時間，受到日本的殖民地教育。她是在首爾透過日語，而熟悉「外國文學」的世代。她比李喬先生年長3歲，因此對於日語（當時的「國語」）的依賴應當更為強烈吧！

接著多和田一邊回顧朴婉緒女士的回應，一面繼續論述。

> 雖然我經常敘述著自己走出母語之外的愉悅，但是因為是日本人的緣故，如果去了擁有被強迫要Exophonie（以外語寫作）的歷史的國家，Exophonie一詞也會突然蒙上陰影。在強迫別人走出母語之外的責任尚未清楚界定時，訴說Exophonie的喜悅必定是不可能的。（前引書，61～62頁）

連像是多和田葉子女士這樣掌握多彩且複數語言的有才之人，都並非能從「母語」、「母國語」的唯一性的信仰中完全解脫。這種狀況也說明了，在日本的「國語國族主義」強韌性。正因如此，這個驚訝應當是所有日本人共有的吧！至少，在經驗到殖民地統治的地區的人們，基本上是被要求使用複數的語言，因此產生了連「母語」都不可能只有一個的情況。而且那種多重的語言能力，有時在閱讀「外國文學」時，是相當方便的工具。這樣的狀況下，連「日本文學」，對於經歷過日本統治者而言，也並非「外國文學」。那是幾乎所有參加了「萬隆」會議的人們，特別是知識分子所經驗到的事情。對於印度人和加納人而言，莎士比亞是「外國文學」嗎？對越南人而言，讓．拉辛（Jean Racine）是「外國文學」嗎？就連多和田葉子，在前往首爾之前都不曾問過自己這樣的問題。而這樣的問題，觸及到了「後殖民地文學」的本質。

歷經過歷史，對於現在的年輕臺灣人和韓國人而言的日語文學，那就連在日朝鮮人所寫的作品，也不過是一種「外國文學」罷了。然而，「去殖民化」的歷程，在經歷了這樣悠長的時間之後，終於接近達成。而且，在峰迴路轉之間，全球化的浪潮之中，世界上的人們，或許不能把英語文學叫做「外國文學」了。大勢所趨如

此。「世界文學」這樣的詞彙，其抬頭的背後，籠罩著巨大的「英語帝國主義」的陰影。

我聽聞了李喬先生的演講之後，思及一個問題。臺灣的文學，是無法忽視它和以馬來西亞為首的東南亞、北美華人同胞之間的關係而成立的。我感覺其中，北京官話（普通話）是「國際通用語（lingua franca）」，而且受到英語的期待的功能也逐漸變大。我走遍世界各地，在英語圈裡面，華人的存在感很大。無論如何，曾經的殖民地宗主國的「國語」所實踐的「國際通用語」功能，之後換英語來實踐，這是運作21世紀地球的時代趨勢。

再者，邊聽李喬先生的談話，不禁點頭稱道的是，他對福克納愛不釋手一事。如您所知，福克納出身美國南部的密西西比州，正是以英語持續寫作根植南部歷史之故事的作家。但是，密西西比河流域，以河口的港都紐奧良為中心，原本是法屬路易西安納州所君臨的土地。然而，因為拿破崙將路易西安納賣給美國，而隨著因為南北戰爭致使已然達致頂點的奴隸制經濟崩壞，南部也漸次被迫與北部的盎格魯．薩克遜文化同化。

同樣是南部作家之一的田納西．威廉斯，著名的《慾望街車》的女主角在電影和戲劇中名叫「白蘭琪」，其實她原本是出身於法裔農場主人之家，本名是白蘭琪．杜布瓦（Blanche DuBois，譯註：法語中s不發音）。然而，身為與奴隸制的廢止一同沒落的豪門千金，唯一沒有失去的是自尊，為了解決眼前的危機，擔任英語教師餬口，最終連家園也被債主奪去，妹妹則是和波蘭裔的美國人一起生活，盤桓於紐奧良神出鬼沒。總之，隨著政治、經濟的霸權，隨著歷史遞嬗之間，受盡歷史捉弄的人們，其飽經風浪的歷史，被當作「弱者」的故事記錄下來，這就是美國南部文學的特徵。南部社會很難逃離法國統治時代的記憶和奴隸制時代的記憶，因此帶有停滯感。然而，正因為世界急速變遷，引發憂愁的停滯感。此一主題，正可說也是李喬先生的文學主題。在日本深深為福克納所傾倒的作家，可舉出大江健三郎和中上健次、津島佑子等。這樣的作家們的作品中相通的要素，在臺灣或許是以與其歷史不可分割的形式滲透其中，我邊聆聽李喬先生的演講，一邊如此想到。

覽讀以日語譯介的《寒夜》（岡崎郁子、三木直大譯，國書刊行會，2005年），其描繪「混雜著客家話、閩南語、日語、原住民語（主要是泰雅語）、北京話、日語」（前揭書「解說」，392頁）的多語空間的豐富聲響，蘊藏著與福克納及受其脈絡影響的中南美和加勒比海文學互通的特色。

實際上，我聽說比起李喬先生更年輕的世代之間，受到加布列・賈西亞・馬奎斯等的「魔幻寫實主義」的影響很大。20世紀拉丁美洲的政治風土，促使和美國屬於共犯關係的各種軍事政權抬頭。而「魔幻寫實主義」正是誕生於其中。「魔幻寫實主義」產生於被各種殖民地主義所束縛、害怕美國資本主義的陰影，以及從前受到的殘酷軍事政權壓迫之中。對於這樣的文學感到親近的臺灣作家不在少數，若思考臺灣一路走來的歷史，便不會認為這是偶然。

無論是殖民地化，抑或是現代化、全球化，把那些與這些令人眼花撩亂的世界變化，及其變化的最尖端相比的時候，便雙重地加強了傳統社會的停滯感。而且正因為是一路被歷史捉弄的土地，其躍動與停滯的對比，更鮮明地浮現。

再者，展現那樣的對比的重點之一，就是語言。在多語的空間

當中，充分享受籠罩世界的躍動時，使用上順手的語言（國際語或公用語）；以及想要遍嚐依賴停滯感和傳統之感時，會成為依靠的語言（當地語），兩者的功能是二極化的。李喬先生這位作家，是明白表明自己屬於臺灣獨立派的作家，即使如此，他也並不放棄作為「文學語言」的北京官話。我認為他反倒將這樣的落差轉化為文學的力量。

7

回到最初的話題，我們歷經始自大航海時代持續到萬隆會議的時代為止的殖民地主義、帝國主義的時代，在世界上的諸多地區上，真的是活在依心情分別使用不同語言的「落差」之中，這種生活型態至今仍維持著。在日本，連在沖繩縣，那樣多語言的狀況，至多是被縮小到標準語和方言的分別使用的程度而已。例如，比起擁有將上述歷史逆向迴轉的暴力性而陸續在日本的文壇上抬頭的任何外國作家，目取真俊和崎山多美等作家，有時更是企圖使用激進的形式，來對抗日語文學的平板化。

究竟，再來的臺灣文學會朝向何處呢？再者，實際上比臺灣擁有更多少數民族的中國大陸的文學，又會趨向何處呢？

東亞的「冷戰狀態」將會以何種方式被跨越呢？其應當前進的道路，任誰也無法預測。不過儘管「冷戰狀態」持續進行，如今文化和人的流動仍日益活潑。更不用說「冷戰狀態」開始朝向終結之日，那肯定會更加激化才是。未來可能發生的各地區的多語言化

（國際化），和曾經妝點了殖民地的多語言狀況等，我認為會在其中連成一條「東亞文學史」的脈絡。

＊文字媒體首見於《日本臺灣學會報》第16號（2014年），此為2013年5月25日於廣島大學召開的日本臺灣學會之學術研討會上的基調報告之紀錄。

前日本兵的返鄉

「離散（diaspora）」一詞，原本是用來表達羅馬帝國時代以降的猶太教徒的離散所用的希臘語，然而20世紀中葉，作為猶太國家，以色列建國，之後宛如封印被解除一般，開始泛指所有民族性的離散。經驗過了橫跨大西洋的廣泛區域裡的離散的非裔的「黑色離散（Black Diaspora）」；或是幾乎像是沿著大英帝國的支配地區，從太平洋島嶼地區到非洲大陸的印度洋沿岸，甚至是遍及千里達島等西印度群島的「印度裔離散」；再者還有早在西洋所謂的「大航海時代」以前便往南方、往西方進行移居的「華人離散」；由於日本的帝國主義、史達林主義，而像是被玩弄於掌中的「朝鮮離散」等，今日有各種離散現象，在歷史研究上，受到矚目。

不過在此所使用的「離散」概念，如若將之冠上「Japanese」

的狀況時，就無論如何會需要有所保留。因為除去「鎖國」時代的一部分漂流者之外，沒有散居到國外的日本人，在「開國」之後，以及「明治國家」成立之後，雖然是漸漸地流出國外，然而這些基本上是順著「發揚國威」「雄飛海外」的國是政策，還是在被國家論述回收的命運之中。再者，這種根源於大東亞帝國野心的日本人「進出海外」（池田浩士），在第二次世界大戰戰敗後，海外日本人以「總體撤退」的形式，被迫給予野心本身否定評價，並視為罪惡。換言之，日本人的「離散」，並未超越「進出海外」，其「進出」一被認定為「違反正義」就被剝奪了「返國」以外的選項了。即使可以試著談談，在祖國敗北之後仍然滯留居住地，第二代以後保有當地國籍的南北美的日本人、日裔人，被放置在「離散」的狀態下，那也是極限了（而且日本敗戰後的巴西發生了「勝利組」的活動那樣，在海外日本人之間，也存在著一群人並不自認為是處於「離散」狀態）。在此意義上，同樣是第二次世界大戰後，被迫體驗了「驅逐出境」的「東方德意志人」和阿爾及利亞獨立後的「在外法國人」的案例中可見的那般，日本人的「進出海外」或許只能在歷史上被定位為，「被想像的帝國」「收縮」為一介「國民國家」的一個例子而已。

因此，在此我並非想追溯日本人（大日本帝國時代的「內地人」）的「進出海外」本身，而是在戰後的小說當中，追尋被大日本帝國的野心所捲入，被迫流浪的帝國少數族群的軌跡。在此，我稱之為「帝國的少數族群」的是，雖然歸屬於日本帝國，但並非以「日語」為「母語」的「語言上的少數派」。原本明治期的愛奴就是一例，「琉球處分」後的沖繩縣民也毫無疑問地應該包含在內。

而且，臺灣和朝鮮半島的當地人，當然也符合「少數族群」的定義。

而且日本的「戰敗」，還有「帝國日本」「收縮」後，那樣的少數族群的一部分，僅限於在「內地」強化了「語言上的同化」，在戰後的東亞，部分人士對曾經是「日語使用者」感到羞恥，但是有一部分案例會重新將「母語」當作「母國語」，也有些狀況是違反本人意志地，被強迫「同化」於新的「國語」。對於並非以「北京官話」，而是以「臺灣諸語」為「母語」，再加上已經習得了日語的臺灣人而言，「光復」不正是擁有「回復母國語」和「接受作為異種語言的國語」的雙重面向嗎？然而，無論何者，從語言的面向來理解「去殖民化」這種現象，我認為是重要的。

＊

2008年夏天，事先以「臺灣籍日本兵手記」為名宣傳的臺灣作家陳千武（1922～2012年）的小說集《生きて帰る》（原作《活著回來》刊行於1999年），作為明石書店的《臺灣研究叢書》第三卷發行。是丸川哲史翻譯的。這在2000年的階段，是接續已經翻譯發行的《獵女犯》（保坂登志子譯，洛西書院，2000年。原著1984年）之後的譯介，這兩冊小說集的發行，讓陳千武在日本一躍聞名。

從日本統治時期的臺灣土地上，陸續有本島人日語作家登場，因此以內地人和本島人為假想的讀者，而建立出新的日語文學的可能性，便有他們起而追尋。這樣的本島作家的大半，多是日本戰敗後，放棄以日語創作，然而即便戰後的日本人並非是被選定的讀者立場，但是至少不是完全視而不見的讀者，只要有心隨時都能關注他們的文學。少數族群文學中潛在的雙重性（被假定的讀者雙重性），是思考戰後的日語文學（特別是沒有日本國籍的「在日」作家）時，絕不能忽略的重要事項。

然而，以日語書寫的作品，尚且算是幸運的，如果像是《獵女犯》或《活著回來》等作品，必須在翻譯成日語時，才能被賦予在日語讀者之間的「生命」。「前日本兵」的體驗，未必僅限於以日語連綴而成，舊「大日本帝國」的殖民地，各自生活於「戰後」（或是冷戰狀態）而已經步上創作、清算往日的戰爭體驗之路了。

被捲入大日本帝國的「膨脹」中的臺灣人，他們的「進出海外」及「返鄉」。我認為在其中，可以看出一種「華人離散」的特異之例。

《獵女犯》或《活著回來》的主角（＝林逸平），是以「臺灣特別志願兵」身分，出征南洋，作為一個日本軍兵士，甚至高昇到兵長的地位。姓不是唸作「Hayashi」，而是「Lin」，在軍隊當中也只說日語，但是他畢竟是臺灣出身者，例如他對於中國福建系統的語言，能夠敏感地有所反應。他是一個這樣的日本軍士兵。

《獵女犯》（初次發行於1978年）當中的主角，被命令到原來葡萄牙屬的東帝汶上，物色「慰安婦」。他對於「阿母（a-bú）」一詞立刻反應，故事便是講述他煩惱於和名叫賴莎琳的華裔女性（角色設定是，她的祖父和父親是華人與當地人混血，祖母則是華人和荷蘭人的混血。）之間，「沒有出口的同胞意識」。在戰地帝汶的土地上「做夢也沒想到，仍會有祖國的語言講話的機會」（日譯本56頁。中文參照〈獵女犯〉，《活著回來》，1999年，123頁）之遭遇，正因為他是臺灣出身者的緣故，才得以體驗。

所謂「南方」的日本軍占領地區，自古以來也是「華人」進出的地區，在金子光晴的紀行文等等當中，有不遜色於馬來裔當地人的篇幅是在描寫華人的。陳千武的小說中，則因為是以「臺灣特別志願兵」為主角，因此那樣的華人相逢，更是特別被強調。

根據陳千武的從軍歷程，作為志願兵入伍是在1942年7月，經由新加坡，在帝汶登陸是隔年的12月，幾乎有1年半期間，駐屯在帝汶的巴奇亞城；而日本戰敗之日，則是在爪哇島上迎來的。

而且《活著回來》最為有趣的地方在於，此作致力於描繪日本敗戰後，「前日本兵」的主角，變成單單只是個「會日語的華人」而已的過程。

來到爪哇島的「中國理髮店」（日譯版148頁。中文版272頁。），操持久未使用的「閩南語」來對話，因此被日本軍官劈頭問道，「你是哪個部隊的？說啊！」，他也突然轉而坦蕩，以「閩南語」回道，「你對我講話嗎？有什麼事？」（143頁。中文版255頁。），主角開始全然表現得像個「局外人」。「臺灣特別志願兵戰死了，能否跟日本兵一樣進入靖國神社呢？」（53頁。中文版80頁。），如此自問的情境，已成過往雲煙，他不想成為「華人」之外的任何人了。

在此之後，主角在英軍管區下的新加坡「集中營」裡，和臺灣出身的夥伴會合，「1946年7月20日早晨」（178頁）登陸基隆。就這樣，他和內地日本人步上了全然相異的戰後時光。這些臺灣特別志願兵的戰爭體驗，只是大日本帝國所強加的「華人離散」之例的冰山一角罷了。而且其中所描繪的是臺灣人所見的「大東亞戰爭」，也是「局外人」之眼見的日本軍士兵的群像。

閱讀《獵女犯》和《活著回來》，讓我眼前為之一亮的經驗不只一次兩次。方才也觸及到的說著「祖國的語言」的華僑「慰安婦」大膽地叫著「我討厭你，但是我要你狩獵我」（《獵女犯》，日文譯本102頁。中文參照〈獵女犯〉，《活著回來》，1999年，155頁）的場景，是其中之一。或者是村井一等兵，在帝汶島的駐屯地仰慕逸平，「像被擁抱在情人的懷裡那麼，接受林逸平甜蜜的愛撫」的插曲（《活著回來》，日文譯本49頁。中文參照〈獵女犯〉，《活著回來》，1999年，76頁），甚至是當松永准尉將不小心打瞌睡的逸平當作是性對象而全身「壓上」來時，逸平下意識地委身於他的插曲（同前，87頁），這些作為戰場上性飢渴的日本軍士兵們的性活動描寫，皆是極為強烈的寫實主義。描寫日本軍此一乍看之下極為同性友愛（homosocial）的集團當中的同性戀經驗的作品，包含日語小說在內，可以說是極其罕見的吧！

然而，無論如何，這部小說的可讀性在於，原是日本軍士兵的臺灣籍主角，絕非是瞬間變得不再是日本軍士兵，而是那轉變過程的生動逼真而且緩慢之處。

> 果然，林兵長還沒把話講完，德田的右拳飛來了。假如林兵長事前毫無防備，這狠毒的一拳，必會打得林兵長下骸脫臼的。幸好，林兵長站得很穩。上級長官打下級士兵，無論有無道理或正確的原因，基於日本軍隊的規矩絕對不能反抗。但是，現在日本無條件投降的消息傳遍了全爪哇島，許多受過上級士兵或老兵無理責備打罵的日本兵，決意放棄日本軍籍，脫逃投奔於印度尼西亞獨立軍，當軍官教練，指揮印度尼西亞民

兵游擊作戰，不但對抗前來佔領的英國軍與荷蘭軍，甚至也策劃對戰敗的日本軍掠奪兵器，由於建立功勞，他們在獨立軍裡也有相當的勢力。（日譯本154～155頁。中文版279頁）

甚至連在戰敗後，日本軍士兵的階級排列，都成了遺制殘存下來。雖然有可能林逸平反而將對方「打個半死之後脫走」，但是在那之前好幾次受到上級軍官「虐待」的他，驅策自己的自制心，心想「這一次也許是最後一次，就再忍耐一次吧！」，「林兵長有被殖民養成下來的習慣性。容忍力很強，這是多麼不幸的命運啊！」（155頁。中文版279頁）。

這樣的主角的態度，如果是當作「華人文學」被閱讀的狀況下，或許會被當作國民黨所散布的「臺灣人奴隸化論」的典型例子吧！我們不能忘記《活著回來》這部小說連在現代臺灣文壇當中，也是處於危脆的位置。無論如何，收錄其中的作品首次刊出都是在「解嚴」以前。

然而，林逸平對於德田的報復，卻是以無法預料的方式達成。因為德田對林逸平施加暴力的現場，被一位印尼獨立保安隊的將校所目擊的緣故。並且伴隨著瑪亞爽朗地撫慰被痛打一頓的林逸平的身影。再者，該位印尼將校，竟然「他是華僑一家布莊的少爺」，「母親是印度尼西亞和荷蘭的混血兒」（151頁。中文版275頁。）。其實他與林逸平往來密切的「中國理髮店」的女兒，近來預定訂婚，之前曾以胡之敏之名被介紹過。再者，這個故事當中，結果這位保安隊將校和瑪亞圖謀要對德田施以「30下鞭打」（163頁。中文版289頁。）的制裁。

這樣的騷動發生不久後，日本人士兵們，就被印尼方面的警察署長所準備的軍用車載往萬隆的俘虜收容所了。林逸平在此，終於從日本軍的詛咒當中得到了身心的解放。而且這樣的過程當中，間接地提供援手的是華人同胞，在印尼從事獨立運動的一位青年。

＊

那麼，在此我想再舉一部處理日本戰敗，且是印尼獨立運動時期的小說，沖繩作家太田良博（1918～2002年）的〈黑鑽石（黒ダイヤ）〉為例。

當我們回顧在大日本帝國的膨脹主義之際，不可忽視由北海道開拓使所進行的舊「蝦夷地」的合併（1869年）和「琉球處分」（1879年）的結果所引發的愛奴（「北海道原住民」）和「琉球人」的流動化。特別是在沖繩有《再別福州琉球館（さらば福州琉球館）》（1980年）當中，挖掘舊「琉球人」的逃亡生活，《諾羅埃斯帖鐵路（ノロエステ鉄道）》（1985年）當中，將沖繩縣民移居巴西與日本人的「進出海外」交叉描繪的大城立裕那樣，聚焦「琉球人離散」的日語文學的系譜於焉成立。（同樣地大城也寫過一部作品是，一位琉球青年在留學東亞同文書院期間，被駐留的日本軍所動員，在上海迎來戰敗之日的《清晨，佇立上海（朝、上海に立ちつくす）》（1983年）的自傳體小說。）

即使是生而為一個日本沖繩縣民，其「海外進出」當中也蘊含著「離散」的氣息。因為他們是擔負「琉球人」歷史的主體，再者，也是戰後不得不與內地日本人過著相異的被「佔領」生活的歷史主體，這樣的位置不可避免地加諸在他們身上。而且，透過將「琉球人的離散（或返鄉）」，與臺灣人相比之下，這件事更是鮮明地凸顯出來。

再者，思考這樣的系譜時，作為戰後沖繩文學的「嚆矢」（岡本惠德）的呼聲極高的太田良博的〈黑鑽石〉（初次發表於《月刊TIMES（月刊タイムス）》1949年3月號）極為重要。

日本軍政下的爪哇島上，戰事日益惡化時，「於是乎就伴隨著從上級幹部到下級士兵都由當地人組成的軍隊編制形成」（《太田良博著作集4 黑鑽石》，2006年，Borderink出版社，168頁）。再者，「在這個義勇軍的產生之前，首先為了養成其中幹部，教育隊〔…〕隨之設立」，主角「教授當地人日語，有著像是馬來語口譯的任務在身」，在這個教育隊裡邂逅的是「連活在黝黑發亮的眼瞳深處的靈魂都像黑色鑽石般」的當地青年巴尼曼（167頁）。

不久後，教育隊解散，主角和巴尼曼各奔東西，但日本軍就此向同盟國無條件投降。印尼一帶完全陷入內戰狀態。根據太田良博自身所撰的隨筆，「日本戰敗時，東爪哇、中爪哇的日本軍，以機關槍為重軍火武器的輕裝防衛義勇軍不斷地突襲，武器被奪走，軍司令官以下的數萬將兵，受到印尼一方的監禁」（〈以〈黑鑽石〉的取材筆記為主題談起（「〈黒ダイヤ〉の取材ノートを中心に」）」，185頁）。然而，與此同時，主角所在的萬隆，情況有所不同——「只有爪哇西部堅持不交出武器。進駐軍以在爪哇西部的日本軍為先遣，進駐到雅加達、茂物、萬隆等西部各都市」（同前）。

結果而言，「萬隆陷入所有民族情感接觸和摩擦的激烈」狀態，「日本軍、荷蘭人、印尼、華僑、同盟軍、其他中立國人的多角度的民族表情，複雜的糾葛」（172頁）之中，主角某日，從

「一個身穿印尼革命軍制服的青年」（173頁），以馬來語「Tuan」（＝老師）叫住他。他是過去的學生之一，名為阿不多拉．卡利魯。這位阿不多拉告訴他「巴尼曼也和我一起喔」（174頁）。主角的腦中又在強烈浮現了「黑鑽石」般的青年眼瞳。然而，縱使有著「只要是巴尼曼，自己可以在幾十人當中瞬間辨別出來」（177頁）的自信，卻無法如願達成。在他的眼前，模樣丕變的巴尼曼靠了過來。

「我是巴尼曼。」

我不禁捉住判若兩人的他的雙臂。

「你瘦了呢……」

我突然一陣胸悶，以語重心長的口氣說，然而終歸只說了這句。

「soesah」，他輕聲嘆息。

只是如此。他不發一語。他眼睛的顏色像是想訴說什麼般發亮，但僅僅是簡短地如此囁嚅，他並未訴說什麼。

對我而言，此時沒有比與他的嘆息一起流洩出來的soesah這個詞彙還要來得更為令人印象深刻而令人感觸良多的詞了。

一般而言，印尼人感到困擾時，或是痛苦時會說的這個簡單詞語，沒有比此時更切實地迴盪在我的心中了。（178頁）

在這之後，小說寫著「在此之後過了四年——」（179頁），故事就戛然而止了。和《活著回來》不同，這部小說並非是把爪哇島上主角的體驗，當作「琉球人」的經驗來描寫。雖說主角對巴尼

曼有柏拉圖式的情愫，他的同性戀情懷似乎也並未與主角是沖繩出身的這件事實，特別被連結在一起書寫。然而，1949年春天刊載於《月刊TIMES》的這部作品，之後正可謂是開始蘊藏了作為「沖繩文學」的新生命。

在這部小說發表後的數個月後，短暫被荷蘭逮捕、為思鄉之情所苦的蘇卡洛等領導者復被釋放，重新踏上故土，最終宣示了印度尼西亞聯邦共和國的建立。而這正是處在美軍軍政之下的沖繩，以懷想處在那般渾沌之中的印尼的形式寫就的小說。我認為當我們細究這個事實之時，〈黑鑽石〉作為「沖繩文學」的特徵才會變得鮮明起來。

太田良博如是說。

> 這部小品發表的5年後，《琉大文學》1954年第7號的〈戰後沖繩文學批判筆記（戦後沖縄文学批判ノート）〉（新川明）上，發現關於〈黑鑽石〉和其他作品的評論時，我感到所謂評論之箭是會從意外之處飛來的。甚至可以說是感到困擾。但是〔…〕透過這份評論，我才好像看見自己所寫的東西。不知不覺，就變得如此。〔…〕現在重新閱讀之後，20幾年前的那份評論，我倒是對其一一贊同了。〔…〕《黑鑽石》不是所謂的虛構小說或是浪漫小說。幾乎是根據事實所寫的，是一種報導形式，但是透過主觀的濾鏡，被變形（déformer）之物。主角的少年形象作為前景大大地映照著，而獨立戰爭則退居背景。〔新川明的〕「評論」在這點上切中核心。他指出，因為作者和主角的立場，並未被設定在超過私人往來關係之上，因

此作品的幅度便變得非常狹隘；從民族解放運動的整體視野來看，應該掌握在其中活動的主角（少年巴尼曼）的具體形象；本質上日本軍是侵略者，而作者處於日本軍的局外人立場，旁觀與英國的進駐軍（侵略者）戰鬥的印尼解放運動，並未能從內在心理來成功描繪印尼青年們的解放鬥爭的苦惱。多虧其評論的觸發，我才注意到連那評論當中也沒有的各種問題點。（180～181頁）

總括而言，在美軍軍政下的沖繩執筆的〈黑鑽石〉，受到新川明的「評論」之後，事後被賦予了「或許可解讀為民族解放小說」的可能性，不再只是「日本文學」，而開始作為「沖繩文學」開花結果。

經驗1972年的「回歸本土」，巴尼曼的「嘆息」不再是他者的「嘆息」，而開始被重新解讀為也可以在沖繩年輕人身上聽到的「嘆息」。我總覺得，至少從同胞身上想要聽出巴尼曼「嘆息」的作家，在日本復員者當中很難產生。

太田良博同樣在之後的隨筆當中寫道，「荒廢的戰後沖繩的狀況當中，對於沉浸在Merdeka（獨立）熱潮中的印尼帶有憧憬，難以否認這在當初執筆時，在我心中縈繞不已」（181頁）。總之，能夠對於「沉浸在Merdeka（獨立）熱潮中的印尼」感到「憧憬」的感受性，正因為是在沖繩這塊土壤上才可能萌生的。這點太田良博隨著時間的經過，終於深刻體會。

無論是生於日本統治時期的臺灣這塊土地的人，抑或是「琉球處分」後的沖繩縣民，作為「日本人」前往南方的年輕人們，在

「戰後」這段歷史的時光裡，發現到不屬於「日本人」多數派的自己。

「日本文學」和各式異質的文學相鄰接。我認為在受到國民黨壓制之下，以北京官話的中文所書寫的「前日本兵」文學，已然必須當作「大日本帝國的文學」的一部分來閱讀。而沖繩處於美國軍政下，無法望見獨立抑或是回歸日本的選項，在這塊土地上，撤退的琉球人一面生活一面聚精會神地關注印尼的政治情況，其所創作的日語文學，也不能僅僅是單純歸類為「日本文學」。然而與此同時，將這些一併概括視為戰後版「大日本帝國的文學」的歷史認識，也應當被確立起來才是。

*在文字媒體上首次發表於《殖民地文化研究》第9號（2010年），但是此文原本是為了2009年7月召開的「日本軍政下的東南亞與臺灣、沖繩論壇（フォーラム　日本軍政下の東南アジアと台湾・沖縄）」（殖民地文化學會）所構想的內容。其後受邀參與2016年5月21日於文藻外語大學舉辦的「第六屆日台亞洲未來論壇：東亞知識的交流——越境、記憶、共存」，配合該會場較多的臺灣聽眾而加以調整內容，進行了基調演講。

原住民文學的嚆矢

——關於《胡奢魔犬記[1]》的評價

1. 大日本帝國與對原住民的懷柔

提到「臺灣」時所用的「臺灣」一詞，和「大員」一樣，都不過是對自古以來的地名所使用的「假借字」[2]。若然，以日本本州方式的命名法命之為「北海道」的島嶼[3]，如果以「Ainumosiri」為

1 此作原名《コシャマイン記》，是鶴田知也寫1457年愛奴首領胡奢魔犬率領愛奴人對大和民族武裝抗爭的故事。獲得第3屆芥川獎。

2 周婉窈《圖解・臺灣的歷史（図説・台湾の歴史）》（平凡社，2007年）當中，針對「臺灣」的由來有如下的說明。「他們〔荷屬東印度公司〕，在以荷蘭語稱作Tayouan的地方建築了新堡壘。Tayouan也就是「大員(Dayuan)」，是現在的台南安平」（54頁）。因此，北海道的地名，例如「平取(びらとり)」，在愛奴語是「懸崖上的房間」pira-utur，「紋別」和「門別」則是從愛奴語的「安靜的河」mo-pet而來。同理，無論在日本或是臺灣，許多漢字的表記皆是假借字。

3 現今的「北海道」的「命名之父」，一般咸認為是幕末維新時期的探險家松浦武四郎

名來稱呼，也不會相差太多吧！花崎皋平先生，試著將「Ainumosiri」的「mosiri」意譯作「靜謐的大地」[4]，作家池澤夏樹先生則延續此語，描寫了一部明治初期的開拓者和愛奴原住民交流的小說，其名即題為《靜謐的大地（静かな大地[5]）》。

從「內地」來的開拓者是以「屯田兵」為名的武裝者，與此形成鮮明對比的是愛奴原住民族的「和平＝非好戰主義」者，這樣的概念或許不過只是沿用了《愛奴神謠集（アイヌ神謠集）》（1923年）當中，知里幸惠的世界觀罷了——「從前這塊袤廣的北海道，是我等祖先自由的天地。宛如天真爛漫的稚兒般，為優美的大自然所懷抱，悠然愉悅地生活其中的他們，是真正的自然寵兒。真是何等幸福的人兒呀！」[6]。又或者應該要思考的是違星（IBOSHI）北斗如下的一番話，也在某種形式上助長了這樣的神話形成這點——「愛奴民族沒有生出大西鄉。愛奴裡面也沒有乃木將軍。連一位偉人也沒有誕生，著實令人遺憾。然而，吾人並不失望。至少可以驕傲的是，不遜的愛奴人一個也沒有產生／『朴烈或是難波大助，沒有從愛奴／

（更科源藏《松浦武四郎　照向蝦夷（松浦武四郎　蝦夷への照射）》，淡交社，1973年，封面內頁）。

4　花崎皋平是愛奴詩人，他針對戶塚美波子的詩句中登場的「我們mosiri（我らがモシリ）」此一詩句說道:「mosiri是意指島嶼、國家、世界的愛奴語，其語源是由意指「地」和「山」的sir，加上有「平穩」「溫和」「小巧」「稍微」之涵義的mo-，而形成「島嶼」，成為「國家」之意」（《靜謐的大地——松浦武四郎與愛奴民族（静かな大地——松浦武四郎とアイヌ民族）》岩波同時代Library版，1993年，20-21頁）。

5　池澤夏樹《靜謐的大地（静かな大地）》，朝日新聞社，2003年。

6　知里幸惠編譯《愛奴神謠集（アイヌ神謠集）》，鄉土研究社，1923年，3頁。

產生這點，至少需要自豪』[7]」。

然而，當我們覽讀金田一京助所蒐集的「虎杖丸（itadori）」和「葦丸」等愛奴的英雄傳說的時候，在愛奴的口傳文化當中，以勇敢著稱的武將，多有登場。總之，愛奴只是沒有以「征夷大將軍」之名，也沒有成立從本州為根據地去「平定」四國、九州的強大政治權力而已。之所以認為其民族本身是愛好「和平」的民族，不過是受限於「戰爭與和平」這個二元對立模式的思考方式罷了。正因為是坐擁強大權力的「大和民族」，因此才「平定」了經年內戰亂起的愛奴原住民族，這樣的說明方式，似乎也有必要嘗而試之。所謂的「和平」不過是用壓倒性武力的「平定」罷了，正因為是沒有那種「壓倒性武力」集中的地區，或許反倒是內亂不斷的世界。總之，「戰爭與和平」這種二元對立，反而應該以「平定和抵抗」的對立關係來重新看待，時至今日，時代的趨勢也越漸要求我們將這樣的理解模式前景化。而且，長久以來習慣喚之為「蝦夷地」的地區，在經歷了胡奢魔犬之戰（1457年）和沙牟奢允之戰（1669年）留下不少「殘局」的眾多衝突反覆發生，終至趨近「平定」的完成。設置「北海道開拓使」（1869年），正可說是結束其過程的里程碑。簡言之，在該時間點上，「Ainumosiri」於焉成了「日本」這個近代法治國家的「一部分」。

明治以降的近代日本，仿效西洋列強的例子，意欲急速擴大版圖。或可說是以防衛內地為目的，進行邊陲地區的「要塞化」。而且，「領有」北海道和「同化」愛奴土著，是邁向其後企圖的第一

7　違星北斗《村落（コタン）》，草風館，1995年，43頁。

步。在此之後，向屬於清廷的臺灣出兵（1874年）、與李氏王朝統治下的朝鮮間產生軍事衝突（江華島事件，1875年），再者還有「琉球處分」（1871～1879年）接連發生。作為甲午戰爭的戰果，日本軍登陸了清廷決定割讓的臺灣，這不過是大日本帝國發動新的「平定作戰」的開端而已。再者，「平定作戰」一定會伴隨著小規模的衝突。與伺機尋找反擊機會的武裝勢力之間，會持續「冷戰」。然而，在此不可忘記的是，雖說是臺灣當地人，但那並非是清一色相同的「臺灣人」。早從葡萄牙人、荷蘭人「發現」此處之後，對岸的福建地方有華人開始移居至此之前，對於任何一種「新來者」而言，這座島上業已住著在「平定」此島時所不能避開的人們。同樣是作為「平定者」來到島嶼的日本軍，巧妙地利用華人和「原住民」之間的對立狀況，嘗試「分開統治」，而且在「平定」「原住民」的時候，比起從前的清朝，抱著自己的手腕更高強的自豪。這種自豪是根植於在北海道愛奴（舊土人）的「同化」上獲得一定成果的自負之上。似乎期待著南方的「生蕃」，也盡早和北方的「舊土人」一樣屈服於日本的統治之下。

以下行文希望讀者能理解為，是用來比較20世紀的日本文學給予列島（琉球弧）南端及北端的「原住民族」之表象的一種暖身。

2.「殖民地文學」的四種類型

日語侵入殖民地臺灣，是採取著緊接在侵入北海道之後的形式。我曾寫過如下的文句——「明治時期以降在北海道（千島・南樺太）所產生的文學中所呈現的，原住民族因為後到的入殖者給予政治上、文化上的壓力而屈服的狀況，在世界各地不乏例證。我認為大體可分成四種類型[8]」：

在臺灣以漢詩為核心的古典文藝形式業已生根（領有臺灣之後日本人也「繼承」了如此的傳統[9]），而和中國大陸的白話文發達互相呼應的文藝運動，也逐漸紮根。因此在思考相當於這樣的「華語文化」時，雖然將臺灣和北海道視為相同來論述有其勉強之處，但是相反地，暫且先不看那部分，而僅取出「原住民」的文學來看的話，「原住民族」對於支配者文化的「同化」程度雖有高低之別，但我認為可以說兩地區呈現類似的形式。

以下再次引述「四大類型」的記述如下：

> （1）移住（入殖）者的文學：始於以舊士族為母體之屯田兵，和大規模農場的擴大或礦工、漁業的近代化同時引進的勞動者（在此之後也包含了朝鮮半島出身者），他們構成了北海道文學的主流（mainstream）。有島武郎《該隱的末裔（カインの末裔）》（1917年）、小林多喜二《蟹工船》（1929年）、李恢成《再次上路之途（またふたたびの道）》（1969年）之屬是代表作。
>
> （2）以傳教、學術調查之名到訪的知識分子所做的原住

8　本書11～12頁。以下引用亦同。

9　島田謹二《華麗島文學志——日本詩人的臺灣體驗》。（明治書院，1995年）是從〈征台隊伍中的森鷗外〉等內地人在臺灣所留下的漢詩開始推展其主要論述的。

民族文化之調查報告：英國人約翰・巴契拉（John Batchelor）、波蘭人布羅尼斯瓦夫・畢蘇斯基（Bronisław Piotr Piłsudski）、日本語言學者金田一京助等人即為先驅者。

（3）得到上述知識分子的知遇之恩，從原住民族之中登場的雙語創作者們：《愛奴神謠集》（1923年）的編譯者知里幸惠、《給年輕的同族人》（1931年）短歌詩人巴契拉八重子屬於這類。她們乍看之下，追隨著殖民地主義國家日本的多語言、多文化主義下的國策，然而首要的是，必須將她們視為，透過文字創作對抗「逐漸消亡的愛奴」此一固定概念的愛奴系創作者吧！

（4）試著正面接受北海道這塊土地的外地性之內地人作家的實驗作品：有初期的嘗試之作，例如，中條百合子的《乘風而來的倭人神》（執筆於1918年）、鶴田知也的《胡奢魔犬記》（1936年），也有武田泰淳的《森林與湖泊的祭典》（1958年）及池澤夏樹的《靜謐的大地》（2003年）等現代文學中另一種最前線的作品，批判式地重新描繪擁有原住民族的國民國家之成員，所應盡的使命。

究竟這「四大類型」，用來鳥瞰有多數原住民族居住於密林深山的殖民地臺灣的文學遺產，能有多大的功效呢？

首先，所謂「以日語書寫的臺灣文學」，並不僅止於日本旅行者、滯留當地者，或是入台墾殖者而已，包含了以華人系統的「本島人」為主及多元出身的作家們的「通力合作」[10]。假設把「原住民族」視為「真正的臺灣人」的情況下，從佐藤春夫的《女誡扇綺譚》（1925年）到呂赫若的《清秋》（1944年）為止，可以分類為新舊的「移住（入殖）者的文學」。或許會有人批評這樣的華人系統的日語文學的處理有所扭曲，但是在此我想將焦點放在「原住民」身上，因此干犯連「華人」也納入「入殖者」範疇的無謀之舉。至少因為在日本統治時期，比起沒有產生可以分類為上述「類型（3）」作家的臺灣「原住民」之「未開化性」而言，雖然同為被殖民者，但是共有漢字圈基礎教養的華人系統臺灣人和日本人菁英身上，展現了共有文學及其他眾多共通性（共犯性）。再者倘若將「光復」後，臺灣的「中華民國化」也思考為是一種新的殖民地支配型態的話，現在的「臺灣文學」，除了「原住民文學[11]」之外皆屬「移住（入殖）者的文學」。正如同以美國為首的南北美洲大陸的文學，泰半亦然。

再者，在日本統治時期的臺灣，致力於挖掘原住民文化而有所成的是《臺灣蕃族圖譜》（1915年）和《臺灣蕃族誌》（第1卷，

---

10 關於《華麗島文學志》的島田謹二將臺灣的日語創作者排除在考察的對象之外這點，《《華麗島文學志》及其時代（華麗島文学志とその時代）》（三元社，2012年）的作者橋本恭子如下寫道──「島田對於戰後深厚地受到西洋文學影響的明治時期之日本文學，他表示『明治的文學是混血兒。這個混血兒，同時是近代精神的表現，也繼承著外國文學這個異質的血脈，因而更加美麗。血統越是混雜，就越能產生出美妙異常之作』。然而我不得不認為，他所歡迎的僅限於『西洋文學』和『日本文學』的『混血兒』，對於『日本文學』和『臺灣文學』的『混血兒』則是拒之千里的。」（361頁）

11 出版了達星北斗的遺稿集《村落》（1995年）和知里幸惠的遺稿集《銀色的甘霖（銀のしずく）》（2001年）等，眾多愛奴相關圖書的草風館，在2002年以後開始著手出版《臺灣原住民文學選》（下村作次郎、孫大川、土田滋、瓦歷斯·諾幹編）。

1917年）的森丑之助[12]，以及《用原住民語言讀臺灣高砂族傳說集（原語による台湾高砂族伝説集）》（1935年）的台北帝國大學語言學研究室[13]等日本的學術成果。相較於日本的愛奴研究追隨於巴契拉八重子（Yaeko Batchelor）和布羅尼斯瓦夫・畢蘇斯基（Bronisław Piotr Piłsudski）之後，臺灣的「蕃族」研究，則是在「光復」後的臺灣研究當中，日本人的研究也占了先驅的地位。

而類型（4）則也包含了，類型（1）當中專注於在「原住民」身上找出「臺灣特色」的一系列作品。

當然，日本統治時期的「原住民相關作品」，其大多數都是由內地人作家所書寫的。換言之，我們看不到在當時的本島人作家當中，有想要在「原住民」身上找出「臺灣特色」證據的人。Robert Tierney在《野蠻的熱帶》（*Tropics of Savagery*, Univ. of California Press, 2010）當中舉出的例子是，佐藤春夫的《魔鳥》（1923年）和《霧社》（1925年），以至於大鹿卓的《野蠻人》（1936年）、中村地平《霧之蕃社》（1939年），皆是內地人所留下的作品。其中「想要把野蠻人馴服」（taming savages）的殖民（地主義）者一方的欲望，很明顯可見的是，被「即使拋棄文明，也要接近野蠻」

---

12 楊南郡《幻の人類学者　森丑之助:台湾原住民の研究に捧げた生涯》笠原政治、宮岡真央子、宮崎聖子編譯，風響社，2005年。中文版可參見森丑之助著、楊南郡譯著《生蕃行腳：森丑之助的臺灣探險》，遠流，2000年。

13 安田敏朗一方面將台北帝國大學的嘗試當作呼應東京帝國大學金田一京助等人的愛奴研究的產物，也提醒大家注意到，臺灣並未產生像知里幸惠這樣的「日語作家」來繼續傳承，日本的殖民地統治便已然告終這點（〈知里幸惠與日本帝國語言學〉，《異鄉之死——知里幸惠、及其周邊（異郷の死——知里幸恵、そのまわり）》西成彥、崎山政毅編，人文書院，2007年）。

（going native）的欲望[14]所補強、支持的。在此想像力無法迴避「叛亂」和「鎮壓」這樣的血腥事件而發揮，也因此在此處其能耐必須接受測試。「平定」這種作戰，在帶有緊迫感來進行的地方，究竟可能產生什麼呢？若要思考這點，殖民地臺灣這個場所，甚至比起北海道更是一個「範例性」的場所[15]。

3.「偽裝（なりすまし）」的文學

以下所舉的例子是1936年公開發售，芥川獎（第2回）獲獎作品、鶴田知也的《胡奢魔犬記》[16]。鶴田在此之前，是一位廣為人知的左派作家，在該作當中聚焦於被壓抑的民族——愛奴。那是一

---

14 關於巴西移民的日語文學當中可見的「靠近野蠻的慾望」，希望讀者參照下列拙著——〈巴西日人文學與「caboclo」問題（ブラジル日本人文学と「カボクロ」問題）〉，《重讀文學史8　重讀〈現在〉（文学史を読みかえる8　〈いま〉を読みかえる）》Impact出版會，2007年。

15 日本統治臺灣長達50年，我們知曉有不少內地作家嘗試回應期間發生的「霧社事件」（1930年），相對於「作為漢人最後且最大規模的抗日革命」（周婉窈，前引書，105～106頁）的「噍吧哖事件（別名西來庵事件）」（1915年），在日本內地有菊池寬立即發表了〈暴徒之子〉（1916年）等例。關於此作，金牡蘭女士，甚至將葛雷奇瑞夫人（Lady Gregory, Isabella Augusta）的原作在1932年韓國以朝鮮語上演的經過也納入視野，發表的論述〈〈暴徒之子〉之所述——重探菊池寬與愛爾蘭文學〉（《比較文學》第49卷，日本比較文學會，2006年）極為重要。在其中可以讀到，一面與作為殖民地宗主國的「英國」重疊來認識日本，一面又想要認同「愛爾蘭」的慾望，這種〔…〕扭曲的歷史狀況」（47頁）。「殖民地主義批判」和「殖民地憧憬」，一面扭曲又一面形成了表裡一體，這或可說是宗主國一方的文藝，常有的特徵。

16 以下從該作引用時，使用1936年的改造社版本，保留舊式假名，僅將舊式漢字改為新式日文常用漢字，並在本文當中記載該書的頁碼。

種對帝國主義的批判，同時也是對抗金田一京助循序漸進地將之問世的那種「神謡（カムイユーカラ、kamuy-yukar）」的嘗試，極具野心。川村湊先生的解讀是，這部作品以過去住過北海道八雲町的經歷，重合上旅行殖民地朝鮮的經驗創作而成[17]。

順帶一提，關於這部《胡奢魔犬記》，北海道詩人更科源藏，曾寫下饒富趣味的回憶。

> 當時所謂「胡奢魔犬記」的傳承，曾以愛奴語言被發表過。
>
> イワナイコタン　コタンコロ　オッテナ　シクフ　ニシパ　アナㇰネ　ラムピリカ　ニシパネテㇰ、　アシル　アシパセニシパ　ネイルネ　パ　カ　オンネ　クルネワ　オカイキ。……
>
> （岩內部落的酋長西庫夫，心地正直，在群眾當中是有聲望之人，也是位年齡已步入老年的人。）
>
> 我不禁想著「咦？」這我的確是在哪裡讀過。那極為類似鶴田知也的《胡奢魔犬記》的第二章的開頭。因此我提筆寫信給鶴田知也，詢問究竟是否那是他取材自年輕時候住過的八雲的民間傳說，才知道這是虛構的。有某人諳愛奴語，將日本人

---

17 川村湊在講談社文藝文庫版《胡奢魔犬記／貝羅尼卡故事（コシャマイン記／ベロニカ物語）》（2009年）的「解說」當中如是說——「他是北海道的原住民，被作為侵略者的異民族「和人（samo）」驅逐，趕出原本的土地，不得不顛沛流離。將此愛奴民族的故事寫成作品，是因為拜訪親生姐姐因姊夫的工作關係所居住的朝鮮半島（1926年11月），在當地看到了被殖民地的朝鮮人實情的緣故吧！」（229頁）

的小說翻譯成愛奴語了[18]。

我認為這段逸事，十分傳神地講述了《胡奢魔犬記》的行文，是如何被認為肖似「民間傳說」的現代語譯的。這正好讓我想到，遠田勝認為，長久以來被認為是Lafcadio Hearn（譯註：小泉八雲）的「重新詮釋」的「雪女」（Yukionna）的故事，其實是Hearn的創作才是最早的版本，其後才作為民間傳說的一種版本廣為流傳，是一種「口碑化[19]」的說法。在此正好也發生了。

「詩人是偽裝的人（O poeta é um fingidor ）」是葡萄牙詩人費爾南多・佩索亞（Fernando Pessoa）有名的詩句[20]。此外和鶴田知也同時代的中西伊之助也是讓「偽裝」成功的作家之一。以《在赭土中萌芽》（1922年）一作，完成以殖民地朝鮮為舞台的長篇，而且果敢地嘗試將兩位主角安排為一個日本新聞記者和朝鮮的貧農。中西接著寫了《從汝等的背後（汝等の背後より）》（1924年），此書是以日語書寫而日本人僅作為配角登場的小說，並且其朝鮮語譯本也旋即完成，引起了「日語文學」類作品的身分認同開始搖擺的現象[21]。

---

18 更科源藏《愛奴與日本人》NHKBOOKS，1970年，63～64頁。

19 遠田勝《〈轉生〉的物語——小泉八雲「怪談」的世界》新曜社，2011年，100頁。

20 《海外詩文庫16 佩索亞詩集（海外詩文庫16　ペソア詩集）》（澤田直譯，思潮社，2008年，10頁）中，「詩人はふりをするものだ／そのふりは完璧すぎて／ほんとうに感じている／苦痛のふりまでしてしまう（詩人是偽裝者／徹頭徹尾地偽裝／竟把真切感到的痛／也進行了偽裝。）」。

21 「《從汝等的背後》——究竟，其中「紅色油漆」寫的文字是用何種語言書寫的呢？從

另一方面，我認為鶴田知也的挑戰，是受到金田一京助以《愛奴敘事詩：Yukar的研究（アイヌ叙事詩　ユーカラの研究）》（1931年）總結其成果的愛奴民間傳說研究，以及英雄敘事詩的日譯（雖然該譯文為擬古文）所觸發的。總之，《胡奢魔犬記》表面上是將民間傳說翻譯成現代語譯，實則是企圖將告發日本帝國的支配與搾取的批判性，埋藏在作品當中。它是一部寫於日本的作品，但偽稱是名叫「卡皮納多莉（カピナトリ）」的愛奴「巫女」，由祖母所「口授」而傳給後世的「神謠」（3頁），藉此形成了一種可以當作「愛奴（語）文學」的「日譯」來讀的機制。

然而，胡奢魔犬的冒險，也與金田一所收集的「虎杖丸」有所雷同，同時也肖似源義經的悲劇。意即，《胡奢魔犬記》兼具愛奴的「英雄敘事詩」的風格與日本的「軍記物語」的風格。而且其中散見著原本是普羅文學作家的鶴田他的帝國主義批判，或許我們應該說於焉構成了極為混雜（hybrid）的歷史小說。

共由15章組成的作品當中最後3章，有踏入屬於「愛奴之地」的「日本人」登場。

第13章當中，敘述了與「日本人」相比時愛奴族產生的劣等意識，透過「遊樂部（譯註：北海道地名）的老酋長」（52頁）的

她手中親手接下小冊子，是一個不用說日語，就連韓語都不一定能讀寫的朝鮮少年。即便如此，一般而言，那應該會是韓語吧！然而，（女主角）權朱英像是投出「瓶中信」一般，在臨死前交出去的東西，經由像是中西伊之助之類的內地人作家，將之轉交給日語讀者，如果將這部分當作「後設小說」式地閱讀的話，那就一定要是日語了。」（西成彥《雙語的夢與憂鬱（バイリンガルな夢と憂鬱）》人文書院，2014年，123～124頁）。《胡奢魔犬記》的敘述，也是在認同愛奴語和日語之間搖擺，錨定在兩種語言的界線領域上，更科源藏所寫的「口碑化」逸事，正可說是應證了此事。

話，如此傾訴。

> 「〔…〕在海的彼方，有著一片Mosiri（國土）6倍大的國土，雖然只有一位酋長統領著，而我們卻仍然像從前一般，還不過是分散成一個一個的部落而已。就像我們比鄂羅克族還強一樣，日本民族比我們還強！如果我們不能明白放下石頭改用錢；捨棄土器改用陶器；脫掉chikisani（水榆）做的衣服，改織紡紗布；不再用民間口傳，而使用文字；不再刨木做獨木舟，而是操縱木板建造的船；不是走腳下自然走出的路，而是拓墾開闢的道路；不是把錢當作裝飾品，而是把它用來交換物品的道理，那麼我們同族的命運就會比鄂羅克族還要悽慘吧！胡奢魔犬啊！我總是難過我不能和你的父親一起死去啊！」（53～54頁）

愛奴們，漸漸開始感到無法無視從內地過來的「日本人們」（54頁）所享受的文明（「莨」和「酒」，及「日本的語言」——55頁）。即使殖民地支配開始產生了反彈，不知不覺中也是以加深依賴的方式在進行著。

然而，稱為文明的東西，雖然引起了各式各樣的壓榨，身為其手下的人，也無法從這樣的壓榨得到自由。第14章描寫了出現在身負重傷的胡奢魔犬面前的日本人，就在自己眼前自刎的悲慘畫面。然而在此，日本人最後（恐怕是以愛奴語）這麼說——「我要死了。已經不行了。我，我想看一眼我的國土（kotan）再死。〔…〕我們的Monraike（勞動）太苦了。而且我是這樣一個病人。

然而不勞動就會被打死。〔…〕會被勞役到死。〔…〕那是Nishipa（老大）的Irenka（戒律）。」（58～59頁）

接者，這麼說完之後「可憐的日本人就從口和鼻中吐出大量的血，哭著死去」，「胡奢魔犬抱著屍體，帶他到後面叢林的山丘上，將頭朝著死者的故鄉埋葬」，「並砍下桂樹，將其先端削成三稜的箭，在其頸部雕上Itokuba（花樣），做成墓標立在土上」（59頁）。

鶴田，對於挾帶著資本主義進入「北方的大地」的文明，以及先住民愛奴族所被迫接受的近代的奴隸勞動原理，透過愛奴族的敘事者徹底地批判。讀到這個場景的讀者，從接近胡奢魔犬的立場來目睹日本飄零人之死。

而且接著迎接的最終章，還有與此相異類型的「日本人」登場。從內地來的「日本人」通常在「冬天到來」後就「撤退」回去，但曾有過留下「6個日本人」的冬天。而且，「他們歌唱、彼此大聲互相談笑」，因此胡奢魔犬也不覺便接納他們，甚至毫不在意地來到6人所住的「小屋」（59～60頁）。接著，「那6個日本人歡迎他，讓他喝日本酒」，甚至雙方相處融洽，「胡奢魔犬便唱起Yukar（神謠）讓他們聽，以回謝他們提供日本的酒」（61頁）。

然而，這是個巧妙的陷阱。其後突然「其中一個日本人拿著粗棒向胡奢魔犬的後頭部揮下」，「其他的人也跑過來圍毆他」（61～62頁）。

傳聞，在愛奴的首領當中有許多人相信了內地日本人的甜言蜜語，完全上當而被暗算。《胡奢魔犬記》的主角也步上了相同的命運。

而這個最終章的結尾，著實是血淋淋的悲劇。

> 6個男人在確認胡奢魔犬確實斷氣後，將其死屍投棄河裡。而且競相鑽入船艙，急忙渡往彼岸，那裡至少會有一個足以滿足他們情慾的女人。
>
> 胡奢魔犬的屍體，隨著覆蓋著薄冰的河川往下流，碰到險灘，好幾次都被岩石所阻，終於一口氣撞上被Binnira（譯註：北海道音名川的西邊，遊樂部川的南岸一帶）的斷崖底部。〔…〕僅僅稍微露出冰上的胡奢魔犬碎裂的頭部，白晝被群鴉、夜晚受鼠輩啄食，其腦漿已全部被啃食殆盡了。（62～63頁）

就這樣，我們可以說縱使鶴田知也最初開始只是以日語書寫此作而已，然而卻在此展示了應當出現的「愛奴小說」的形式。在此實驗了一貫以愛奴的立場來敘說的語調。而日本人的贖罪意識，也在此巧妙地翻譯（「偽裝」）了由愛奴族以愛奴族的立場來進行的文明批判。

4. 非原住民對原住民文學的貢獻

今日，在臺灣以「原住民文學」之名，臺灣原住民的現在以及過去陸續在文學中複寫（trace），其產物的總數上達在日本的愛奴文學所望塵莫及的數量。即使那基本上是以北京官話所產生的東西，但就像愛奴系的日語文學那樣總是散發著「愛奴特色」的作品，臺灣的「原住民文學」也有其獨特風味，並隱涵著展現原住民的語言尚未滅絕的自豪。而面對這樣的現實，我認為如今非「原住民」作家著手寫「原住民文學」的可能性在遞減。在日本統治時期的臺灣所無法想像的事態，正成為現實。

在此意義上，在1930年代的日本，勉強膝行靠近愛奴族立場的鶴田知也的嘗試，可以說是過早，而且極為僭越的。然而相反地，這不正好也可以視為早於應當出現的「愛奴文學」——「原住民文學」的「預兆」嗎？擁有「原住民」的身分認同的作家，想嘗試創作文學時，不消說也應當能夠超越前者吧！然而，即便如此，前者卻也不會成為被不屑一顧地埋沒的東西吧！

在1930年代，是日本帝國的邊陲地區（＝外地）的「原住民文學」以諸多型態百花齊放的時代。諷刺的是，1930年代霧社事件成為宣告揭開這個時代的標誌，而《胡奢魔犬記》的登場，作為一種文學形式來實驗「以原住民立場敘事」，我想定位它是個里程碑。那是「想要將野蠻人馴化」的殖民地主義者的慾望，以及「想要靠近野蠻」的慾望，兩相攜手前進，終於以「偽裝成原住民」的文學技巧開花結果的瞬間。而這可說是對於「馴化原住民」的暴力性頑強地抵抗和批評的開始吧！

在思考祕魯的原住民系文學的崛起，如果不提到1920～1930年代崛起的「Indigenista（譯註：原住民）」們的摸索嘗試，就很難具體思考。再者，與此關聯的並非只有原住民系的積極分子而已。相同的，也存在著像José Maria Arguedas這樣的作家，將自身的定位放在這些前輩「Indigenista」的延長線上。我覺得此種作家的存在，也是我們衡量鶴田知也這樣非原住民作家的一種評價標準[22]。

＊文字媒體初次刊登於《立命館文學》652號（2017年），但是原本在同志社大學所招開的ASS in Asia, 2016上所宣讀的英文原稿（“Ainu and Taiwan Aborigines in Japanese Literature in 20th Century”）是原始版本。在由Robert Tierney先生、吳佩珍女士、中川成美先生和我四人組成的「動之以情的政治學——關於殖民地臺灣當中高貴的『野蠻人敘事』」（The politics of affectivity: On the discourse of the “noble savage” in colonial Taiwan）小組討論會上發表過。

---

22 成為他遺稿的論文〈在祕魯的原住民主義存在的理由（ペルーにおけるIndigenismoの存在理由）〉當中，Arguedas說道，「原住民主義文學顯示了，在僕婢之外的命運是難以想像的墮落的Indigenous（譯註:對拉丁美洲原住民的總稱）〔…〕，這種形象其實是沒有根據的。被稱為Indigenous的故事（narrativa），不只是作為一種揭露的紀錄，在闡明原住民作為人類發達可能性上，是沒有缺陷的，此點極具意義」（細谷廣美譯，《現代思想》臨時增刊〈拉丁美洲〉青土社，1988年，69頁）。再者，收錄在《現代思想》的同一期當中的〈Jose Maria Arguedas——兩種風貌〉當中，John Vanderley M（ジョン・V・ムラ）注意到Arguedas不僅執著於「安地斯的人們的生活及習俗」，「不只懂他們的語言，甚至還將之當作自身創作行為的基礎」（原毅彥譯，90頁）。關於此次論述的鶴田知也，川村湊在講談社文藝文庫版《胡奢魔犬記》的「解說」當中敘述，「根據鶴田夫人的回想，有一本仔細寫著愛奴語單字的筆記」（225頁），雖是傳聞形式，但也傳達了鶴田有愛奴語能力。不過，這樣「詞彙」等級的知識，能否提升到「創作行為的基礎」是有疑問的。然而，他想要闡明「北海道」周邊地區的原住民族愛奴族，「作為人類發達可能性上，是沒有缺陷的」，這倒是顯而易見的吧！這作為並非是「繼承」了原住民文化的作家而言，是極具野心的。我要重複強調的是，因為那是不限於愛奴系文學，也不限於以日語書寫的文學創作的「原住民文學」的「一個開始」，特別重要的是它是「使用了強勢族群語言的原住民系文學」的「預兆」的緣故。

III

臺灣文學的多樣性

——2016年7月～10月的每日紀錄

星期一

我試著回顧自己是從何時開始對於臺灣產生學術興趣，發現那是肇始於2000年12月的一個轉機。

我在1997年從熊本大學轉任京都的立命館大學，不久後便有幸參與該大學的國際語言文化研究所的活動。這是受到了時任所長的西川長夫教授，還有現在仍是同事的渡邊公三教授之邀的緣故。

在如此的來龍去脈之下，其後我繼任西川教授擔任研究所長是在2000年4月。擔任研究所的專任研究員的人類學家的原毅彥教授曾多所賜教，讓我得以在該年12月舉行了名為「文化接合之島　臺灣」的連續講座。（http：//www.ritsumei.ac.jp/acd/re/k-rsc/lcs/kiyou/13-3/RitsIILCS_13.3pp.1-2RENZOKUKOZA10.pdf）並且在同一年2000年6月企劃、舉行了「複數的沖繩」，會後經由重新編輯，2003年由人文書院以論集的形式刊行，留下大致上的紀錄。然而，關於臺灣的部分，卻是僅只於此，有興趣了解的人士，很可惜僅能在大學圖書館，透過《立命館言語文化研究》13卷3號（2001年12月）一窺究竟。

實則，該連續講座的第2回（11月17日），我邀請的講者森口恒一和垂水千惠二位，就我而言都是舊識。

和垂水教授的因緣是，1980年代四方田犬彥先生以研究日本文學的伴侶身分介紹給我認識的。其後也聽聞風聲，知曉她活用在臺灣教授日語的經驗，從事於臺灣文學研究之活躍。告訴我呂赫若的趣處奧妙的也是垂水教授，之所以其後撰述關於呂赫若的文章，也是緣於受邀共同著述《臺灣的「大東亞戰爭」》（藤井省三、黃英哲、垂水千惠編，東京大學出版會，2002年）之契機。若沒記錯的話，那篇文章是在聖保羅所寫的。在巴西沉浸於日本統治時期臺灣文學，對我而言著實是一次興味盎然的深刻體驗。

然而，後文將會再觸及垂水教授，在此我想先說的是對我而言，森口教授是我1984年赴任熊本大學之後最為親近的一位同事之一。當時，我還是文學部比較文學講座的菜鳥，而他同是語言學講座的青年學者，在我開始對於意第緒語以及克里奧語產生興趣的時期，告訴我必須要立基於關於語言（特別是語言接觸）的社會語言學的歷來研究的，正是森口先生。田中克彥，這個怪物等級的社會語言學家的名字，我印象中也是從森口先生口中得知的。

而這位森口教授的專業是南島語族的語言人類學家，每逢休假，便會前往臺灣和菲律賓之間的島鏈出訪調查，當時，因為尚未有PPT的發明，因此向我們展示了許多幻燈片。接著，作為臺灣

「原住民」的「高砂族（高山族）」相當知名，我也略有所知，但是作為「海洋民族」的「雅美族」（現稱「達悟族」），則是透過森口教授之口而得知的。「蘭嶼島」、「巴士海峽」、「巴丹諸島」、「巴布延諸島」──全部皆是透過森口先生的聲音，耳濡目染的地名。

接著，在2000年之後，我開始對於「多語言、多文化」性的臺灣產生興趣，正值「臺灣原住民文學」開始介紹到日本社會時期。踏實穩健地出版了愛奴相關文獻的草風館的企劃，因此一邊比較對照著作為日本「先住民族」的愛奴和臺灣的「原住民族」，我開始有個意念，那就是某種意義上，我似乎是按照已然建立的思考體系在進行研究（我認為這與1993年適逢「國際原住民年」關係甚鉅）。無論如何，現在「愛奴相關的文學」與「臺灣原住民的文學」相提並論時的體系，我是如此這般地預備好了。

接著，捧讀草風館陸續刊行的《臺灣原住民文學選》時，我邂逅了「雅美族＝達悟族」出身的作家夏曼・藍波安先生（1957年～）的作品。是《黑色翅膀》這部小說。我並非沒有一度對「浦島太郎」抱持興趣，在此脈絡上關心過海洋民族的信仰過。對於海洋民族而言，「生存的糧食」、魚（飛魚或鬼頭刀），在小說中展現其強烈的躍動感，實為一絕。而我在夏曼・藍波安的創作中看出了這稀有的例示。

其實，這個周末的殖民地文化學會的年度大會上，得以親炙這位夏曼・藍波安先生（「夏曼」意指父親，「藍波安」則是孩子之名，並非「姓」）的風采。

自從有緣得見之後，他的《黑色翅膀》的起頭部分（魚住悅子

譯），我便導入在立命館大學文學部教授的「文藝方法論」（Creative writing）課程的教材之中，這點我想率先告訴大家。

「飛魚一群一群的，密密麻麻地把廣闊的海面染成烏黑的一片又一片。每群的數量大約三、四百條不等，魚群相距五、六十公尺，綿延一海里左右，看來煞是軍律嚴謹出征的千軍萬馬，順著黑潮古老的航道逐漸逼近菲律賓巴丹群島北側的海域。／如斯數量龐大的飛魚群，卻引來一群碩大、不同類科的掠食者，如鬼頭刀魚、浪人鰺、梭魚、鮪魚、丁挽、旗魚……尾隨在魚群後面，翻著大白眼，期待最佳時機進行大規模的獵殺行動。魚群戰戰兢兢地一條緊貼著一條，無膽瞄一眼尾隨在外圍的天敵。彼時，一群體型較大的領航群——黑色翅膀的飛魚知道大災難即將來臨時，便敏捷的驅趕三到四個小隊成為一個大隊，很快的，原來分散的許多小型魚群，現在聚集到只有五個大隊。」（中文引自《黑色的翅膀》，2009年，1頁。日文引自《臺灣原住民文學選2　故郷に生きる》魚住悦子編譯，草風館，2003年，157頁。）

星期三

前一回我提到的夏曼．藍波安先生的《臺灣原住民文學選2》問世的2003年他初次訪日，翌年的12月也再次受邀抵日參與「台日論壇　原住民文化與現代」。第二次似乎是受到（當時的）殖民地文化研究會之邀，《殖民地文化研究》第4號（2005年）上，收錄了當時的演講內容。

字裡行間汩汩地傳來他以其磅礴氣勢持續寫作不輟、圓熟的作家氣概，閱讀之間浮上腦海的疑問是，人類史上至今可曾留下充分的質與量的「海洋文學」傳世？

夏曼先生如是說——「我似乎是以中文書寫的文學中唯一的海洋文學作家」（2頁）

但是，這並非僅限於「以中文書寫的文學」，我不禁想試問像夏曼先生嘗試挑戰「海洋文學」的作家，究竟地球上是否存在？

《白鯨記》（*Moby-Dick*, 1851）的赫爾曼・梅爾維爾（1819～1891年），或者《颱風》（*Typhoon,* 1902）康拉德（1857～1924年），的確是稀有的人類觀察者。然而，他們並非是夏曼先生這種，通曉以海洋為生活圈的「海洋民族」生活型態的作家。即便他們可以稱得上是，創建了「冒險家」的「海洋文學」這個新的文學文類（《奧德賽》的系譜？），但並非思欲在現代傳承「海洋民」傳統的作家。

又或者，我們想想斷言「海就是歷史」（The sea is history）的加勒比海出身的詩人，威爾寇特（Derek Alton Walcott，1930年～），如何？

威爾寇特的確是敘述了敷彩了「空前絕後的奴隸交易」記憶的海洋。然而，對他而言，作為哥倫布之前的「海洋民」=阿拉瓦克族、加勒比族之間孕育著「海洋文學」，不過為了構築這「海洋文學」的系譜，卻是無窮無盡的大工程。「大西洋文學」是無法縮減化約為「白・大西洋（White Atlantic）」或「黑・大西洋（Black Atlantic）」的。我認為也有必要從這個角度重新測度《奧梅洛斯》（*Omeros, 1990*）這篇長篇敘事詩的重要性。

想想就連被海洋環抱的日本，值得冠之以「海洋文學」之名的作品卻稱不上多。例如，《苦海淨土》（1969～2006年），我總覺得倘若「水俣病」這類人禍，沒有讓眾多人們痛苦的話，就會有相對應的沒有人禍情境下的「海洋文學」的「殘骸」般的作品誕生才對。石牟禮道子自身並非一位「海洋民」的後裔，而是作為一個「田野調查者」，深入踏查「海洋民」的苦痛掙扎，而寫就了罕見於世的「末世論式的海洋文學」。

夏曼．藍波安先生的文學，引領著我們向「海洋文學論」所應有的姿態前進。

例如，想要兒子以作為「海洋民」為榮的老人，向他兒子這麼說——「他又不是漢人，用錢向別人買魚是最沒有用的男人……。」（〈黒潮の親子舟〉，《冷海深情（冷海情深）》魚住悅子譯，草風館，2014年，46頁；中文版55頁）

倘若全然不依靠貨幣經濟，通過狩獵採集仰賴海洋生活，稱作「海洋民」的話，那麼蘭嶼島的「達悟族」心中，至今仍然延續著「海洋民」的精神。夏曼．藍波安先生正是為了不讓這樣的「海洋民」的「榮耀」斷絕，而持續創作小說的。

而且殘酷地裁斷海洋與人類之間不仰賴中介物質的聯繫，介入其間的，就是「經濟」，和「歷史」。

星期五

我開始對於臺灣文學抱持強烈關心的經過，還有一點不容遺忘的是，我與曾在琉球大學教授中國文學的星名宏修先生（2010年起轉任一橋大學）的相遇。星名先生出身於立命館大學中國文學專業，碩士論文的題目是《大東亞共榮圈的臺灣作家》，論及楊逵、陳火泉、周金波等戰爭協力文學。1990年代是所謂「臺灣文學」進行自「中國文學」此一範疇獨立的時代。我對於此點及日帝統治期的「外地日語文學」的興趣高昂，兩者在此合而為一。星名先生，對如此動向洞燭了先機。

在此之中，星名先生，關注著在日本與臺灣間產生的「混血」問題、以及從沖繩流離到臺灣的「流民」問題，從那時起持續撰寫論文不輟，近來統整成《閱讀殖民地》（法政大學出版會，2016年）一書。第一章的「「殖民地是天國」嗎？——沖繩人的臺灣體驗」的底稿，是為了我和同事原毅彥先生共同編輯的《複數的沖繩》（人文書院，2003年）所撰述的論稿，令我在此捧讀不禁重溫而懷念。收錄於《複數的沖繩》聚焦琉球、沖繩人離散的〈海與人的動線〉這個篇章，而如今在個人著作中，置放在以〈殖民地臺灣的「偽」日本人們〉為題的第一部份裡面，以全然嶄新的面貌，重新被定位。

換句話說，好似「『真』的日本人」真的存在的殖民地主義體制中，「日本人的『假冒者』逕自被增生繁衍。將想動員「『真』的日本人」上戰場的「皇民化」的動向拋在腦後，發現到「未完成的日本人」只能窮途末路的「殖民地」。這意味著「琉球處分」之後的沖繩縣、及「日本領有」後的臺灣，正是「未完成的日本人只能窮途末路的殖民地」。

接著讀著《閱讀殖民地》，最令我感到「原來如此啊」，而清醒過來的，便是日本帝國所創設的「臺灣籍民」的存在。他們「擁有日本的國籍，『在所屬國領事的保護下，不受中國官吏的管轄』」（76頁）。這樣的存在出沒於亞洲各地。當然清朝和之後的中華民國、或者是英領香港、再者還有南方的各地區也有。另一方面，雖然有著中日戰爭之後參與「抗日」的「南洋華僑」的形象，但在如下所述的樂天主義之下，也支持著日本的南進政策——「此次正值支那事變或大東亞戰爭之際，作為軍方口譯從軍，善盡其職責，作為軍伕從軍者，以其固有的語言能力，提供在作戰上諸多方便等，可謂功不可沒。這是向臺灣籍民普及國語的結果，若是在臺灣的國語普及未能像今日一樣徹底的話，相反地可以想像將有多大的困難蜂擁而至。」（91頁。初出《臺灣經濟年報》第二輯，國際日本協會，1942年）

星期一

週末在殖民地文化學會上，暢快地聆賞了夏曼·藍波安先生的談話。

特別是以「我的文學作品與海洋」為題的週日的演講，他表示在大航海時代以降，牽引著西洋文學的「海洋文學」，是「征服」海洋的人們的文學，這與他自己以海洋為生活圈的人類和魚類間的「融合」為基礎的常識，互不相容。《白鯨記》或《老人與海》（*The Old Man and The Sea,* 1958）中，對於環境的暴力和現代人的虛無主義，顯而易見——夏曼·藍波安先生直白地如此說道。

他說明自己的使命在於，向這樣世界文學傾向「主流派的海洋文學」，提示「非主流」的「暗文學」。（該演講收錄於《殖民地文化研究》第16號，2017年。由趙夢雲先生翻譯。）

夏曼・藍波安先生的原點，是由於故鄉臺灣東南部的蘭嶼島上設立了核廢料的處理場，夏曼先生也參與了廢棄（移建）運動之故。如果席捲了「大航海時代」以前的地球的「海洋文學」系譜，只能以對抗「環境破壞」來繼承的話，那麼《苦海淨土》便算是「海洋文學的惡夢」之先聲般的作品了。

夏曼・藍波安先生的半自傳長篇《大海浮夢》（2014年）據說日譯本正在翻譯當中，想必日譯的問世，眾所期待。

星期三

1987年的「解嚴」（戒嚴令解除）之後，推動民主化的臺灣土地上，強調「臺灣文化」的「多元性」的「本土主義」，在所有的場景都湧上前線。

我試著讀了《日本臺灣學會報》第12號（2010年）所刊載的松崎寬子女士的〈臺灣的高中「國文」教科書中的臺灣文學〉這篇論文。根據在陳水扁擔任總統的2005年的公文書《普通高級中學課程暫行綱要》中，「國文」教育目標的最後，安放了「五、經由語文教育，培養出關心當代生存環境、尊重多元文化的現代國民。」一文。在戒嚴令之下，僅有「正當的中華民國文學」，才被叫做「國文」，在這樣的臺灣，要給予「鄉土文學」和「原住民文學」這種新興的「族群文學」的抬頭有所正面的接納，只能標榜「多元文化」了。

早在1999年，臺灣教科書編纂的自由化就開始了，但當時的教科書當中，穿插著臺灣原住民詩人（莫那能）的〈恢復我們的姓名〉等作品之中，還採納了代表本省人文學之一的鄭清文（1932年～2017年）的〈我要再回來唱歌〉（1979年）。該作品描述在台北一戶有女兒的家庭，突然鄉下的祖母來了，唱起古老歌曲的故事。在日本是鄧麗君也翻唱過的那首誕生於日本統治下臺灣的閩南語歌曲。

♪雨夜花、雨夜花、受風雨吹落地。無人看見、每日怨嗟、花謝落土不再回。

♪花落土、花落土、有誰人尚看顧。無情風雨、誤阮前途、花蕊哪落欲如何。

在此讀者如果不跨越祖母對著孫子唱台語歌的光景，是無法培養「尊重多元文化的現代國民」的。原來，臺灣的高中生在課堂上學習著「以歌為主題，從媳婦的視角描繪孫女和祖母之間令人感動的交流。」（225頁）的作品。

無論是本島人（包含原住民）被置放於日本帝國的支配下、被動員參與和中國對抗的戰爭經驗，抑或是打過抗日戰爭、反共戰爭之後，流離到臺灣的國民黨士兵的經驗，臺灣意識的核心思想似乎是，需要有部「臺灣史」能夠包容這所有的經驗。如此的「本土化」意志，日本人又是如何「翻譯」而接受的呢？就「尊重多元文化」而言，業已前進到日本人望塵莫及之處的臺灣，我認為日本只有從思考現在開始也不遲這一步起頭了。

星期六

由於受到大學的同事，已故的木村一信先生（1946～2015年）的邀請，我加入了殖民地文化學會（初期稱為殖民地文化研究會），是2008年的事了。因為我認為機關雜誌包括已刊行的部分皆十分有可讀性，因此從創刊號買齊來閱讀。我覺得上頭的文章，廣納了滿洲、朝鮮、甚至印尼等地，關於臺灣的部分也不僅僅是日本統治時代，就連理解「光復」後，「中華民國的遷都」後的臺灣文學，與能從中獲益良多。我在同時也加入了日本臺灣學會，因此與臺灣研究者的交往也不知不覺開始多線化進行，再者，無論在任何一個學會上，都有複數的熟面孔。即便我沒有正式地學習北京官話或台語，然而透過日語，而能以耳朵習得臺灣文學相關知識，都可說是拜這兩個學會所賜。

在此背景下，前面篇章中介紹過的鄭清文先生或許是因為和創始殖民地文化學會之一的西田勝先生（1928～2021年）年齡相近之故，《殖民地文化研究》的創刊號（2002年）上，刊載了西田先生親自翻譯的鄭先生的〈我的戰爭體驗（原題：中學一年級）〉一文。這期編了「近代日本與臺灣①」的小特集，穿插著將甲午戰爭後日本統治臺灣，定位為「征服臺灣之戰」的歷史學家大江志乃夫先生的文章，還有回溯1874年「臺灣出兵」的又吉盛清先生的論文（「沖繩與沖繩人，先被日本國家統合，又透過甲午戰爭獲勝而統治臺灣，因此開始了是被害者，同時也淪落為加害者的沖繩史」——〈臺灣殖民地支配與近代沖繩〉，《殖民地文化研究》的第一號，167頁），鄭先生在〈我的戰爭體驗〉一文當中，侃侃而

談他「從學校被送往植物試驗所，為了海軍推輕便車」的某天，聽到了「玉音」的回憶。鄭先生的年代或許也能書寫日語，但是其文章是1985年在臺灣的雜誌上所撰寫的文章。

西田先生和鄭先生，至今仍然友誼彌堅，甚至將白蟻比喻為人所描寫的寓意小說《丘蟻一族》（2009年），也是西田先生著手翻譯的（法政大學出版局，2013年）。我以我的方式是能理解那些只能被動地作為「失落的皇國青年」度過「戰後」時光的世代，他們跨越民族和國籍的友情的。為了讓生而為日本人的我們輕易忽視掉的諸多「戰後」面相，透過友人的聲音，得以「被重新教導」——抑或是將戰後日本所植入的「日本型的戰後史觀」「學了就忘」（unlearn）——這樣的友情，是彌足珍貴的寶物。

其實，西田先生所譯的鄭清文先生〈我的戰爭體驗〉一文的後半部，對我而言，是令人醍醐灌頂的證言。那不是鄭清文先生本人，而是關於他數位兄長之一的故事。

「二哥在民國68（1979）年，在桃園結束了他的一生。享年62歲。〔…〕他的後半生，可以說完全籠罩在戰爭的陰影下。」——據說其實這位年長10歲左右的哥哥，是「太平洋戰爭爆發，不久後日本佔領了菲律賓，他們的司令官需要專用的廚師，在臺灣招募的結果，二哥當選了」（186頁）。而且，據說該位司令官轉調新加坡之後，二哥也在馬尼拉的餐廳待過。這位哥哥，戰後有一陣子是沒有回臺灣、音訊全無的。那期間，留在故里的妻子和其他男子再婚了。正當此時，「突然，二哥回來了」（187頁）。結果，連在臺灣也失去立足之地的這位哥哥，再次前往菲律賓，想要在當地作為一個「華僑」謀生。這位兄長在人生最後的最後，回到臺灣。

「落葉歸根」——「他死時，棺材中放了一本聖經。這是他的意思，在菲律賓的時候，他皈依了天主教」。

接著，他的死訊，也傳到不知是第幾任妻子所在的宿霧島。這位「妻子回了一封信。那似乎是請人代筆的。夾雜英文和中文，表達了感激之意。深深感謝臺灣人替她埋葬他」。

原初是打算寫自身的「戰爭體驗」的文章，鄭清文卻以一位兄長的故事作結——「二哥的死和戰爭沒有直接相關，但是倘若沒有戰爭的話，他的一生也應該會變得全然不同。他的後半生，可以說是戰爭的延續，或者說是戰爭的後遺症吧！」（188頁）

在「光復」後的臺灣，雖說是「戰爭」，懷抱著抗日戰爭和國共內戰記憶的「外省人」的「戰爭」，是其基調。然而，日本帝國所引起的「戰爭」及其「後遺症」，也是臺灣人特有的「戰爭經驗」的一部分。如此的歷史記憶的「本土化」的動向當中，臺灣這個社會，只能選擇定位己身的社會是「多元的」了。

而且作為一名臺灣人的告白，一方面覺得在臺灣沒有容身之處，卻也想死在臺灣，鄭清文的兄長的故事深深打動我的心。

這位兄長的人生當中，聘僱他當「專屬廚師」的日本司令官，究竟是何方神聖呢？

而身為廚師的他，對於換過幾任的菲律賓籍的太太們而言，究竟又是何方神聖呢？

這成了連親生弟弟清文先生也無從得知的永遠的「謎」了。

而這些正可說是「亞洲太平洋戰爭」所刻劃的深邃之「謎」吧！

星期二

記得2010年，京都的人文書院祭出「臺灣熱帶文學」之名，刊行了一系列翻譯（最後兩年之間合計出了4冊）。

在此幾度提及的雜誌《殖民地文化研究》第8號（2009年）和第9號（2010年）上，譯介了馬來西亞出身的青壯文學家兼作家的黃錦樹（1967年～）的〈馬來西亞華文與「國家」民族主義〉（羽田朝子譯）這篇論文，我已然深感興趣，然而這都是以接受台南的「國立臺灣文學館」的出版補助的形式，將主要作品陸續翻成日語，這點讓我內心著實驚訝不已。我認為這是和草風館所持續刊行的《臺灣原住民文學選》不分軒輊的壯舉。

輯錄黃錦樹的短篇的《夢與豬與黎明》（1994～2005年，大東和重譯，人文書院，2011年）篇篇精彩，例如宛如在向村上春樹從爵士經典曲目〈開往中國的慢船〉（On a Slow Boat to China, 1948）得到靈感而寫成的短篇〈開往中國的慢船〉較勁般，以鄭和（1371～1434年）下西洋的時代，業已南進的華人離散為背景寫成規模宏大的「華人文學」。

馬來半島的華人村落裡，愛說話的老人，即便被閒言閒語說是「吹牛的文人」，但極受孩童歡迎。每次隨性講述的傳統老故事之中，最為引人入勝的是「鄭和下西洋的故事」。老人還常提起說，「鄭和其實在某個地方還留下了一艘寶船，在北方的某個隱密的港灣，每年端午節前夕會開始出發，以非常慢的速度，開往唐山。三年或五年才會到達，抵達北京。之後再回來，在原來的港口等上船的人。因為它已經很老很老了，速度很慢，往返要走上十年」（中文參照〈開往中國的慢船〉，《刻背》，2014年，292頁。日文版207頁）我想這正是一艘「開往中國的慢船」，聽了這個故事的少年，在3歲時喪父，但是成長過程中，母親卻婉轉地說明是「去唐山賣鹹蛋」（同前，293頁。日文版209頁。）。因此，某日突然留下寡母，前往「北方的港」冒險了。肖似薩繆爾．貝克特（Samuel Beckett）的《莫洛伊（Molloy）》（法語版1951年，英語版1955年）的「緩慢移動感」，這和將山手線轉一圈這種都市氣氛帶入作品中的村上春樹的〈開往中國的慢船〉，有著決定性的差異。

夏曼藍波安先生的「海洋性」和馬來西亞華語（馬華）文學的「熱帶性」等，擴散至南島全境的「環太平洋想像力」的樞紐位置，現在臺灣正將自身定位於其上。

我無意對現在中國的領土宣言做評論，不過從華語文化圈，從沖繩、臺灣，經過菲律賓，以至馬來半島、印尼，在歷史上被迫與南島語族處於鄰近關係，並將此鄰近關係轉化為「文化上的能量」的，似乎目前不是大陸中國，而是臺灣島。

星期五

對於簡潔扼領地描繪「華人離散」的全貌，我是全無自信。但這與大航海時代以降西洋人的到來「連動」，同時，偶而受到處於「對抗」立場的漢人之「出入」而催化加速，則似乎是事實。這在臺灣曾幾何時甚至達到凌駕於「原住民」的人口之上的規模。華人多移居西班牙領的菲律賓，或荷領東印度、英領馬來亞、還有泰國和法領印度支那等地。

伴隨著進入20世紀以後的日本人的「南進」，其野心更加壓榨早已掙扎於西洋的殖民地支配之當地人。日本人在現場想要壓榨的對象之中也包括華僑。中日戰爭一起，他們便以「抗日」行動威脅日本軍、日本政府，日本軍、日本政府對「支那人」的脅迫，跟當地人相比有過之而無不及。

「隨著越往下越靠近，便知道他們無一不是支那人的苦力。而且，沒有一個是年輕人或健壯者。全都是像麻桿般細瘦衰老的老人。／其中也有看來較為健康者，揮動著鶴嘴鋤，挖著岩石。也有將碎裂的岩石碎片，再以鐵鎚碎成小塊的人們。耄耋老者則是將碎石放入畚箕中。也有急於將那畚箕拿起的人。像小烏龜般伸長脖子，讓喉嚨發出低鳴，想要挺起腰桿，而好幾次試著使勁站穩。一根根突出的肋骨上，汗水開始淋漓地沿骨流下。有搖搖晃晃地立著腳趾邁開步伐者，即便搬到台車旁了，卻再無力搬起，為此拚死奮力。燒灼的石塊上，汗滴成黑色的點。／——為何，都是一些老人家呢？／——這工作給老人剛剛好。因為只要在這撿撿石頭，就安全了吧！然而，可別看輕他們喔！連這樣的支那人，也比印度的年輕小夥子還要有用。請看！那奮力的樣子。無論是生存的欲望，或是死亡的欲望，總之是欲望拉開的張力呢！」（金子光晴《馬來蘭印紀行》，中公文庫，1978年，104～105頁。）

金子光晴觸目所見的日本「南進」，並非是與西洋的殖民地列強鬥爭，而是與「抗日」行動一觸即發的「支那人」鬥爭的面向（馬來戰線和新加坡有數以萬計的當地華僑遭到殺害）。

而且，「東南亞」的武裝化「華僑」，在日本戰敗後，也一邊與中國共產黨共鳴，嘗試介入每個地區的「去殖民化」。

以「馬華文學」之名譯介到日本的張貴興（1956年～）的《群象》（1998年，松浦恆雄譯，人文書院，2010年）成功地描繪了密林的音響性和生態系，誠屬「熱帶文學」極致之作，我沒料想到內容是1970年代從東馬的沙勞越（婆羅洲島北部）到臺灣留學的作家，回想參加共產黨活動，反覆出些小差錯的少年時代。主角的「男生」一面「在華校旁的」「邵先生家學中文」（27頁），一邊膜拜「貼著三大偉人照片」（馬克思、列寧、毛澤東）（38頁）。《群象》的主題表面上似乎也可以說是「夢幻的群象」，但是婆羅洲密林深處，追求共產主義革命的「北加里曼丹人民軍」等華人的武裝游擊勢力的記憶，也強烈地刻畫於其中。（請參照羽田朝子〈關於張貴興《群象》——共產黨這個創傷、象與「內在的中國」〉，《野草》89號，中國文藝研究會，2012年。）

小說中，成為背景的是1960年代（越南戰爭的時代），主角的少年，有個場景是從「喜歡日本的怪獸電影」變本加厲到「想在電影院工作」，而招致唾棄不悅（33頁）。我重新深刻認識到，恐怕若是抹消華人的記憶或日本人的痕跡，來談論東南亞是絕無可能的。

無論是日本的南進時代，還是東南亞的共產主義勢力呼應中國的文化大革命伸張勢力的時代，萬事都被「歷史化」的「冷戰」消解期的時代流轉之中，現在「華人離散研究」方興未艾。在此潮流之中，「臺灣文學」這個容器，有意對於在「東南亞地區」夢想著「馬克思主義革命」的華人之記憶，廣開大門。

接著，此處馬來西亞的國語（馬來文），與當地的伊班（イバン）族的方言，還有「中華學校」中學會的北京話和華僑們的「福州話」（閩南語的一種）眾聲喧嘩的沙勞越密地，熱鬧地躍然紙上。

星期一

「華人離散」（Chinese diaspora）」的話題，似乎在日本掀起小小熱潮、方興未艾，例如，《「華人」這條描線》（津田浩司、櫻田涼子、伏木香織編，風響社，2016年）這本書新近才剛付梓。

當然，雖說是「華人」意指的內容也包羅萬象，帶著一種排拒「華人就是××人」這種語氣的氛圍。如同指稱「猶太人」一般，「離散」這個命運，不把人們統合（integrate）起來，取而代之的是，將人們細分化（fragment）。正因如此，每一個人對於中國（或臺灣）的應對方式，以及對於中文（華語，以及眾方言）的應對，更是千差萬別。因此，關於「華人」的故事，並非僅限於以「中文（華語）」才能書寫。正如同「猶太人」的故事，不可能僅限於希伯來語（或意第緒語）的表述那樣。

前述的論文集中收錄著〈再探居住在荷蘭「南洋土生華人」[1]的敘事中所見之「華人性」〉（北村由美）這樣的論文。從19世紀後半「華人」陸續移居蘭印（荷領東印度），然而，所謂的「土生

1　原文以Peranakan（峇峇娘惹）的日語表記。指的是中國明代、清代15世紀初到17世紀間移居居馬六甲、印尼、新加坡、泰緬者的後裔。

華人」指的是，具有「即使是起源於中國的移民之子孫，也受到爪哇文化和荷蘭文化交混性之文化背景」（134頁）的華人族群。他們同時也是歷經日本軍占領期，挺過了印尼獨立戰爭期，體驗到難以同化於印尼國族主義經驗的人們（似乎受到印尼語的同化也較遲晚）。

該論文中，北村女士於荷蘭的研究過程中，認識了一位「母親是〔位於蘇門答臘〕的梅蘭出身、父親是中爪哇出身，舉家遷移到〔加勒比海〕的庫拉索之後，於1986年起居住在荷蘭的40歲代的女性」（同前論文）。而據說這就是她的研究的發端。舉家拋棄印尼的背景，似乎是那惡名昭彰的九三〇事件（1965年）之後，該國的內亂所致。因此母親在印尼的大學的「課堂教學語言由荷蘭語轉變為印尼語，因此便自學校〔專攻藥學的大學〕退學」，轉而跟著已經大學修畢經營藥劑店的父親開始共同生活。身處上述的政變之後極端的「反共政策」之中，不幸其「夫被懷疑有通共之嫌，某夜被強行帶走」（142頁），終致離開印尼。即便如此，其雙親即使「身處荷蘭老邁狀態開始需要看護」之後，也「特別與印尼的看護投合」（同前論文）。由此觀來，印尼時代的回憶，也並非盡是醜惡。我每每思及這樣的「離散華人」的晚年，不禁想起曾幾何時在加勒比偶遇的華人（Chinese）的回憶。

其中之一是，西班牙港（Port of Spain，位於千里達島）偏僻處的中華料理店前，悠閒渡過空檔時間的老夫婦的回憶。唯有這兩位所佇立的空間，還有包含眺望著他們的我，形成的三角地帶，恍如東亞。

另外一個則是，法蘭西堡（Fort-de-France，位於馬丁尼克島）

上，面向 Savanna 廣場的咖啡館兼餐廳的經營者、一對中國夫妻的回憶。我啜飲咖啡時，其上小學的女兒回來，大聲發出想必是對應於日語「我回來了」的中文。

加勒比海地區的「華人」的語言經歷，究竟如何呢？在那裡應該有著我這個「喜愛外國的日本人」所難以想像的飽嘗壓力的經歷吧！若要撰寫這樣「華人離散者」的故事到底要用何種語言呢？

不過一邊閱讀北村女士的論文我一邊思忖著——到底「住在荷蘭的南洋土生華人」的訪談是以何種語言進行的呢？論文讀到最後謎底仍未揭曉（荷蘭語？印尼語？北京話？還是上述的「混用語」？），無國界（borderless）化的時代中，人類學家似乎越來越需要學習多種語言了。

星期四

我所屬的立命館大學先端綜合學術研究科裡，有位研究「神戶中華同文學校」的馬場裕子小姐（其後於2016年3月取得課程博士學位）這樣一位研究生。因此得惠能夠深入中華學校的歷史，聽聞其詳。根據這樣耳聞得來的學問，這是一間在清末時期的中國，由於涉入「戊戌變法」（1898年）而失勢的梁啟超（1873～1929年），在逃亡地神戶所創立的華僑學校。接著，該校歷經中日戰爭、日本的戰敗、中國的分裂，至今仍然是所謂的「非一條校」[2]，作為對於日本人子弟也開放門戶的國際學校存續至今。課程以華語為基礎進行，適時併用日語，並從初期便開始英語教育（參照馬場裕子〈關於神戶中華同文學校中雙語教育的方法與實踐之考察〉，《生存學》7號，生活書院，2014年）。

其實在閱讀前一篇介紹過的論文集《「華人」這條描線》時，我就對北村由美女士的工作感到興趣，購買了她的單著《印尼　被創生的華人文化》（明石書店，2014年）。沒想到竟然，當時生吞活剝的知識派上用場。

即便在長期以來加諸於華人的同化壓力頗強的印尼，2000年代之後，據說產生了「教授印尼語、英語、華語三種語言的私立學校陸續開校，在華人以外的印尼家長間也人氣頗高」（79頁）的現象。歸根究柢，其原型是荷屬時期「受荷蘭語教育的華人精英」（77頁）所開設的「中華會館」（THHK）學校。而且，同樣倡議以印尼為首，在所謂的「東南亞」對華僑子弟傳授以華語和儒教為主的學問，疾呼此教育活動之重要性的，還有與梁啟超同樣被清朝驅逐出境的康有為（1858～1927年）。那正是熱情倡言「以新進現代化的日本為圭臬」（105頁），強化在散佈世界各地之華人現代化與中國人身分認同，原本籍貫就是廣東的梁啟超之「師」康有為。即使已經身處「東南亞」之地，「也受到與歐洲人相同待遇的日本人法」（107～108頁）之類的法規陸續成立。正當彼時的狀況下，「華人」們正因為身處海外，而更強烈感到「國難」，危機感

2　《日本學校教育法》（昭和22年法律第26號）第一條所載的教育設施。簡稱為一條校。非一條校指的是不受此法管束的學校。

陡升。

其後，第二次世界大戰中，「荷屬印度」受到日本軍的壓制，在此時期「荷蘭語學校被迫關閉，然而華語學校被允許繼續」（78頁）。這是因為日本將臺灣殖民地化，而且壓制了南京，建立汪兆銘政權，動員親日華人「南進」，並懷柔「抗日」華人思欲加以利用之故。

再者，第二次大戰後，經過了印尼的獨立戰爭，直到1960年代中葉蘇哈托抬頭之間，印尼華人的地位較為安定。正是因為「據說1950年代的時間點上，在印尼語學校學習的華人僅約5萬人，25萬人則是入籍華語學校（其中擁有印尼國籍者有15萬人）」（同上）。

然而，這樣的華語學校在1966年關閉，除了一家之外的中文新聞全都被禁。當時，在華人背後有中華人民共和國君臨天下，華人社會或許會成為共產主義溫床，這樣的可能性使印尼整體籠罩在不安之中。前一篇文章中舉過的「印尼華人」持續移居海外，便是此背景所致。

不過，自明代以歷清代，在世界各地開枝散葉的華人「再中國化」計畫，並非被完全連根拔起。「教授印尼語．英語．中文這三種語言的私立學校陸續開設，在華人之外的印尼家長間也頗受歡迎」，這種進入21世紀之後的現狀，意味著「華人網絡」正變得更為活躍。再者，2007年在雅加達設立了「中國的軟實力戰略之一的孔子學院」（80頁），現在的中國使用這樣的方式，嘗試對「華人」以外的對象發揮影響力。

倘若研究比較一下世界上的「華僑學校」，應該也十分有趣。

而且，我預感21世紀的亞洲，將會誕生各種各樣的「華人文學」。

星期六

《判決日本軍性奴隸制度2000年女性國際戰犯法庭記錄（日本軍性奴隷制を裁く2000年女性国際戦犯法廷の記録）》（全六卷）（VAWW-NET Japan編，綠風出版，2000年）這部書，其編排設計成能夠一覽當時研究成果，特別是第三卷和第四卷題為「『慰安婦』・戰爭時期性暴力的實態」，依照地區之別累舉各種論述。而且在第三卷和第四卷中分別探討了「日本・臺灣・朝鮮」和「中國・東南亞・太平洋」，可見是以舊日本殖民地和中日戰爭之後的軍事佔領地，這兩種分類來區分的。

不過，華人的動員像是要打破這樣的分類一般，描繪著複雜的動線。

該書的第三卷裡，中村FUJIE（ふじえ）女士描繪了「臺灣・原住民族」的女性動員的論文中，提及〈伊安・阿派（イアン・アパイ）女士的情況〉，非常受用。根據駒込武教授的論文〈臺灣殖民地支配與臺灣「慰安婦」〉（第三卷）從臺灣被「送出去」的「慰安婦」，其前往的範圍似乎由華南到海南島，漸次擴大到「南方佔領地」。然而，這些「南方殖民地」上，早在日本軍「南進」之前就有華人的「進出」，因此除了從殖民地被當作「軍需品」送來的「慰安婦」之外，在當地找來作為「戰利品」的「慰安婦」之中，應當也含有一定數量的華人。

《獵女犯》（保坂登志子譯，洛西書院，原著1984年出版）的同名收錄作品〈獵女犯〉（初出1978年），主角受命前往原來葡萄牙屬的東帝汶上物色「慰安婦」。他對於「阿母（a-bú）」一詞反應很敏感，故事便是講述他煩惱於和名叫賴莎琳的華裔女性（角色設定是，她的祖父和父親是華人與當地人混血，祖母則是華人和荷蘭人的混血）之間「看不到出口的同胞意識」。

提及在第二次世界大戰中「蘭印」的戰時性暴力時，從民間人士拘留所中帶走荷蘭籍女性，送往慰安所的「三寶瓏（Semarang）慰安所事件」極為有名，然而被誘拐的不限於荷蘭籍的女性。關於這點，閱讀《「慰安婦」・戰時性暴力的實態 II 』（第四卷，2000年）所收錄的木村公一先生的〈印尼「慰安婦」問題〉即可得知，「被當作『慰安婦』的女性之年齡集中在13歲到17歲之間的少女。關於此點可舉出幾種理由。可以從①當時在爪哇的風俗是，少女在十幾歲便結婚。②日本軍需要沒有性病經驗的「乾淨的女性」。③因為日本軍選擇教育程度低、農村社會的少女，因此對他們順從、難於抵抗的社會階層來解釋。」（299～300頁）

在「殖民地」或「占領地」是誰牽涉到募集，多少有所差異，很有可能如同在朝鮮和臺灣募集「慰安婦」相同，進行類似的「選擇區別」的可能性很高。姑且不論陳千武的小說作為證詞有多少力道，在「蘭印」被綁架的「慰安婦」中，「祖父和父親是華人及當地人的混血，祖母是華人和荷蘭人的混血」，混著這樣的「華人」是充分可能的。

對華人來說，從中日戰爭以至第二次世界大戰，都是同族蔑視同族、互相傾軋的一種「內戰」。陳千武的〈獵女犯〉中出現的賴莎琳，看著主角林逸平，對於同說閩南語的同鄉竟是「日本兵」，應當大為驚訝。

大日本帝國侵略亞洲，是以「離間作戰」方式，製造出亞洲人民之間「親日」和「抗日」這兩方陣營，而進行的。接著這在日本戰敗後，化身為從東亞到東南亞的「冷戰」（現在是「親美」和「厭美」的對立），延續至今。

星期二

我所屬的立命館大學先端綜合學術研究科，有位Albertus-Thomas Mori的留學生（2017年9月取得課程博士學位），他的研究題目是，1949年中華人民共和國成立以後，中國信徒之外，「教會資源也從中國大陸流出到海外的華人社會」（〈華人基督新教信徒之越境式的連結〉，《Core Ethics》第11卷，2015年，173頁），所形成的中國裔基督徒的人際網絡。現今「華人基督新教信徒」不僅是世界的華人社會，似乎也致力於對非洲的「伊斯蘭圈」等的傳教。因此Mori先生研究之所以有趣，是在於他注意到統合「華人離散」的，未必是本質主義意義上的「中國性」（Chineseness）。

基督教傳入中國，可以追溯到唐代利瑪竇的時代景教之屬的宗教傳入。關於基督新教的滲透，一般認為是在英國的東印度公司的影響力趨強的19世紀以降。可以觀察到以串連印度以東的英國殖民地的形式，基督新教信仰向亞洲擴展。在如此的架構中，清朝末期「多增加一個基督徒就少一個中國人」（172頁）的情況越演越烈。而且中華人民共和國建國以後，被逐出中國的信徒們，持續擴展到香港、澳門、日本和臺灣、東南亞及澳洲、北美、中美，不過卻是以華語為媒介，形構了宗教網絡。

Mori先生研究的有趣之處在於，不依靠「中國性」的屬性媒介，而產生「華人社會」的連帶感這種特徵。這正是如同他所借用來分析的UCLA史書美女士的模式，用以討論無涉於「大陸的中國的文學」，卻漸次形成的臺灣到東南亞的「華語圈文學」（Sinophone literature）的動向。

當然，這不能說全然與自四書五經以降，魯迅們的世代為止的「中國文學史」和「華語文學」毫無關聯。然而，「馬華文學」（馬來西亞系統的華語文學）中便極其顯著的是，需要根據離散地的多語言使用狀況，看出各別的登場人物與華語（或其方言）的脈絡，並逐一說明。如果僅僅只是把賦權給「弱勢語言」「華語」的書寫，叫作「華語文學」的話，這樣的中文文學其實展示了，德勒茲（Gilles Deleuze）與伽塔利（Pierre-Félix Guattari）為了討論「卡夫卡的德語文學」，而使用的「少數文學（littérature mineure）」概念有互通的特徵，也並不足為奇。

無論如何，Mori先生的論文，一面縝密地解讀由「中國信徒佈道會」所發行的中文雜誌《中信》，一面論證組織的核心絕非「中國性＝中華性」。繼而，在世界上開枝散葉的華人之中，對於「書寫行為」最為廣開門戶的團體是，基督新教徒們──「在新加坡的『聖道基督教會』這個約600人規模的教會中，〔…〕對於接受洗禮者，工作人員必定會被拜託讓他們寫下到受洗為止的經歷，投稿到《中信》。再者，《中信》的臺灣辦事處的負責人，對他們和各個教會的關係，表示近幾年不只是定期捐款，也積極地協助募集原稿的教會增加了」（178～179頁）。

曾經，在其國內驅逐基督徒以確立共產主義的中華人民共和國，其後，即使在國外，也不分「華人」與否，廣向民眾之間宣傳共產主義也成為過去。如今則是熱衷於擴大AIIB（亞洲基礎設施投資銀行）這般的國際金融網絡。對此，「華人基督新教徒之越境式的連結」，能夠展示「對抗」到什麼程度，即便不是我，對此您也應該會產生興趣吧！

星期五

先前介紹過，史書美女士參與編輯的《華語圈研究讀本》（*Sinophone Studies: A Critical Reader,* Columbia Univ. Press, 2013），其中安排在第一部總論部分當中，有以《離散的知識人》（*Writing Dispora,* 1993. 本橋哲也譯，青土社，1998年）等論述為日本人所知的周蕾的〈作為理論性問題的中國性〉，或介紹過的北村由美女士經常引以為據的Ang Ien的學者之〈能向中國性說不嗎？〉（1998年）等論述。緊接著的個別論述當中，有Brian Bernards嘗試以葛里桑（Édouard Glissant）《加勒比海言論》（*Le Discours antillais,* 1981/1997）的理論架構，來討論張貴興的〈Plantation和熱帶雨林〉等也參與其中，讓我大大品味了知性的刺激。

沙勞越的殖民地統治，是由大英帝國執行的，然而，將南島語系的原住民分成兩類，壓榨順從的人，將反抗的住民驅逐進深山而

遂行的PLANTATION型農業的開展過程中，形成中間階層的華人集團一方面向英語使用者靠攏，另一方面也開始精通達雅克族語言，邁向「脫華人化」之路。在這過程中，像張貴興這樣從沙勞越來台留學，「再中國人化」的舉動，產生了屬於某種「少數文學」的「熱帶文學」。此論文一度認為，並非著重在被驅逐到「華人社會」邊緣地帶者，以華語所寫的文學的面向，而是認為張貴興嘗試賦予前英領殖民地的密林發出「聲音」，而這樣的嘗試，恰巧是以臺灣文學的基礎語言——繁體中文所寫成而已。在那裡，全然不追問「像中國的特質」，英國的帝國主義、日本侵略南方（包含日本戰敗後日系企業的進駐）、馬來西亞國族主義、中國共產黨的策畫與政策改變、和強化對臺灣之關係等構成世界史一部分的動向中，探究「熱帶文學」的可能性——「因為自然帶給語言變化，其結果便是，作為生存過、曾經持續呼吸並不斷蛻變的有機體的自然，被賦予了生命」（332～333頁）

在加勒比海地區，或者是亞馬遜、非洲，那正是「偶然某種語言」喚醒了「熱帶雨林的聲音」的現場。那場景的語言是「殖民地主義帝國的語言」的情況頗多（因為去殖民化之後，舊宗主國的語言仍為文學語言主流的狀況很多的緣故），「馬華文學」的狀況是，那「恰巧是華語」而已。「去殖民化」是將殖民地主義封印的「聲音」，「恢復」過來，但取代「原住民族的語言」，而經常被「舊宗主國的語言」和「移民勞動者（Settler）的繼承語」所執行。正因如此，好比說「卡夫卡的德語」汲取的德語，並非「德國人的德語」，不過是汲取「少數民族的哀鳴」的德語那樣；張貴興的文學，並不是作為「中文文學」，而是等待著被當作葛里桑的

「加勒比海小說」或是《百年孤寂》（*Cien años de soledad,* 1967）那樣的「後殖民主義文學」來閱讀，正是此論文的基調。

該論文所分析的《猴杯》（2000年）至今仍未被日本譯介，這是一部移居沙勞越的華裔移民第四代的主角，穿梭在沙勞越的深山密林和臺灣的現代小說。若從「世界文學」的觀點來看，可以說是位在波蘭出身的英語作家——約瑟夫・康拉德（Joseph Conrad）所從事的「婆羅洲＝加里曼丹小說」（例如《奧邁耶的癡夢》（*Almayer's Folly,* 1895）的延長線上。

我曾經邊讀巴西的松井太郎先生的《虛舟》（松籟社，2010年），一邊思索著「可能以日語寫成的熱帶小說」的可能性。然而，即便在那當中被流傳下來的是日本移民的「當地人化」，我也沒有自信能說，那全是以日語側耳傾聽被殖民地主義所蹂躪的熱帶雨林的嚎叫「聲」之嘗試。或許從日語文學可能會產生「移民勞動者末裔的文學」，卻不能產生「去殖民化的文學」吧！

星期一

「華語文學」雖然根源遠溯可及中國本土和臺灣，然而一度喪失了華語的素養後，再次經歷「再華人化」的作家也涵括在內，那同時包含了是中國本土或臺灣的少數民族，無論華語怎麼好，母語是非華語的作家，以及即使是華語的單一語言使用者，也保有「非華人」之身分認同的作家。

而這在臺灣所呈現狀況是被分類為「原住民的文學」這個類

別。從1980年代到1990年代，海洋民族（達悟族）出身的夏曼·藍波安先生為首，其創作者陸續嶄露頭角。再者，在這些表現者當中，不僅是文壇，連在政壇也行使了其影響力的「原住民出身者」也不少，甚至產生了像是孫大川（1953年～，在卑南族當中被稱作「巴厄拉邦」）這樣，成為「原住民委員會」（1996年設置）巨擘，對少數族群伸張權利貢獻良多，是現在擔任監察院的副院長的大人物。

《華語圈研究讀本》當中，收錄了黃心雅（Huang, Hsin-ya）女士所撰的〈臺灣的華語原住民文學〉此一論文。此文概括介紹了有一段時期，臺灣原住民試圖習得以日語進行文字表達的形式，在「光復」後，漸次學會中文，組合了傳統的原住民語和中文（北京官話），使用一部分雙語表記法（類似日語中標示假名〔ルビ〕的使用方式），最後介紹1991年孫大川先生所發出的悲觀論，來總結她的論文——「就像黃昏同時具有白天與黑夜的某些性質一樣，我們既不可以宣判原住民文化已死亡，也不可以鼓動一種日正當中的幻象。反過來說，我們既要勇敢接受民族文化死亡或黑夜的來臨，同時也要積極地在黃昏時刻準備好油燈，點亮漫漫良夜。」（253頁，中文引自《久久酒一次》山海文化雜誌社，2010年，82～83頁。）

雖然無法斷言日本已經全然不得不接受愛奴裔原住民文化之「死，或是闃黑的夜晚」，但仍然還處在無法準備好「照亮漫長黑夜的燈火」的狀態，就像是連愛奴文化的「風中殘燭」都要搧熄般。對於處於如此日本的我而言，知道有這種甚至可以說連在「現在是原住民文化鼎盛期」的臺灣，也訴求這種作為行動性認知的悲觀主義，已經不是一句「悲哀」可以道盡的心情了。

沒有擁有文字藝術的狀況下，其語言本身就瀕臨滅絕危機的語種，散佈在世界各地。隸屬於這些集團的創作者，必須窮盡精力努力點亮「燈火」，為此首先必須要自覺到現在是「黑夜」。

不僅是「華語文學」，處在各種「語圈文學」「消滅」少數語言的時代脈絡下，未免更加強這種傾向，在此至少不要糟蹋了為點亮「照亮漫長黑夜的燈火」所做的努力。

星期三

八月號的《昴》（集英社）上編有「LGBT——來自海的彼方」的特集。

對於至今仍然席捲世界的異性戀主義持續扮演著批判性功能的「LGBT」，如果說對於「LGBT」只強加作為批判性和補全性功能，而企圖延續舊態依然的家父長制是種錯誤的話，在所有面向上盲目信仰「LGBT」是「革新性的」，也同樣的是錯誤的。無論在現實或虛擬世界中，透過身體和企圖和他者結合的性向，是兼有極其形式主義面向和實驗性面向的。異性戀當中也含有實驗精神，「LGBT」當中也存有保守的形式主義。

然而，之所以此言得以成立，也是因為「LGBT」開始一點一滴縫合異性戀主義的縫隙，或者說「酷兒的文學」愈漸抬頭之故。特別是2000年以降，臺灣文學研究者諸位，積極的挑戰臺灣的「性別少數文學」研究和介紹，值得感謝再三。《昴》的同一特輯當中，垂水千惠女士撰有〈業已不是邊緣？臺灣的LGBTQ文學〉。

垂水女士挑戰了此一主題這件事，我是從看到她與黃英哲先生、白水紀子女士共同編輯《臺灣性別少數文學》系列（作品社，2008～2009年）前後得知的。

同一系列的第3卷《小說集『新郎新“夫”』（合計共6篇）》（白水紀子編，作品社，2009年）的「後記」中，白水紀子女士，一面說明臺灣的「酷兒文學」的抬頭，一面如下寫道：「戰後在臺灣本省人（從戰前就居住於臺灣的漢民族，約占人口的8成）與外省人（戰後與國民黨一同移居臺灣的漢民族）持續對立。外省人鎮壓本省人的事件，如47年的二二八事件等，加深了情感上的對立。由於日本的殖民統治和國民黨的獨裁政治所造成的巨大原因，促使臺灣國族主義形成，特別是80年代以後，由於戒嚴令解除，開始民主化和臺灣自決主義成為常態，臺灣人的身份認同愈益增強。再者大陸出身或臺灣出身這種昔日的二元對立構造，也日益淡薄，臺灣人意識成為社會主流的狀況下，近年來許多人會從上述臺灣的歷史性、民族性的混雜性（Hybridity）當中，辨識臺灣和臺灣人的身份認同。其實原本酷兒一詞便是為了批判二元對立而開始被使用的。如果考慮到它抵抗身分認同的固定化，追求身分認同的流動性、多樣性的特徵，那麼即便是在性別議題上，臺灣社會接受酷兒運動的基礎，是十分具足的。」（285頁）

如果說國民黨是由外省人為支持基礎的話，受到與之對抗的本省人的支持，並且背負著原住民、身心障礙者、性少數等所有少數族群之期待於一身的蔡英文總統在2016年5月就任總統，然而橫眼看待中國大陸的臺灣，究竟是否能夠實踐的「多樣性

（Diversity）」，再者又能實踐到何種程度呢？

這絕非隔岸觀火，但在日本至少「多樣性」作為指出未來藍圖的關鍵底蘊，是日漸獲得認可的。日本對於族群的態度仍然強烈傾向緊抓著均質化，對於性別上的「多樣性」之公民權的擴張，或可成為今後某種突圍的出口。

再者，無論如何，過去日本對於承繼西洋的「同性戀嫌惡＝Homophobia」上，保有某種「抵抗性」，這和臺灣相同。

《臺灣性別少數文學》的各卷末所附的「宗旨文」（署名為3位編者）有如下提點——「若以日本的文脈來考量的話，以少女漫畫所代表的次文化中，佔有優勢的性別少數關係作品，在文學作品中並不顯著。這表示雖然潛在的讀者市場是存在的，然而卻沒有大量作家應運而生。」（298頁）

這次《昴》的特輯，這並非單純地從「海的彼方」承接「LGBT」的狂風暴浪，而是將那些毫無疑問的在日本根深蒂固存在著的「潛在的讀者」，多多少少將其「可視化」的積極嘗試吧！

這並非討論如何才是「LGBT」、如何才是「酷兒」的文學，而是超越二元對立，並且讓異性戀文法脫臼的性別政治（sexuality），正在現實中、文化和社會中蔓延著。然而怠於挖掘這些的社會及文化只是徒然倒退而已。

星期六

《昴（すばる）》八月號的「LGBT文學特集」上，刊登了垂

水千惠女士的隨筆〈業已不是邊緣？臺灣的LGBTQ文學〉一文中，記載了今年（2015年）5月21日在宇都宮大學召開的日本臺灣學會的學術大會。

我雖然是該學會的會員，然而行程衝突，未能前往宇都宮。不過本來垂水女士所提及的三木直大先生（廣島大學）企劃的「第八分科會　重探1990年代臺灣文學——以雜誌《島嶼邊緣》為線索」，我是極想旁聽的，如今後悔萬分。

該場次上，臺灣權威的酷兒文學研究者兼自身也是女同志作家的洪凌女士（1971年～）受邀擔任嘉賓。她講述本身與《島嶼邊緣》的關聯，根據刊載在《昴（すばる）》上的垂水千惠女士報導指出，《島嶼邊緣》參與了「隨著民主化的進展，重新追問並重建臺灣文化的意義體系（Code）」（105頁），從1991年到1995年，共刊行14冊的該誌中，「企劃了探究性別、族群、國族認同等的諸多特集」，第10號（1994年）是「酷兒QUEER特集」（同前）。特集的「責任編輯者」由洪凌和紀大偉、但唐謨聯手擔綱。她當時還是大學生，正剛翻譯完惹內的《竊賊日記》（*Journal du voleur,* 1949）。

女同志的女性們，被迫與維持異性戀視為最高命令的「異性戀主義（Heterosexism）」，以及無法與「插入模式」脫鉤的「陽具神話」，進行雙重的格鬥。1994年以《鱷魚手記》華麗登場的邱妙津（1969～1995年），以及1995年陳雪（1970年～）的《惡女書》等成群登場，引領著臺灣酷兒文學的姿態。這在中國國民黨主導的政治性自立的背景下，以外省人的第一代和第二代為中心，崛起的「閨秀文學」系譜群起謀求革新。這在1990年代的臺灣，誠屬象徵性之事。而且，她們甚至還與紀大偉（1972年～）等男性酷兒作家，一同攜手華麗登場。

對於我這樣，大部分的人生或想像力（絕非全部），都被制式化的「異性戀主義」式欲望所支配的人而言，女性不依附「陽具神話」，而志在追求自由奔放的性（Sexuality）時，那是多麼地官能性且煽情。我在讀完陳雪女士的〈尋找天使遺失的翅膀〉（收錄於前述《惡女書》）、或是洪凌女士的《黑太陽賦格》（あるむ，2013年）之後，不禁全身癱軟。

從《反伊底帕斯》（*Anti-Oedipus,* 1972）的作者德勒茲（Deleuze）與瓜達里（Guattari）受到莫大影響的洪凌女士的文學論——〈蕾絲與鞭子的交歡〉（初版1997年，日文版由須藤瑞代譯，收入垂水千惠編《臺灣性別少數文學4 QUEER／酷兒評論集《父親中國，母親（酷兒）臺灣？》》作品社，2009年），是極具刺激性的論述。這絕非局限於「LGBT」之論。我視其為囊括了包含異性戀主義的所有性向（Sexuality）的「酷兒」式的原理原則來讀——「慾望的疆界線經由反撲與逾越，在那個系統性的版圖中不斷地被重新規劃。每當一條窄而新的細線割裂了『合法慾望』與『非法慾望』的對立領土，總有無法被編派進去的法外之徒，繼續漫遊在外〔…〕。」（275頁。中文參照〈蕾絲與鞭子的交歡〉，《蕾絲與鞭子的交歡——當代臺灣情色文學論》，114頁。）

再者，其中討論到陳雪的《惡女書》時，寫道「對於男性的否決與男性（角色）的無所不在，又是《惡女書》讓某些讀者好奇／疑竇的地方」（263頁。中文參照，同前，104頁。）之處，令人拍案叫絕。

星期二

「LGBT的文學」中，特別是閱讀女性書寫的「女同志文學」的樂趣在於，不用說自然是想看看恐怖的東西。它讓我理解到，我自己本身長久以來習以為常的「異性戀男性」的觀念是多麼「虛構性」。被剝個精光，再來是在這個「全裸」的身體上，以少數且有限的對於「女性身體」（母親、異性情人或女兒）的知識，套上角色來理解。在這樣的「實驗」當中耗盡精魂的喜悅，正是閱讀的樂趣所在。

「我似乎感覺到，她正狂妄地進入我的體內，猛烈地撞擊我的生命，甚至想拆散我的每一根骨頭，是的，正是她，即使她是個女人，沒有會勃起會射精的陰莖，但她可以深深進入我的最內裡，達到任何陰莖都無法觸及的深度。」（陳雪〈尋找天使遺失的翅膀〉，日文版3冊247頁，中文版，2007年，初版2刷，30頁）

即使是深刻體悟到這種表現影射「陽具神話」的男性讀者，面對主角吸吮著戀人的「乳房，想念著自己曾經擁有的嬰兒時期，想念著我那從不曾年老的母親身上同樣美麗的乳房，想著我一落地就夭折的愛情……不自覺痛哭起來」（日文版259頁。中文版，2007年，初版2刷，40頁）等處所喚醒的母女間愛恨情仇，也不得不感到有些情感是無論如何想貼近也難以接近的。

現代的我們業已知曉，佛洛伊德試圖以「陽具神話」為主軸解釋清楚異性戀或是同性戀的這種野心，距離理論的完成是何其遙遠的事。女性的各式「性感帶」越漸受到承認，當女性們的身體，以某種形式沉浸在性行為當中之時，何種器官發揮了「性器」的角色？再者，「母性」如何促進性妄想的亢奮？

終於，透過深入閱讀臺灣的現代文學，閱讀到女同志的情色描寫，雖然事先沒預想到，卻不少次感到射精後的「鬆弛疲累感」。為何會如此，我在接下來的老後時光，想一探究竟。我想著這些事，度過了殘暑的一天。

星期五

或許是自己的嗜好使然，或許是認識到自己只不過是男性性和異性戀的囚犯，而產生的膽怯，自己極少接觸女性文學。寫完《Terminal Life 晚期的風景》（作品社，2011年）後，了解到自己有過的讀書經驗是多麼偏頗。體認自己無法在女性作家所寫的文字中，透視「晚期的風景」，正應驗了末日窮途之感。而這已經是5年前的事了。

然而，在這之中，正當開始對臺灣文學感到親近時，也不知不覺有了與閱讀女性文學相通的樂趣。一邊展讀《小說集『新郎新“夫”』》（中文原題為《男婚男嫁》），一邊體認到，無從否認的是，比起女同志小說，我更嗜讀男同志小說，即便如此的我也越漸能享受女性所寫的文學的樂趣了。

立命館大學先端總合學術研究科的學生之一——倉本知明（2011年取得課程博士學位），將他初次譯作《沈黙の島（沉默之島）》（蘇偉貞著，1995年，倉本譯，あるむ，2016年）致贈與我。因此我不僅得以透過一個初老的男子之眼，還能邊意識到尚且年輕的翻譯者倉本先生的性（Sexuality），進而得到閱讀異性戀女性所寫的異性戀小說的雙重享受。

「妳不是我第一個做愛的女孩子，我也不要第一個和你做，不過，這真像我平生第一次做愛，而且這種感覺我第一次無法形容。我喜歡妳的『呼吸』，那比什麼都值得爭取，是最大的讚美。」（52頁。中文版46頁）——女性文學中孕育著異性戀男子嘴邊的女性禮讚。

「晨勉隨口問丹尼途中打算怎麼安頓自己？／『想像跟你做愛，在這裡做愛一點快感都沒有。』／晨勉立刻快樂起來，那最能表現丹尼的想像力，自由的丹尼」（239頁。中文版207頁）

讀後有種，男性的異性戀嗜好被摸透，而且得到認同的感覺。

所謂的性（Sexuality）是滿足嗜好呢？還是自己的嗜好（＝選擇偏好）被肯定的喜悅呢？

蘇偉貞（1954年～）的個人經歷，倉本先生在博士論文當中也有提及，因此我也並非全然不知。不過原本剛出道的她還是正統的「閨秀作家」，《沉默之島》則實驗性地使用讓主角（＝晨勉）雙重化，重合上三十幾歲的臺灣（出身）的女性，進行雙重描寫。成長為一個堪稱「技巧派」之名的作家。然而比起那「技巧」，我則是為其試圖描繪出對異性戀男性的性所顯示的「評論性」，以及「肯定性」的大膽所折服。

無論是重視家庭的一般男性，或是雙性戀的男性，甚或是歸屬於一夫多妻制度社會的男性，周旋於這些男性之間，她不避孕卻迴避懷孕，最後故事結束在她受孕，而決心當一個「未婚媽媽」的橋段。

雖然一面姑且可以接受佛洛伊德主義認為，規範了性（Sexuality）的是家庭環境（親子關係），但是作家自身日積月累所形成的異性觀察的真實性，是最為令我感到消耗的。

恐怕，翻譯了這本小說的倉本先生，也體會了「不少次射精後的鬆弛疲累感」。

這麼一想，作為翻譯家的我（＝西成彥）也幾乎沒翻過女性所書寫的著作。如果現在開始也不遲的話，我心中升起了總有一天想挑戰一次看看的欲望。若有能夠讓作為男人的自己褪盡鉛華、赤身裸體的作品，我必定想嘗試一回。

這或許是我對於年輕的倉本先生的羨慕之情使然吧！

星期日

代表臺灣的資深女性作家之一——蘇偉貞的《沉默之島》徘徊於女性所書寫的異性戀文學這個迷宮之中，帶給我一種身為男性會感到負擔的體驗。即便不將「臺灣」這個場域列入考量，也是一部十分有可讀性（而且還是隔一段日子後，值得三番兩次重讀）的小說。

臺灣（＝華麗島(Formosa)）是原住民族和華人不斷的接觸，歷經50年的日本統治、國共內戰遭到慘敗，而從大陸撤退的流亡者們的獨裁政治，擁有經過數百年所孕育的歷史的「華語世界」。受生於此島的女主角，卻沒有對於這塊「土地抱持任何認同」（116頁），這樣的女性，從臺灣遊走於香港、新加坡、峇里島，時或是慕尼黑和倫

敦。

不同於被作為「原鄉」的大陸所束縛的那些往昔的「外省人」，也不像一部分緊抓住「本土」的臺灣「本省人」，周旋於男人們之間時，也刻意「創造一種移動路線如游牧」（248頁，中文版215頁）。這位主角即使稱得上是「華人離散」，也是業已從「華人的身分認同」得到解放的姿態了。所謂的「沉默之島」，並非擔保「身分認同」的「陸地＝領土（territory）」的「島」，而較像是浮游在地球上的「點＝圓點（dot）」。

然而，這部可稱之為「無國界文學」的《沉默之島》，或許也被限定為「眷村出身作家所寫的文學」來閱讀。例如卡夫卡的各種作品，也可能會被當作「布拉格的猶太人文學」來閱讀一樣。在某種意義是不可思議的現象。

《沉默之島》的譯者倉本知明先生在研究所時代所研究的題目是，作為國民黨軍的敗將殘兵，從中國大陸遷徙到軍人村落（慣稱為「眷村」）中所產生的一群作家。在人數上或許是弱勢，但是由於國民黨的權力和「中華民國國語」的「普通話」相結合，因此掌握了政治上、文化上霸權的「外省人」們，在國民黨的獨裁告終之後，臺灣內部提倡「本土化」的風潮之下，已然無法執著於「眷村」，因而不僅解脫了臺灣內部，也不再受到華語圈的束縛，開始步上流動化的道路。

在如此背景下，彷彿與1980年代後半到90年代的歷史脈絡齊步行走般，蘇偉貞女士急速地遠離「眷村」主題，《沉默之島》中反倒是描寫被流離在中國大陸的「外省人」所謾罵的「本省人」——「現在臺灣外省人根本沒法混，妳是本省人，又有外商經驗，條件好，回臺灣撈錢嘛！一邊說我們是既得利益的一群，排斥我們，一邊到外省人老家來搶灘，妳更怪，是臺灣人幫外國人到中國打市場。」（117頁。中文版104頁）

臺灣的「政治解放」、中國的「經濟開放」──1990年代的「華人世界」引發了激烈的華人「流動化」。大陸和島上的華人間的據地之爭如火如荼展開的時期，也正是1990年代。在此大勢之中，蘇偉貞自幼便看清了在臺灣的「外省人」的命運，而此作當中有其獨到的「無國界華人文學」之探索。

該書的「解說」當中，倉本先生甚至斷言，「《沉默之島》中島嶼這個隱喻，是以臺灣社會中眷村……的孤立狀態作為底本的」（331頁），我則是沒有這般的「實際感受」。然而，「大陸的中國人」和「包含臺灣的外省人等的外地、散布各地的華人」之間的鴻溝，即便想要釐清界定，但究竟那是否是能夠被釐清界定的？我想連這點或許也不明確的狀態是越漸加速化了。我認為或許這就是「華人世界」也說不定。

直至71年前為止，在臺灣，不以中文而以日文寫小說是理所當然的事。如今，臺灣正逐漸成為「原住民」、「本省人」、「外省人」（還有馬來西亞的「華人」）摸索著「華語文學」的最前線，以及互相較勁的炙熱爭奪戰場。如果其中以中文書寫的嘗試，可能是「少數族群文學」的嘗試，那麼到底誰能夠像「布拉格的猶太裔德國人」那樣，像鍾鍊德語一樣，「鍾鍊」中文呢？

我無法將視線從堪稱「少數族群文學」大遊行的臺灣文學身上挪開。

星期三

李維英雄（1950年～）的日語小說，在某種形式上也兼具作為「臺灣文學」的特徵。《聽不見星條旗的房間（星条旗の聞こえない部屋）》（講談社，1992；中文版，聯合文學，2011）中，拆散李維雙親的、說著「中國方言」（似乎是上海話）的中國女性身姿躍然紙上，令人印象深刻——「班從吉普車的後座望著海洋。微微的波浪聲，以及被帶刺鐵條撕裂的海風的呻吟聲傳到班的耳裡。／中華民國海軍旗豎立在沿著海邊裝設的帶刺鐵條上隨風飄動的聲音，以及附近村落的豬叫聲也都隱約聽得見。／在臺灣海峽滿布鮮豔橘紅色晚霞的天空之前，誰都沒有說話。／透過防風玻璃照射進來的陽光很耀眼。駕駛座上的父親稀疏的頭髮因為汗水而顯得更薄了，班一直盯著它看。／父親開始用班聽不懂的語言悄聲說話。大概是中國的方言吧。未知的音節伴隨著抑揚起伏，父親的手臂溫柔地觸摸鄰座的女人。像是熱帶植物的大大的葉子般，緩慢但確實地移動著。／班很熟悉那個女人。父親要他用北京話叫她『姐姐』。現在，那個『姐姐』稍微回頭看了一下班，但可能因為父親說了班不懂的語言，她感到安心，於是沒再看他。／班拚命把視線轉到吉普車外，從帶刺鐵條移向岸邊，再移到退潮的微小波浪，最後目不轉睛地望著橘色的地平線，他一直把眼光停留在那裡。」（15～16頁。中文版111～112頁）

一個面對臺灣海峽的少年，他的創傷經驗，對於成為作家的李維英雄而言，最具決定性的因素是，他在《聽不見星條旗的房間》以後，也實踐了頻繁地在作品中「返鄉」臺灣之舉。

今年剛出版的《模範鄉》（集英社，2016年），便是李維實踐了睽違52年的「返鄉」（此處指的不是文學性的「返鄉」，而是現實上的「返鄉」）的故事。關於他的返鄉之旅，觀看大川景子女士和溫又柔女士共同製作的《異鄉中的故鄉——作家李維英雄睽違52年重訪台中》（2014年），是最能快速掌握的方法。而其中的「被寫體」李維先生，在《模範鄉》中則以「我」的身分登場。

「臺灣的西側，也就是約莫臺灣海峽的中央，名為台中的地方都市的市郊，叫做『模範鄉』的土地上，有那個家。」（15頁）——小說中，終於還是遍尋不著「那個家」，不過其中描寫到正因為如此，由於強力的刺激，過去栩栩如生地復甦的瞬間。（紀錄片中，則是溫又柔女士安慰啜泣的李維先生的場景令人印象深刻）。

「『模範鄉』用中文的國語唸作ㄇㄛˊ　ㄈㄢˋ　ㄒㄧㄤ，住在當地的美國人稱之為Model Village。1956年，被美國雙親帶來，6歲時棲居此處的我，大概最初是先記得英文名稱，隨後馬上坐人力腳踏車（從學校）回家時，向車夫告知自己的住處時，記得了『ㄇㄛˊ　ㄈㄢˋ　ㄒㄧㄤ』。」（同前）

這個「模範鄉」或是「模範村」一詞，和日本戰敗從臺灣撤退，國民黨軍從中國大陸撤退來台，有著密切的關係。《沉默之島》（1995年）的譯者倉本知明先生的蘇偉貞論（〈從愛情的烏托邦到情欲與瘋狂的反烏托邦——「解嚴」前後蘇偉貞的眷村表象〉）中，如此論道——「1949年，國共內戰失敗的國民黨政府，將首都由南京遷到台北，與此同時，當時據聞有200萬人的殘兵敗將及難民，陸續越過臺灣海峽湧入臺灣本島。國民黨政府為了統一收容、管理這些人，以散布臺灣各地的日本統治時代的軍事設施遺跡或反攻大陸用的新建設軍事據點為中心，運用來解決這些人們的居住問題。其後被稱為眷村的這些公營村落共同體，在國民黨政府或陸、海、空各軍的管轄下，「融合了中國各地的語言、文化、民族」的這種特殊背景，其後便產生了稱得上『眷村文化』的特有文化。」（《日本臺灣學會報》第13號，2011年，79～80頁）

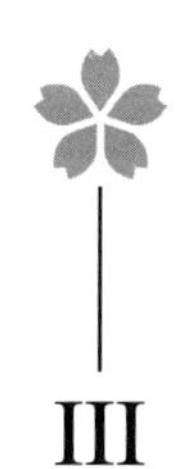

年幼時代的李維英雄，正是為了支援中國國民黨的「反共復國＝光復大陸」，而從「美國」派來的外交官之子，在日本人撤退之後，進駐「模範鄉」的人，無論是「外省人」或是「美國人」，畢竟都只是「外國人」（文中兩者標注台語音）。

李維英雄回顧少年時代，如下述懷——「模範鄉中並排的家屋全都是「日本人建的」房子，這件事我大概是從進出我家的國民黨的某人口中初次得知的。／住在那個家中的六歲到十歲之間，我連一個真正的「日本人」都沒見過。「日本人」將榻榻米房間連綿不絕的平房，以及可以隱約看見鯉魚的池塘後方的人造山建好後，就永遠地離去了。沒有臉孔也無聲音，活在傳說的過去之中。／牆垣之外傳來的是，遠在當時的美國人或傳說中的日本人登陸以前，就迴響在那個島的大街小巷中的語言。」（16頁）

原本在日本統治時代以「大和村」聞名的封閉空間，被活用來當作收容「當時號稱200萬人的敗兵殘將與難民」的處所，因此開始使用「模範鄉」這個富有政治性意涵的名字（請參照笹沼俊〈李維英雄的「臺灣」〉，《文學研究論集》，第29號，筑波大學文學研究會，2011年）。而李維並不太重視這個歷史脈絡。

然而，若將李維英雄的文學當作「以日語所寫的臺灣文學」的話，只能把它當作「美國少年在模範鄉經歷了家庭的分崩離析」的一個諷刺故事而已。

「從鴉片戰爭開始，殺戮波及上億人、橫亙百年。如此的歷史洪流末尾的時間當中，這只不過是父親的外遇、雙親的離婚，這種我家族的小小故事罷了。」（《模範鄉》52頁）——李維英雄的文學，是一種橫渡「人類大歷史」和「家族小故事」之間的「橋＝Bridge」文學。若然，或許也可以延伸說明，那正是「臺灣文學」之所以是「臺灣文學」的條件吧！

星期五

李維英雄的出道之作《聽不見星條旗的房間》中，並非僅僅是主角（＝班）單純的「美國人性格」產生動搖的故事。從身分認同依託於地名或民族名的多數派當中，脫身畢業，抑或可說也存在著作為從那般環境被放逐的個人、以及集團。《聽不見星條旗的房間》正是一部將之透過一個來到日本的17歲美籍青年的徬徨，描繪而成的小說。

經驗了滯留臺灣期間的「家庭的分崩離析」，結尾止於被生母帶回美國，上了維吉尼亞州的高中。拋棄了主角們的父親是猶太裔，「和出身西維吉尼亞、波蘭裔的天主教女性結婚，好容易才被認可接受，但十年之後就離婚，而且再婚的是比自己年輕二十歲的中國人。這被視為背叛自己的布魯克林家族——也就是自己的民族的行為。」（28頁。中文版123頁。），徒有「以撒」這個猶太名

字，和「猶太人」的關係是完全「斷絕」了。因此雖然「高中一年級前往紐約的教學旅行的旅程中，最後一天他偷偷脫隊離開老師和同學，獨自走進地下鐵的電話亭，撥了事先從母親那裡打聽來的布魯克林的祖母的電話號碼。」，但是「聽到老婦人虛弱的『Hello』之後，他答說：『It's Ben』，對方陷入一陣沉默」，接著「電話便咔嚓一聲被掛斷」（29頁。中文版123頁）。這樣的身分認同，與其說是自發性的，不如說是因為外部壓力而剝離的。只能作為被暴露出的「白人」身分生活下去的青年故事。我認為《聽不見星條旗的房間》之所以被認為是稀有的日語小說，理由不在於它「不是日本人的故事」，而在於它是個更廣義的喪失國籍者的故事。

而且，有此來歷的他，「從維吉尼亞州的高中畢業之後」，「因為家事法庭判決的『探視權（Visitation Rights）』」，來到父親和他的家庭所居住的橫濱。「條件是一年後班必須回到美國讀大學。」（23頁。中文版118頁。），那「一年」是之後主角搖身一變成為「以日語寫小說的作家」之開端。絕非是「日語母語的日本人」，卻成為「日語作家」。直接以「白人」臉孔出道的「在日作家」，於焉誕生。

然而，《聽不到星條旗的房間》裡的切膚之痛在於，對那等同於「無色透明」的「無國籍」主角而言，日本人年輕人（還是個聰慧的抗議隊伍的一員），以近似「仇恨言論」的話語加以謾罵，露骨地描繪了越戰時代日本首都圈的氣氛——「『回家去』……『滾回國』、『滾回家』、『滾回故鄉』。在這所謂的亞洲港都的港口城市聽到的這個純樸的叫喊聲，對於在亞洲的美國人來說，不是最殘酷的愚弄嗎？班望著山下公園大道這麼想。常常來領事館參加晚餐會的歐洲人就不一樣吧。若是法國人、義大利人的話，一定會聳聳肩付諸一笑吧。『噢，時候到了就回去喲，ciao，aurvoir，sayonara』。不過，若是美國人，美國人會捨棄家園，或是從家園被驅逐出去。美國人，在美國待不下去而投靠亞洲的港都時，『回家去』，就是讓他們折返至今逃亡而來的路途。尤其是〔…〕，冠上以撒這個姓氏的四個人，即使被要求『回家去』，到底能到哪裡去呢？班想著從孩提時代被輾轉帶領而來的『家』。在亞洲的父親與母親的家，維吉尼亞州的母親家，現在被人叫喊『滾出去』的父親家。」（75～76頁。中文版164頁。）

《聽不見星條旗的房間》中，雖然描寫了9歲的主角在臺灣目擊到父親與之後成為繼母的女性間性愛場景的偷窺回憶，然而，並未選擇將「臺灣」當作「故鄉＝Home」。這必須要等到其後的《天安門》（1996年）或《國民之歌》（1998年）。

然而，開始探求1967年日本的「抗議隊伍」的叫喊聲——「Yankee Go Home」所烙印下來的「故鄉＝ Home」的李維英雄，意外地在近處有個稱得上是「故鄉＝ Home」的存在。雙親離婚之前，曾經洋溢著一家團圓氣氛的地方，卻也是眼看它崩壞的地方。那已然不是回想起「團圓」的地方，即使是回到該地就會不禁失聲大哭、勉強駐足的地方，對於李維而言，渡過少年時代的「台中」，仍是特別適合稱之為「故鄉＝ Home」的地方。

而這個「台中」的「模範鄉」，恐怕對於李維的母親和弟弟，又或者是其父和繼母，及兩人所生的弟弟而言，應當也是占據了記憶一角的場所吧！生於上海的李維的「繼母」，應該是繼承那種在

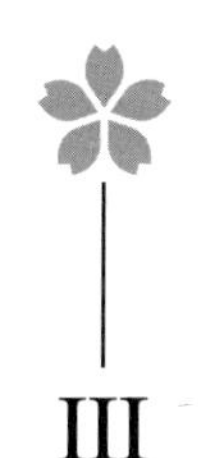

「反共復國＝光復大陸」實現之際，會馬上回到大陸的「外省人」的類型吧！儘管李維對於積極探尋這位女性的足跡，是一點也不感興趣的，但若將這位女性所選擇的人生寫成小說的話，一定也能成為臺灣特有的「眷村文學」之一吧！

即使臺灣這個島，不過是一個人暫時的通過點，但如果成為引起該人濃厚的歡欣和殘酷的心理創傷的場所的話，描繪這種人的「臺灣文學」便得以成立。

原本我就認為，柯辛斯基（Jerzy Nikodem Kosiński）的《異端之鳥》（*The Painted Bird*, 1965）、Ka-tzetnik 135633（Yehiel De-Nur）的《人偶之家》（בית הבובות, *The House of Dolls*, 1953）、艾利．魏瑟爾（Elie Wiesel）《夜》（*La Nuit*, 1958）、普里莫．萊維（Primo Levi）的《休戰》（*La tregua*, 1963）、因惹．卡爾特斯（Kertész Imre）《非關命運》（*Sorstalanság*, 1975）等，都可以稱得上是「波蘭文學」。在個別的作品當中，只要波蘭是和「決定性事件」不可分割的場所，不管那是以何種語言所寫的都不成問題。

星期日

今年（2016年）甫出版的《模範鄉》，是描繪「睽違52年重訪台中」的最新作品集。李維英雄的作品中原本就經常出現的橋段是，不經意中臺灣時代的記憶便復甦。先前引用的《聽不見星條旗的房間》中的「時光倒流」也是，《天安門》中，也突然描寫起父親和中國情人耽溺於性愛技巧的場景。讓記憶復甦的契機是，前往北京的飛機上女空服員的存在。她和父親的情人一樣，是個中英雙母語者，曾經有著「willowy、柳枝般」（講談社文藝文庫，2011，9頁）的曼妙身材。

《天安門》中有如下令人心酸的場景——「黑髮女人緩緩地從有著大大扶手的安樂椅上起身，對著玻璃窗，像一個「美國人」的成人女性一樣，伸出修長白皙的手，想要握手。／他被這出奇不意的動作嚇到，怯怯地伸出自己的手。輕輕互握了比母親還要纖細的手指，然後抽出自己的手。」（23頁）

接著，主角在父親聽得見的範圍內，拘謹地和「黑髮女子」以英文短暫地談話。之後，走到走廊的主角覺得窘迫，因而想到去「敲悄靜無聲的母親寢室的紙門」。背負著某種「內心愧疚」的他，結果屈服於這種「內心愧疚」。雖然試著「伸手」，但是「剛才被黑髮女子握過的手指，碰觸到紙門的前一秒〔…〕就縮回那隻手」了。（25頁）

主角的性啟蒙，是由於目擊了父親的「不貞」，因此其發展更加錯綜複雜。李維初期的小說，關於性的插曲無一不是作為「回歸」臺灣時代的心理創傷描寫。《亨利TAKESHI的李維茨基夏日紀行（ヘンリーたけし　レウィツキーの夏の紀行）》（講談社，2002年）中所收錄的〈蚊子和蒼蠅之舞〉（初版為2001年）也和《天安門》一樣是描寫中國旅行之作。其中，在北京邂逅了「中文名是俐俐，英文名叫Lilian」（38頁）的一位口譯女性，成為喚起了他臺灣時代初戀回憶的引子。

台中時代的李維，上了一所「傳教士學校」，《模範鄉》當中的一篇的回憶，也著墨不少。從該校回家所使用的交通工具是當地

人的「三輪車」。然而，某日主角付錢給司機，提早在到家前就先下車了。原來是想要在名為葛洛莉雅的同學家，渡過一段兩人世界的時間。

葛洛莉雅是個「黑髮」少女，「美國人」父親「幾乎每天都去朝著海岸的幹線道路旁的空軍基地，不在家」，在家中的是「原本生為小蘭〔…〕結婚時改名為伊莉莎白」（59頁）的母親。其母對著葛洛莉雅，是喚著她中文名「小梅」在說話的。其母和拆散少年父母的女性同樣，是「出生在大陸，當大陸被共產主義者『奪走』時，作為國民高官或軍隊將校之女，與雙親一同〔…〕逃亡過來」（60頁）的「外省人」。

換句話說，李維英雄的小說中，主角的父親和中國女性陷入戀情，終致雙親決定離婚，這段期間和主角的性啟蒙相重疊。相同時間內，主角自己也享受著，和有著一半中國人血統、擁有英文名和中文名的同學有身體上的接觸——「葛洛莉雅，不發一語地，自己拉起亨利的手指誘導著。在有著黏膩感之處，手指停住了。」（68頁）

這部「私小說」性質的作品中，從對「性」相關之事物的執著到羞恥心、還有忌諱感，全部都是由台中時代的記憶所構築而成的。而且，這發生在「臺灣」此島的一角，也同時是在「『日本人』所建造的家」（58頁）裡的事情。

當時的李維英雄，應該不知道自己和葛洛莉雅狎昵的闃暗空間，在日語叫做「押入（和式壁櫥）」（67頁）。日後李維開始移居日本之後，我想他應該會猛然發現，只要是日式的房屋普遍都有「押入」，和「葛洛莉雅家」的「押入」是相同的。相反地，只要一直住在日式房舍裡，李維英雄就不能從9歲的記憶解脫。所謂幼兒時期關於性的記憶有如此的影響。

而且，其中「性的東方主義＝西洋男性對於東洋女性的偏愛」這種構圖，隱隱若現。我想那是大航海時代以後，西洋人當中所萌發的嗜好，特別是日本戰敗之後，美軍占領地區（日本、南朝鮮、以及臺灣）裡的「性的東方主義」之蔓延，幾乎到了使東洋男性感到屈辱的地步。而且輕易就回應了這種西洋男性幻想的東洋女性的「西洋人憧憬」，也不能小覷，蘇偉貞的《沉默之島》也可以當作其中一個小說主題是「性的西洋人憧憬」來讀。其中，如果說《沉默之島》是主角為（＝晨勉）父親「有荷蘭血統」（10頁）的「白皙」（12頁）青年，並徹底地描繪了執著於「帶有白人基因者」的小說的話，那麼這和李維英雄的小說的作品群，形成「一雙對比」也沒錯吧！

原本李維英雄在幼兒期所形成的性挫折，並未和成人後的性經驗一起敘述過。彷彿對他而言，性方面最為充實的時期是「台中時代」的這種操作支撐著他的小說。這些全都屬於「追憶逝水少年時」的故事系列。

星期一

去年春天，在名古屋大學的國際言語文化研究科取得博士學位的張雅婷，寄來她博士論文的影本。我初次見她是在2012年1月日本臺灣學會的關西部會上，受命擔任「講評人」。當時她的發表題

目是〈異鄉體驗中的『圍牆』描寫——李維英雄的臺灣、安部公房的滿洲」。我依稀記得匆忙讀過李維英雄的《國民之歌》，然後前往在關西大學召開的研究會。接著在2013年3月，曾為了聆聽她的發表「從李維英雄《國民之歌》中看智能障礙者的表象——以家族關係之變化為焦點」，特地到名古屋去過。接著是2015年2月，終於完成了博士論文《李維英雄文學中的臺灣記憶——作為原風景的異鄉體驗》。我保證這是今後也陸續要從事李維英雄研究者所必讀的（可以透過機構的典藏閱覽）。

特別是，對於研究者來說是難以深入探究的話題，但在台中時代李維的雙親之所以離婚的背景中，除了父親和上海出身的女性戀愛之外，還有智能障礙的新生子的誕生，在時期上是重疊的，也可能符合原因之一。即使父親不是單純只以身心障礙的兒子當作煙霧彈，對於因為身心障礙的兒子（推測是唐氏症）而憔悴慌亂的妻子，父親也開始無法感到作為異性的魅力了吧！相對於在《聽不見星條旗的房間》和《天安門》當中，父親的變心（對東洋女性的偏愛）成為主題；《國民之歌》（1997年初版）中，也因為專注在舉出母親和弟弟，因此描寫臺灣的方式本身也有出入。在此我矚目的這部博士論文，在2013年於名古屋大學發表（〈國際研討會　少數族群狀況與共生敘事Ⅲ〉）時，我最感佩服的是，其探討《國民之歌》中智能障礙者表象的第二章第二節，實為傑出。

日本的戰後文學中，有大江健三郎寫兒子，有津島佑子寫哥哥的前例，比較這樣的前輩作家和李維英雄，是十分具有野心的嘗試。

《國民之歌》裡有如下的描述——「他有一瞬想像過，沒有弟弟的世界。一個想法在他的腦中生成，再怎麼壓抑，終於還是變成了語言。／如果變成那樣的話，我要回自己的家。／『喔，喔』從弟弟口中發出的聲音漸漸變大。／弟弟自顧自地『喔，喔』叫了起來。那對他來說只是作為一種聲音，進入他的耳中。／然而，我回到自己家中。／弟弟的喊叫聲，具有抹消至今他所聽過的任何語言般的氣勢。／那個聲音不是他的回聲。那個聲音是，弟弟的聲音。／那巨大的聲音，恍若被翻譯一般，在他的耳中生成另一個聲音。是『help!』」（《國民之歌》，講談社，1998年，99～100頁）

張同學如此解讀此處——小說的說話者「很明白地把不得不離開臺灣的理由，歸因於弟弟。『他』無法回臺灣的『自己的家』。也無法歸屬於『自己國家』的美國。這是一個『家』和『國』有著根本上分裂的經驗。然而，此處的『他』的腦中生成的『音』轉換成『聲』，轉換成了『弟弟的聲音』，這可說是跨越了身心障礙者與正常人的界線的越境。哥哥聽到了『生命』本身發出的『help!』聲，向弟弟伸出了手。第一次構成意義的『弟弟的聲音』，幾乎抹消了哥哥說『我要回自己的家』的聲音，進而打動了哥哥。」（71頁）

對自己的孩子感到恥辱的父親，以及只能在心底袒護這樣的父親的另一個兒子。

相反地對於自己懷胎十月所生的孩子絕不感到羞恥的母親，以及不得不捍衛這樣的母親的另一個兒子。

而這個兒子，必須將並非任何一種「國語」，也非哪一種「國民之歌」的「聲音」，寫成文學。舉出《國民之歌》的雜誌諸家共評中，津島佑子甚至尖銳地剖析說，「我不禁覺得對於哥哥而言，弟弟的身心障礙，就是這種程度的東西嗎？」（《群像》1998年1月號，473頁），像要破壞主角陶醉於感受演奏家所彈奏的「支那之夜」的「溫暖」那般，弟弟大叫「yoh! ru!」（《國民之歌》，61頁）打斷他。他「不禁／Shut up!」（63頁）一聲喝斥弟弟。而這個哥哥和聽出弟弟意義不明的聲音中「『help!』聲」的是同一個人。

李維知道，不論以何種語言書寫，只要人類是個作家，其語言使用，絕對不能屈從於「抹殺」精神障礙弟弟聲音的「國語的壓力」，反而要跟這樣的聲音勢均力敵地「互相角力」才行。

幼年在台中李維英雄所經驗到的虛幻的「日本女性」的聲音，或許一時被智能障礙的弟弟的聲音所破壞了，但《國民之歌》這部作品中，一方面喚醒這段過去，一方面也是一次再創造被弟弟的「yoh！ru！」所強化、世界上獨一無二的「支那之夜」的嘗試。

在台中的「模範鄉」，再一次活過來，再一次在李維英雄的《國民之歌》當中被加工、被「再現」的逸事，是任何「國民性的記憶」都無法回收，而屹立不搖。李維渡過少年時代的台中日式屋舍，對於李維而言無法一直是「自己的家」，但透過弟弟的記憶被「補強」，就不單單是「心理創傷的地方」，而是作為「神話性的場所」具有永恆意義了。

星期三

作品集《模範鄉》中所收錄的第2篇作品〈傳教士學校五十年

史〉，曾在初次刊登於《昴》時觸及，謹將去年6月所撰的文章再次收錄於此。

關於李維英雄先生的「多語言腦」。他「採用（adopt）」「日語」當作創作語言，雖然是成了「日語的養子（adopted child）」，但他的腦中還是交響著「各種父母親的語言」，是個「沒有特定國籍的孩子的腦」。

星期五

從臺灣回國，拿到《昴》的最新一期（七月號），簡直恰似等著我回國一般，李維英雄那說不上是隨筆或是短篇小說的文章，就刊登在上頭。〈傳教士學校五十年史〉。

這可以說是，由管啓次郎先生所策劃，導演大川景子女士製作的《異鄉中的故鄉》的花絮。以李維先生在2012年探訪台中為核心，這篇文章令人眼花撩亂地生動地傳達了切換語言的感覺。

對於李維先生而言「母語」是英語。6歲時移居台中，習得了作為「國民黨（nationalist）的老將軍們的語言」（《國民之歌》）的「北京官話」。其後憑藉著「北京官話」，而頻繁地出入中國大陸，然而構成他的「母語」英語的，並非僅限於「父和母所說的語言」（同前）；也非僅止於雙親決定離婚之後，隨著母親和弟弟回去的維吉尼亞州所用的英語。其後面臨英譯《萬葉集》的難題時，對他來說有所助益的，正是他在台中的「傳教士學校」被灌輸的「King James版」的「欽定譯聖經」（1611年）的英語。

他一邊和《異鄉中的故鄉》中的日本工作人員以日語交談（紀錄片中日語之外的中文和台語僅止於像BGM般的功能），然而他腦中充斥在「傳教士學校」的英文，則像時光倒流般再度甦醒著。

去年（2014年）7月，我邀請大川景子女士和溫又柔女士，在立命館大學上映了《異鄉中的故鄉》那天，我記得我回想起朗茲曼（Claude Lanzmann）的《浩劫》（*Shoah*, 1985），向大川女士提起。

從海烏姆諾滅絕營生還的Simon Srebnik（1930～2006），在時隔30年後重訪滅絕營，以德語回答朗茲曼的問題。他憶起了波蘭語的歌曲。與波蘭的村人短暫地交談。朗茲曼是法國人，但能使用英語和德語。相反地，Srebnik先生諳波蘭語、意第緒語，並且為了在戰爭中求生存，遷居至以色列之後，還學會了希伯來語。然而，兩人之間的共通語，僅有德語。因為這樣的理由，Srebnik先生和朗茲曼的德語，支配了整個畫面。在此，波蘭語僅僅是作為點綴。希伯來語則毫無登場的餘地。

同樣地，《異鄉中的故鄉》中，日本籍工作人員和溫女士與李維英雄之間，日語作為「共通語」，掌握了絕對的主導權。然而，這睽違52年重訪故鄉時，暴力性地向李維英雄的身體襲來的語言，並非只是李香蘭所演唱的《支那之夜（蘇州夜曲）》當中的日語。還有幼小的他完全無法理解的「從巷子那邊來的孩子們」的台語發音。不過，最值得一提的是，和被毛澤東的中國共產黨驅逐來台的「國民黨的老將軍們」一起（從河南省一帶）逃到臺灣、口說英語的白人「傳教士」，也就是帶有濃厚宗教色彩的「傳教士學校」的公用英語，則似乎在他的腦中甦醒過來。

或許是因為《異鄉中的故鄉》以日語為基調拍攝，而在所難免從當中散失的英語，李維英雄試圖在新的短篇集當中重新取回。

該小說當中雙親和弟弟所說的英語，以及英語的片段散見於各處，對他而言，身為母語的英語當中，還有「傳教士學校」的英語。這種英語從記憶深處襲上李維的身體（心頭）。

當某事物從記憶深處復甦之時，我們僅能忍耐。《異鄉中的故鄉》是一部能強力抓住觀者一喜一憂的紀錄片作品，它尾隨記錄了被如此的記憶所撥弄的李維的姿態。其中只是被攝影者、滔滔不絕地快速說著日語（期間不斷夾雜著稚氣的I'm）的李維先生腦中，英語仍然盤據著。

如果用相同的主旨，但是由說英語的導演，再次起用李維先生拍攝另一作品的話，想必電影的韻味又將會相當不同吧！就好像如若《浩劫》不是由法國人，而是由波蘭人製作的話，想必從定位開始，就徹頭徹尾不同那樣（不過，這樣的企劃，李維先生是否會欣然答應則是另當別論）。

星期五

作品集《模範鄉》開頭所收錄的書名同名作當中，令人十分印象深刻的是，他在臺灣高鐵的台中站下車之後，隨口和「看似中年上班族的男子」（36頁）以英語交談——「Where are you from？／他以英語跟我搭話。〔…〕是冷靜又自然的口吻。／我立刻說／Here／回答了他。／完全無所躊躇，便如此答道。」（37頁）

這可以說，正是「睽違52年」回到曾經的「我家」所在地台中的李維所會說的一句話。不過，僅此並無法傳達他真正的意思，因此他補充說明，「50年前，我在here〔…〕我的home，曾在台中」（38頁）。

因此，男人「以爽朗的英語／Welcome home／回應了我。」（39頁）——大概是這樣的梗概。

不過，所謂的小說是架構於「部分」在「整體」之中終至獲得相對意義的文本。〈模範鄉〉這篇作品也是成立在，如此令人印象深刻的逸事，得以在更大的架構下，被再詮釋的形式上。

事實上，每當李維訪台時，他所面對的是那些既非「本省人」也不是「外省人」的「原來的臺灣人」。

原本李維在2013年前往台中的「8年前」，也曾「作為津島佑子女士率領的『文學訪問團』的〔…〕的一員，探訪臺灣。而且，「在台北集合之後『訪問團』前往東海岸的台東，在該處參加了連同原住民作家夏曼・藍波安的座談會」（19頁）。（此次在台東舉行研討會之內容，刊登於《昂》2006年4月號）。接著是2013年，主要目的是「重訪台中」的東海大學所辦的研討會，而這次則預定與「泰雅族」出身的瓦歷斯・諾幹先生交流。大川景子女士的《異鄉中的故鄉》中著墨不多，但在小說〈模範鄉〉當中，邂逅瓦歷斯・諾幹先生一事，卻發揮了重要作用。

「和二十世紀後半的多數外國人一樣，我僅僅以『本省人』和『外省人』來理解臺灣。透過見到原本的臺灣人、接觸其作品，我雖然書寫『臺灣』，其實卻不懂『臺灣』，如此的反省，在當時也油然而生。／孩子不能選擇自己的家，與此同時，也無法『選擇』

出入這個家的大人們對於家所在的國家的意識。／化身為『反攻大陸』堡壘的島嶼上，原住民只不過是異國情調的一種細節而已。／回到台中的那天，在夜裡宴會的席上，臺灣的『現代』鮮明地展現在我面前。大人們口耳相傳著『進入山林就能見到』的古代臺灣人的後裔，和北京的知識分子使用相同語言，辯才無礙。一方面令我感到同為現代人的知性，另一方面又讓我不禁陷入自我懷疑，到底外來者對自己家的記憶，埋藏在長達半世紀的近代化之下這件事，在歷史的洪流中究竟有何價值？隨著話題不斷延伸，我的思考也越發深沉。」（43～44頁）

過去「日本人」開拓，名為「大和村」的地區，在日本人「撤退」之後，依據「外省人」獨特的政治美學，改稱為「模範鄉」，提供給援助這些「外省人」或國民黨而前來島上的「美國人」居住。（在韓國也有類似之處。由美軍所「接收」的日式房屋，若不使用便提供給韓國人使用。）對於李維而言，過去曾是幼小的「自己的家」，不過是一處潛藏在歷史夾縫間的微不足道的「家＝家庭的所在」（home）而已。

然而，李維英雄並沒有以此私人的回憶為線索，將話語擴大論及臺灣的「原住民」及「故鄉」。他有所膽怯。「模範鄉」這部作品的構造，正是以描繪如此的「膽怯」為目的，而使用了「睽違52年的返鄉」此一主題。

這部作品之所以用「原住民作家瓦歷斯・諾幹為了要請客，招待我到他在山林中的自己的村落」（66頁），以這晚的回憶作結，也是出於如此的理由。

開車進入山林的途中，「『進入山上或許會遇到獵人頭部

落』，這番母親說過的話，〔…〕也被再次憶起」（同前）。

接著，「下午接近傍晚時，〔…〕抵達了臺灣的『後院」』，『山中向深處及更深處層疊的時間中，『國民黨』和『大日本帝國』以及『戰後的美國』，都被吸收」殆盡（67頁）。

之後，行走於村落中，話題轉到「家」——所謂家，是建在山坡斜面的小屋，瓦歷斯詳細地告訴我。／「家（ㄐㄧㄚ）」一詞，在我耳中，比起home，反倒是以日語「家（いえ）」的聲響迴盪腦中。／接著家父長過世後，「家」被摧毀，逕自化為墓穴，存活的家人又遷徙到別的山頭，重建另一個「家」」（68頁）如此循環。

思考不覺泅泳於此臺灣原住民的傳統風俗，即便如此，李維無法不想到自己所失去的「家」、以及「家庭」（home）——「家突然崩解，重新遷移到陌生的山頭時，該戶人家的孩子又是怎樣的心情呢？／該戶人家的孩子難道不會感到迷惘嗎？」（同前）

一個家有人拋棄，就接著有人來居住。如此住戶更迭之間，家屋頹圮，抑或整體地區產生了重新開發的必要，因而拆毀家屋，原地另築新構。

此外，經營「家庭」需要「家」，不過如若「家」尚未崩壞，而「家庭」卻崩解了，那麼成員們便四散而分崩離析。

對李維英雄這樣，生長於如此的文明之中，感性受其陶冶的人而言，對於曾經是「獵人頭（Headhunter）部落」而言的「家」究竟為何物？恐怕是超過理解範圍之事了。

目擊到輾轉遷居與「喪失」相關聯的某些風俗時，把「遷徙」當作對於住家的「民族」或「家族」的「心理創傷」（＝難民化）這樣的史觀，絕非人類被給予的「唯一史觀」吧！

再者，作為一個只能稱為是「人類學上」引發極其真實的感受的場所，臺灣在某種意義上或許是一塊「選地」吧！

雖然不是高更，卻同樣被追問著「我們從何處來？我們是誰？我們往何處去？」（D'où venons-nous？ Que sommes-nous？ Où allons-nous？）的島嶼。

然而，這個島上絕不追問「我們從何處來？」的人們（原來的臺灣人），有一定數量定居於此。We've been here——在似乎要高喊此言的人們面前，完全稱不上I'm from here。如同回顧在非洲大陸上的類人猿時代，歐洲人和亞洲人，若不小心脫口說出I'm from here一樣難為情。

星期二

李維英雄常被認為是英文、日語、中文的「三語話者」。然而，《アイデンティティーズ（Identities）》（講談社，1997年）中收錄的〈久違的北京話〉中，訴說了他「從初次的中國之旅返回東京」那天所發生的奇妙體驗——「全然沉浸在中文之後搭上飛機中，他以為這下終於變成三語使用者，而幻想著總有一天也能寫出英、日、中三國語的小說了。然而著陸之後，我竟然無論是哪種語言都無法寫出簡單的句子，連通往自家的路名，也說不上來。不要說雙語或三語使用者了，幾乎陷入了Eh-lingual狀態，也就是『無語言』狀態了。」（73頁）

這或許就像，李良枝（1955～1992）曾經描述過，自己在日語和韓語的夾縫間，尋找「語言的拐杖」相仿的經驗。

然而，溫又柔女士（1980年～）雖然是在李良枝（1955～1992年）和李維英雄的強烈影響下登場的，但是她並未將這種「無語言狀態」訴諸語言，溫女士，在李良枝如下的敘述中，認出了自己的前身——「自己會回到日本，也會回到韓國。〔…〕／回來。／回去。／然而已經連一點拘泥都沒有了，對兩個國家使用“回”這個詞，發現自己正在回答著某時某刻。〔…〕／我愛韓國。我愛日本。我愛著兩個國家。」（散文〈富士山〉，《李良枝全集》講談社，1993年，624～625頁）

總言之，與溫又柔說「日本和臺灣／兩個國家我都想說是「우리나라（我的國家）」（《我住在日語》，聯合文學，2017年，94頁）相通，而正是這樣的溫又柔，才能如此斬釘截鐵地抒懷——「日語和中文，還有台語。／從最能隨心所欲使用的角度來說，是日語。／從如果在臺灣長大應該會是自己主要語言的角度來說，是中文。要說從嬰孩時期便包圍著我的懷舊語言，則是台語。三種皆是『우리말（我的語言）』。」（同前）

在我心中李維英雄和溫又柔是互為表裡的。而李良枝則稍微連結了這兩者。

無論如何，複數性和缺失感，兩者絕非背反。如同德里克．沃爾科特（Derek Alton Walcott, 1930～2017年）所言，——「我身體裡有荷蘭人和黑色人種及英國人，我並非任何人，一個人自成一個國族。」（I have Dutch, nigger, and English in me／ and either I'm nobody, or I'm a nation）

星期四

溫又柔女士的《我住在日語》，從何處開始讀都很刺激，而且處處散見令人會心一笑的逸事。

其中「祖父的姊夫」，即「大伯父」（中文版105頁，日文版90頁。）所留下的「自己的自傳」，似乎是以日語撰寫的。在溫又柔看來，「光是這麼想像，我的內心便一陣悸動。」（中文版109頁，日文版94頁）。

說到日本統治時代學會日語的世代，在溫小姐周遭不乏有深諳日語的年長親戚，前來參加結婚喜宴的「大伯母」，會捉著溫又柔的伴侶問道，「你，昭和幾年出生？」（中文版118頁，日文版103頁。），移居日本的溫小姐的妹妹出生時，趕來東京探望的「祖母」，則是「牽著我的小手搖晃，唱著ゆうやけこやけでひがくれて（黃昏晚霞，太陽下山了）」（中文版127頁，日文版111頁。）的歌哄著她。追尋著這樣的「臺灣日語階層」的系譜，是身為作家的溫又柔接下來的一大工作吧！

而且，這些年長的臺灣人，中文並不如日文流暢。如果血親之間的對話不是日語的時候，經常傾向說「台語」。其中，溫女士這麼想過──「在我努力理解臺灣歷史和政治狀況的時候，對於以日語和外祖母說話，開始感到一股愧疚。臺灣的『國語』，過往是日語，現在則是中文，但臺灣人們長久以來使用最多的卻仍是──台語，我想試著以台語和外祖母說話」（中文版129頁，日文版113頁。）

相對於幼時就適應了「國民黨的語言」的李維英雄，暗地裡傷神於「臺灣話」，而這卻在溫又柔「尋找失去的母國語」的旅行當中占了重要的一環。並且，那作為「臺灣」的語言，讓溫又柔反復沉吟的時光卻是在日本。

以下是去年投稿的文章。

星期六

在淡江大學研討會的第二天，我從溫又柔那邊收到《你不明白あなたは知らない》的釘書機裝訂的可愛小冊。這是2013年製作的、回顧她與「臺灣話」的相遇與重逢的中日雙語形式的手冊（黃耀進譯，銷售處・東方書店，2014年）。

自己的「母語」，或者說是那一部分的母語，並非任何國家的「國語」，將之放諸世界而言，並非格外少見之例。東歐猶太人中以意第緒語寫作的作家們，偶爾也會因為使用這「非國語的語言」而感到驕傲。然而，就像方言那樣，台語經歷漫長的歲月之間，都沒有統一且正式的書寫方式，即使「用台語說話」是可能的，用「台語書寫」卻是極其困難的。「只用台語說話」，也必須要在很限定的狀況下才可行，否則是窒礙難行的。

然而，特別就像是「呢喃之語＝幼兒用語」那樣，越是如此，越有作為「母語」的獨特風味。這是由雙親「單方面」傳給孩子，總有一天當孩子不再說「呢喃之語」時，雙親也不再使用。只有在突然開始飼養起寵物時會復活的「呢喃之語」。不，即使不飼養寵物，我也聽過膝下無子的夫妻突然開始講起「幼兒用語」。這種「語言之前的語言」，至少在強制使用「北京官話」之前，在日本統治時代也根深蒂固地存在於臺灣人的生活當中。溫女士思欲「追尋失去的『母國語』」，我想應該是惋惜無法成為「母國語」的「母語」，而對之產生愛憐之情的緣故吧！

在確實學會英語這個「母語」之後，又在逐漸懂事的過程當中，受到「北京官話」和日語的侵襲，終致誕生了現在李維英雄這位多語使用者的誕生。身為其弟子的溫又柔，則是從懂事的年紀就已經是個多語使用者了。這漸次地削弱剝奪日語以外的語言，而形塑了現在這位台籍日語作家。我不認為李維英雄會寫像〈追尋失去的「母國語」〉這樣的隨筆，相反地，我也不認為溫又柔女士會寫《日語的勝利》這樣的書。若比較兩者，應當十分有趣。

套用我在《雙語的夢及憂鬱》（人文書院，2014年）當中所用的表現來說，李維英雄率性地接受了語言的「加法」，而溫又柔則是死命地抵抗語言的「減法」。

順帶一提，《你不明白　あなたは知らない》是2013年在日本首都圈實施的「觀眾參加型演劇作品　東京異托邦」中，為了參訪東京要町祥雲寺的參加者耳機中所流瀉的聲音文本。這是因為祥雲寺裡長眠著《台語入門》（1980年）的作者——王育德（1924～1985年）的緣故。溫又柔19歲時在舊書店邂逅了該書的新裝版。1980年當時，無法如願在臺灣（中華民國）發行，而在逃亡的國度東京刊行。這本入門書對於溫又柔的「台語探訪之旅」是不可或缺的良伴。

星期六

溫又柔女士或許是受到了其小說恩師李維英雄的強力勸勉，而熟讀李良枝的作品、咀嚼再三，之後才成為作家的。獲得第64屆隨筆俱樂部獎的作品《我住在日語（臺灣生まれ日本語育ち）》當中，也談到李良枝女士——「韓國與臺灣的情況不同，這自不待言。而且李良枝與我成長的環境和時代也不相同。即便如此，李良枝筆下擁有不同母語和母國語的人物們，他們心中的『糾葛』仍讓我感同身受，彷彿就是發生在自己身上一般。」（日文版79頁，中文版93～94頁）

這樣的心聲採取了對於「身為『海外長大的』韓國人，正在『祖國』的大學留學中的由熙「對於把韓國稱為『우리나라（祖國）』一事，內心抱持著強烈的抵抗與糾葛」（日文版77頁，中文版91頁），或是「應該稱為母國語的韓語，以及似乎只能稱為母語的日語，由熙彷彿被撕裂的真摯情感」（日文版78頁，中文版92～93頁）共鳴的形式。

相較於只能以「唯一僅有的母語＝母國語」為基準點，用「加法」方式學習「外語」的單一語言使用者而言，身處於「母語」和「母國語」之間裂縫的多語言使用者則是被「除法」（這是我在《雙語的夢和憂鬱》當中所用的說法）結果導致的語言和語言間的「鴻溝」所苦。

然而，是否所有的弱勢族群都因為「母語」和「母國語」之間的「裂縫」所苦呢？

若看徐京植這位極可能與由熙（或說是李良枝）同樣苦於「母語」和「母國語」乖離的作家，他寫過的李良枝論當中自述道「正因為在由熙身上貼了『在日朝鮮人』這個記號，因此覺得像是在看一個東拼西湊的刻板形象」（《殖民地主義的暴力》高文研，2010年，184頁）。再者，他斷言「生活在首爾數年的留學生」由熙「連獨自一人去購買書桌都辦不到，因而在公車中驚慌失措，這種事真是不太可能發生」（186～187頁）。至少在徐京植的身上，由熙的性格刻畫似乎並沒有「令人感同身受」，而這似乎是李良枝的寫法不妥的緣故。

《由熙》這部小說的結構複雜。到「母國」韓國留學中的主角由熙在韓國總感到格格不入、無法適應，屢屢更替寓所。這樣的她，後來乍看之下終於找到安心落腳之處，而這裡的一位女性居住者是小說的敘事者，她以姊姊（언니）之姿對待由熙，舉手投足一副「鄙視『不健全者』的『健全者』」（187頁）的姿態，然而面對突然從首爾回日本的由熙所產生的空白，細微緩步地進行揣測。

小說本身是以日語撰寫的，但是敘事者不諳日語，而且由熙從機場來電，說了以下一段話，單方面地把她以日語書寫的一束文件托女性保管，便離開韓國了。——「姊姊（언니），拜託妳。打開我房間櫥櫃最上層的抽屜看一下。那裡有裝在信封裡的東西。」（《李良枝全集》，399頁）

換言之，由熙的內心世界，就被託付給雖然被以日語描繪卻不懂日語的韓國姊姊，就此被放置在懸而未決的狀態下。而且，受到應當是「母國語」的韓語深深傷害的由熙這人的存在，在小說中自始自終都以「謎」的方式描繪。

一般的日本讀者閱讀此小說時，會發覺《由熙》的結構似乎也可以當作1990年代一窩蜂到日本的日裔巴西人或祕魯人，因為無法融入日本社會就此又回國的故事來讀。

因此，徐京植先生斷言「正因為在由熙身上貼了『在日朝鮮人』這個記號，因此覺得像是在看一個東拼西湊的刻板形象」，進而棄之不論的論調，其真實意圖我個人是難以充分推知的。至少我並不認為受挫於（再次）學習「母國語」的人，存在這個世界上是一種「異常的奇矯」（《殖民地主義的暴力》，187頁）；也不認為韓國女性覺得即使有這樣的海外同胞也不奇怪，是一種「缺乏說服力」（同前）的描述。

倘若韓語僅僅是「外語」的話，那它的門檻並不會超過一個「外語」，或低於一個「外語」。但是，如果像是韓語之於由熙，那種無法成為「母語」的「母國語」的狀況下，那麼即便極為有限，對於在幼年時期有過如此經歷的少數族群而言，這個「母國語」仍極有可能令人無限懷念，同時蘊含著與「心靈創傷的某種經驗」相連結的危險性。

誠然，小說並非從由熙的眼光來撰寫，因此沒有提示任何探究這種「心靈創傷的某種經驗」的線索。不過，與其像是「鄙視『不健全者』的『健全者』」般對此棄而不論，不如發揮『健全者』的想像力，思索由熙的處境，這才是目前讀者被賦予的使命吧！同時也應懷疑自己是否也是「不健全者」之一。

換個角度想想，「追尋逝去的母國語」之旅，有時或許會等同於「地獄」。

阿拉伯文學研究者岡真理小姐曾賜稿到我和西川長夫先生、姜尚中先生所編的《如何超越20世紀》（平凡社，2000年）這本論文集。她在〈我、「我」、「「我」」──M/other（'s）Tongue（s）〉（其後收錄於個人著作《椰棗樹的樹蔭下──第三世界女性主義與文學的力量（棗椰子の木陰で──第三世界フェミニズムと文学の力）》青土社，2006年）此文中論及《由熙》，她認為單純將此作當作「被母語和母國語這兩種語言暴力性撕裂的人」的故事（346頁）來讀，是不到位的。「以日語為母語、母國語而生的話，是否我（們）就真的和由熙所經歷的語言之苦無涉？」（347頁），她如是詰問日語單一語言使用者。

「即便是把母語當母語生活的人，也已經經常生活在母語所帶有的他者性之中，〔包括《由熙》在內〕這類文本要求讀者回復語言的物質性。正因為我們受挫於此，因而才想起母語之屬的東西，本身帶有被忘卻的、活生生的他者性」（351頁）。

雅克・德希達（Jacques Derrida）的《他者的單一言語使用（Le monolinguisme de l'autre）》（1996）發表之後，「母語」或「母國語」也像是「他者性」的入口，這種想法也漸次開始滲透到我們的思想當中，具有閱讀《由熙》的感受性的讀者，將如何開放他的感受去面對「語言的物質性」？而被要求如此的場域，就是文學。

《我住在日語》的溫又柔女士進行的「追尋逝去的母國語」之旅，再來應該會漸入佳境。然而，無論是「母語」或是「母國語」，都無法排除藉由某種形式的「心理創傷」而與歷史有所關聯的可能性。再者，李良枝以「謎」的形式留下這種「心理創傷」而完成她的小說創作。當然，其方法未必是「終極」的手法。溫女士有溫女士的路徑。

李良枝、李維英雄、多和田葉子以及溫又柔這些當代的「越境作家」和日語戲耍的方式，嚴拒了簡化的「類型化」。我認為應該當作，他（她）們一方面向前輩作家學習，卻也想與之互相抗衡，往往陸續創造出新的突變種的形式。

無論如何，由熙因為自幼疏遠之故，即使再次學習「母國語」，也不得不承受預料之外的障礙。倘若將她的案例稱為「由熙症候群」的話，我在巴西遇到的東歐裔猶太女性或許也有這樣的症狀。在耶路撒冷住過短短2年的她放言說「身體無法接受希伯來文」。我忘了她是用葡萄牙語還是意第緒語說出這段話，總之她是個多語言使用者（polyglot）。

星期一

我獲得立命館大學國際語言文化研究所的出版補助，陸續刊行了《異郷の身体——テレサ・ハッキョン・チャをめぐって（異鄉的身體——關於Theresa Hak Kyung Cha）》（與池內靖子共編，人文書院，2006年）以及《異鄉之死——知里幸惠及其周邊》（與崎山政毅共編，人文書院，2007年）這兩冊。碰巧，接著的第三冊考慮編輯關於李良枝的論集。2007年春天的研究所企劃「帝國的孤兒們——20世紀的日語作家4　被遺留的來信：李良枝」，便包含了這樣的計畫。

如今，該企劃的內容在後文的網址中，隨時皆可查閱，出版計畫中挫，敬請見諒。（http://www.ritsumei.ac.jp/acd/re/k-rsc/lcs/

kiyou/19-3.htm）。

然而，《立命館言語文化研究》（19卷3號，2008年2月）這本市面不太流通的雜誌，則是想要深入探究李良枝的朋友們必讀的一冊。

其中，韓國・成均館大學的藤井たけし（TAKESHI）先生所發表的〈帝國養女的返鄉〉對於《由熙》及相關的李良枝作品群，進行了廣度的論究。我認為少了這篇論文，不足以談論李良枝。

該企劃當中，身為企劃者、主持人的我率先以Theresa Hak Kyung Cha和知里幸惠兩位在邊境上的創作者為例，提出在思索他們時的重要觀念「養子化」（adoption）的架構，以此為基礎，如下闡述——「即使拿來『養子』這個概念，分析李良枝的狀況，首先要了解作為在日朝鮮人的養子性格，以及作為在日朝鮮人成長的她去韓國又再次被收養。總之，必須思考雙重的養子性格。她回到日本、命喪日本。這是否能說是客死異鄉呢？」（89頁）

「客死」的說法，源自於我認為知里幸惠在東京氣絕身亡是一種「誘拐、拷問致死」，因而決定將論述集命名為「異鄉之死」之後，想法盤據在腦海裡而得出的結果。雖然如今並非特殊案例，但李良枝正可說是一位具有「往來於日韓之間的知性」的人士，如同藤井先生所指出的，她的日語作品在日本刊行不久後，在韓國也被翻譯出版。總而言之，「書寫《由熙》的時候，這將會被翻譯成韓語，〔…〕便心知肚明了」（94頁）。在金時鐘和李恢成等人的時代，在日朝鮮人文學是由經常面臨要以日語或是韓語・朝鮮語來書寫的這類問題的作家們，還有執著於以韓語・朝鮮語來書寫必定出版有難度的題材的作家們，擔任主要寫手。然而，到了李良枝時代，這樣窘迫的狀況已經消失了。不過，即便是以日語書寫，她的作品立即被翻譯成韓語，然而《由熙》仍舊是一部將「謎」作為「謎」留下的作品。無論是以日語還是韓語閱讀，「謎」依然是「謎」。

無論如何，我希望李良枝的後裔藤井先生（尚有金友子女士和寺下浩德先生等），能夠加以論究這位具有「往來於日韓之間的知性」的李良枝女士。以上是該企畫的宗旨。

藤井先生的發表當中舉出李良枝的〈海女（かずきめ）〉（1983年）的部分內容，令人印象深刻，摘引如下。這是主角和男朋友兩人經歷一場小地震時，主角說的話。

「小伊，如果又發生像關東大地震那樣大的地震，朝鮮人會不會被殘殺？口耳相傳殺一個一圓五十錢、十圓五十錢，然後就被竹槍刺死了？這次我覺得不會發生那樣的事，那時和現在的世界，情況不一樣了。而且現在幾乎全部都能跟日本人發音一樣了。喂，小伊，如果這樣還是被殺的話，要說我是你的情人，然後抱緊我，和我站在一起，好嗎？不，這次絕對不要被殘殺。」（《李良枝全集》81頁）——雖然她一邊這麼說，但故事急轉直下。

「不過這樣我也覺得困擾，不殺我不行啊！我會亂逃亂竄，我後面會有發狂的日本人拿著竹槍或日本刀追殺我〔…〕喂，小伊，我會被殘殺嗎？喂，到底會怎樣呢？如果沒有被殺，我就是日本人嗎？不過到底會怎樣呢？那個很痛吧！會流很多血吧！」（81～82頁）

前一篇也提到的徐京植先生的〈在首爾讀《由熙》〉一文中，斷言「我從她的作品絲毫無法讀出光州事件的影子」（《殖民地主義的暴力》，173頁）。然而，藤井先生根據方才引用的〈海女（かずきめ）〉主角的對白，闡述「朝鮮人身體所擁有的歷史性，以及對此所產生的二律背反的感覺」（《立命館言語文化研究》19卷3號，97頁）的想法，並且在此之上以「帝國養女的返鄉」為題，來總結發表。將所謂的文學放置在歷史的脈絡裡閱讀的這種方法，原來能如此操作——「她在1980年5月初次拜訪韓國。她本人的年譜當中也記載著『正是光州事件爆發之時』，而她去世是在剛好12年後的1992年5月。〔…〕她過世的5月22日的12年前，市民軍和戒嚴軍互相武裝對峙。若是她在光州事件爆發時前往韓國，那麼確實是這個時期吧！〔…〕我無法不認為，持續被死亡所囚禁的李良枝這個人，是因為在某種意義上，有些地方和在光州死去的人有所聯繫，才會以這樣的形式死去的吧！」（同前，100頁）

1923年9月的東京、1980年5月的光州，李良枝「既是日本人，也是韓國人」卻也「既非日本人也非韓國人，不是任何人」。她對於橫跨玄海灘（譯註：九州西北方的海域）的極東地區的歷史，與其說是當作知識，不如說是透過「身體感覺」直接繼承了。再者，她讓女主角「握住菜刀〔…〕身體就害怕地麻痺」，並讓她說出她的感覺「簡直像是做愛時的心情」（《李良枝全集》82頁）這樣的話。

1923年的都市戰、1980年的都市戰，似乎和在日朝鮮女性的「性愛」在某處互通，李良枝的死，正可說是在這種都市戰當中的死亡。藤井先生所言的內容，我自知自不量力，但試著摘要如上。

星期六

我對臺灣文學大開眼界的2000年前後，朱天心（1958年～）的《古都》（清水賢一郎譯，國書刊行會，2000年）等，打著「新的臺灣文學」名號的系列陸續發行，再者，這也和我個人對於日本殖民時代的臺灣文學，開始感到興趣的年代相重疊。因此，一鼓作氣地開始經常與垂水千惠女士、駒込武先生、丸川哲史先生、山口守先生以及大東和重先生等學者會面。而不知不覺之中，現在所屬的立命館大學的先端綜合學術研究科的學生倉本知明先生，開始撰寫關於朱天心、蘇偉貞等，以臺灣「眷村文學」為題材的博士論文。我本身並不諳中文，即便如此，陪同寫作的過程中，也透過邊聽邊學，獲得了一些知識。

在那當中，談到我唯一關於「臺灣文學」的近似論文的東西，大概是收錄在《雙語的夢與憂鬱》中的〈殖民地的多語言狀況和小說的單語使用〉。該書剛問世不久，大東和重先生的《台南文學》（關西學院大學出版會，2015年）也付梓，以下是去年春天的投稿，摘引如下作為該書的介紹。

在思索「臺灣文學」時，必須要包含日語的創作，這是理所當然。首先，必定要對為期五十年的日本統治期裡日本人所寫的東西，抱有一定程度的關心，這是很重要的。

星期五

我在日本比較文學會，特別是關西分部裡，最得力於大東和重先生的協助。他的《臺南文學》這本新書出版了。

說到台南，除了受邀參加2009年9月在台南市內的成功大學舉辦的「殖民主義與臺灣」工作坊之外，我也在2006年到高雄第一科技大學的應用日語系進行集中課程，課後請學生帶我在市內觀光，留下不少回憶。尋訪了過去荷蘭東印度公司建築的熱蘭遮城（安平城）遺跡、國立臺灣文學館等地。2003年開館的臺灣文學館是一座符合臺灣新形象的文學館，或許是為了避免在「解嚴」後的「臺灣化」趨勢當中，將所有資源集中於台北一處，因此特意建於歷史悠久且同時具有多語歷史的台南吧！西洋人初次來到臺灣（福爾摩沙島）時，將原住民語言以文字撰述而成的《新港文書》也是保存在台南這塊土地。在參訪台南市內後，我被招呼到一家漬蜆仔聞名的店裡，在那裡盡情品嘗了臺灣名菜，對此我也感到十分懷念。

不過，令人慚愧的是，不要說台語了，連華語都不會說的遊山玩水的日本旅行者，即便是尋訪了與佐藤春夫有關的安平港，也無法得知什麼，每當覽讀名作《女誡扇綺譚》（1925年），只能供我回味旅行回憶而已。然而，中國文學專業、在台南執過教鞭的大東先生，他對於台南的愛，似乎特別深刻，刊載了為數眾多日本統治時期照片的該書，將會成為今後探究「日語文學與台南」關係的人士，無法錯過的必讀之書吧！

倘若僅僅是以台南為場景的小說，那應當不勝枚舉，不過此書

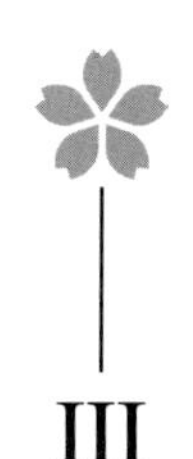

一方面將研究對象擴及以漢文和白話文、台語寫成的部分，一方面聚焦在「由日本人以日語書寫的台南文學」上，即便如此，成書也相當厚實。其中，我特別展讀佐藤春夫取材自曾經繁華鼎盛的台南郊外的安平港的〈女誡扇綺譚〉，大東先生既非以「異國趣味＝浪漫主義」文學的角度，也非純以「寫實主義」文學角度來解讀，而是以他獨到的詮釋展開新境界，讀來十分有趣。

受到西洋的頹廢文學影響這點，與永井荷風似乎也愛讀的羅登巴克（Georges Rodenbach）《死都布魯日》（Bruges-la-Morte，1892）相比較，又或是以風俗小說的觀點來分析，將貧窮少女買來做婢女的「查某嫺」風俗，當作情節發展關鍵（落としどころ）的手法，不僅都各有詳細的論述，此外更從作品當中，解析出1920年代佐藤春夫的臺灣之行所懷有的愁緒、各種「憂鬱」，進行多面向的解讀，這是我在目前為止的〈女誡扇綺譚〉論當中，所沒見過的。

因為我自身也在《雙語的夢與憂鬱》當中，針對此作所描繪的「多語言的重層性」論述過幾頁，更是多所感悟。

這部小說，可說是從推理小說的解謎所構成的作品，也可說是解開主角的日本青年所不懂的「泉州話」（＝「××××，××××！」）的真正含意的故事。這段不知所云的話語，首先由同遊的臺灣人口譯為「怎麼了？為什麼不早點來呢？……」（《定本　佐藤春夫全集》第5卷，臨川書店，1998年，156～157頁），但是越是如此，他的好奇心越是高漲，而謎越是深刻。而且，這個不可思議的聲音的真相便是作為「查某嫺」被賣入商人之家的「下婢」所隱藏的戀情。再者，這個真相被適切地理解是年方「十七」

的少女「不想嫁給照應主人的內地人〔…〕而尋死」（176頁）之後的事了。大東先生舉出此處，如此評述道——「在廢屋聽到的聲音，不將之判斷為傳奇或是合理解釋就此罷休，而是探究聲音的由來，了解根據臺灣舊習年輕女性無法自己選擇出嫁對象的苦惱，進而觸及了傳統的臺灣社會與近代的日本統治交錯的境地。」（《台南文學》99頁）。

在閱讀內地日本人所寫的「臺灣文學」的時候，我總是不由得想到路易斯安那時代的小泉八雲（Lafcadio Hearn），閱讀《女誡扇綺譚》時也不禁嗅出和「路易斯安那購地案」以後的「美國南部」的氛圍相同的氣味。事實上，佐藤春夫是大正時期最愛讀八雲的作家之一。而且這部作品的時代在那之前，所以完全沒有影響關係，但是《女誡扇綺譚》中充滿「屍臭」的「廢墟」氣味，甚至和福克納的〈獻給愛米麗的一朵玫瑰花〉（*A Rose for Emily*, 1930）相通。

然而，大東先生對作品的解讀著重在暴露在「來自北方、以文明人自居的報社記者」眼前的「南方國度的現實」，這和我的解讀並無太大不同。我在《雙語的夢與憂鬱》當中寫道，我認為這個故事可以理解為「以『泉州話』呼喊心上人的少女身上發生的悲劇，也是拒絕成為「帝國養子」的人們的故事」（226頁）。再者，舊習惡慣的臺灣社會當中，悲嘆「查某嫺」的隸屬狀態、絕對不想「嫁給內地人」的少女最後所能做的，就只有自我了斷一途了。

順帶一提，這個少女自盡的方式是「食用大量罌粟果實而死」，這在我腦中浮現的是森鷗外的《うた日記（歌日記）》（1907年）。日俄戰爭時，鷗外．森林太郎擔任軍醫從軍，將「妙齡少女（をみなご）」在滿洲被士兵逼迫滿足其性需求時，選擇自盡的故事，寫成短詩「與其羞恥苟活／不如痛快凋落／選擇服下罌粟花」。佐藤春夫其後甚至在〈陣中的豎琴（陣中の豎琴）〉（1933年）一文，認真地評論了《歌日記》，因此在撰寫《女誡扇綺譚》時，便十分有可能，已然意識到鷗外的「短歌」。「帝國日本」的「海外進軍」，特別是強迫「無名的女性」成為悲劇的女主角，對此現實景況，如同鷗外所為，佐藤春夫也嘗試以《女誡扇綺譚》做出他自身的回應。

畢竟是從內地來的日本作家，雖說即使多少懂一些台語，但只能以日本人作為主角的佐藤春夫的「極限」，也是「日本作家」的「極限」，即便如此，「對於不懂意思的聲音，不易聽懂的聲音，他和籠罩小說整體的遲鈍麻痺和倦怠相反，細心地，慎重地，側耳傾聽」（同前）。大東先生對佐藤春夫這樣的作家態度所下的評價，我也認同。

星期五

以下是這個初春所寫的文章，再次收錄如下。在日本統治時期的「臺灣紀行」包含了「賣春」的情節，當中又以「臺灣原住民的賣春」話題，廣受注意。

時至今日，瓦歷斯・諾幹先生和夏曼・藍波安先生這樣的「原住民作家」，他們再三呼籲「貧困引起的賣春」是思考原住民社會時不可忽視的問題。對於1920年作為一個性慾過剩的單身青年，隻身來到臺灣旅行的佐藤春夫而言，那是既然是社會問題，也是他個人（自身的性慾管理）的問題。

星期二

「帝國日本」重複展開的戰爭當中，日本軍的士兵屢屢會表露出嗜虐的傾向，做了為數不少的凌辱行為，雖然令人感到羞恥，但似乎是歷史的事實。《胸さわぎの鷗外（心驚膽跳的鷗外）》（人文書院，2013年）當中舉例的《鼠坂》（1912年）或石川達三《生きてゐる兵隊（活著的軍隊）》（1938年），將那樣的戰爭時期的暴力的實情，描繪地淋漓盡致，堪稱日本文學的傑作。

然而，在進攻中的士兵（或是隨行軍隊的民間日本人）的犯罪行為之外，還有隨著日本領土擴張，眾多被視為「平定」之處，所不能忽視的性風俗問題。

譬如，日本統治臺灣長達50年，根據馬關條約決定割讓臺灣之後，進駐到臺灣的日本軍遭遇到了當地人的各種「抵抗」。有來自誓死效忠清朝（或者辛亥革命之後的中華民國）的華人的抵抗，以及這些華人也長期對抗的先住民（在臺灣稱為原住民）的執拗抵抗。

總之，日本統治臺灣，可說是不斷透過平定作戰，好不容易才維持勉強的平穩日常。特別是在與山岳地區的「原住民」接觸機會很多的地區，血腥的衝突再三發生，「抵抗」和「平定」的惡性循環甚至成了當地的特色。

佐藤春夫的《霧社》（1925年）這部紀行文作品，正是因為描繪了這種一觸即發的氛圍，而成為了被流傳記憶之名作吧。

從台中進入位於山間的深處的霧社，同時也是前往能高山的登山口。對東京的生活充滿疲倦的佐藤春夫（此時甫發表了《田園的憂鬱》），還是個未滿30歲的青年，尋求轉換心情（移地療法？）而出訪臺灣。然而，一到了要登山的時刻，突然「霧社的日本人，因為蕃人的暴動，全被殺光」（《定本　佐藤春夫全集》第5卷，119頁）的流言此起彼落，完全無法冷靜地遊歷山間。

不過，即便如此，佐藤仍然帶著嚮導兼護衛，準備攻頂。在山頂的警察署，曾在占領地臺灣擔任總督的佐久間左馬太來巡視時建造的「宏偉建築」（130頁），成了他的旅社。

無論是內地人巡查或「蕃人」的護衛，還是擦身而過的「蕃人」，每個人都攜帶著槍砲，氣氛凝重。似乎正是日本軍隊開始準備對薩拉矛（Slamaw）族發動「征討」的時刻。然而，佐藤春夫卻十分樂觀，認為——「蕃山對我而言十分和平——又或者說因為我是一條盲蛇而不自知吧——即便如此，假設真的發生了蕃人襲擊的情事，那麼與我同行的蕃丁，我隱約覺得他會站在他們種族那邊，而成為我的敵人。當作決不會有此狀況發生的當下，若有一度想到蕃人來襲，僅有2、3名護衛者，就根本成不了氣候。先不管這樣的理性推論，我並不懷疑那座山的和平。」（128頁）

所謂殖民地臺灣的「和平」，是如此危脆的走鋼索，即使是孤身一人不帶彈藥，享受登山樂趣的佐藤，仍然是「平定者的一員」。

佐藤這般探訪霧社，除了登山之外，也充滿了觀察在被視為「蕃地」的臺灣山間地帶中的內地人和「蕃人」的混居狀況的知性

喜悅。在該地的佐藤春夫，是個以其文才，開始頭角崢嶸的新進作家，同時也是個「民俗誌家」。

結束能高山登頂，重返霧社的佐藤欲「購買鉛筆」，而步出宿舍，因此邂逅了謎樣的「兩個少女」──「『給我香菸』／較高大的少女一邊如此說道，一邊隨意地向我伸出手來。」（132頁）

對著這般驚訝的佐藤，少女說道：「要不要來我家看看」，提出邀約。

似乎，兩人「曾經是內地人巡查的太太，如今被拋棄而成為蕃語口譯的女人」（132～133頁）。

這兩個姑娘接著又問了「有錢嗎」（133頁）之後，連珠炮似地又問「一個人？兩個人？」。原來是「兩個人一圓五十錢呦。一個人一圓」。

這裡有成為「平定者的一員」的當地妻子，而生下孩子的「蕃人」女性；也有看到來到霧社的內地男性，就想賣春的「蕃人」少女。

然而，感到恐懼的佐藤，只遞出「五十錢硬幣一枚」（134頁），嗣後便逃跑了。糾纏佐藤的是「恐懼和誘惑交織的錯綜複雜」（136頁）。

「平定地區」裡，旅行者不得不和伴隨著深陷生命危險的「恐怖」，復加上與當地女性的「誘惑」（從平定者身上取得金錢的策略）周旋。這般與當地人的交涉也足以成為「體驗觀測」，在此之中，佐藤試著將臺灣旅行的回憶描述成，一個從過度的「參與」抽身的「參與觀察者」的「禁慾」故事。

所謂「平定」，不僅是意味著削去當地人的「抵抗」意志，使之「歸順」新的「統治」，更是將未開社會引入「貨幣經濟」之中，使當地女性接收新的性風俗。（例如，《夢幻的非洲》*L'Afrique Fantôme*, 1934的）Michel Leiris也十分清楚這點。

對於「殖民地的性風俗」這個問題沉默以對，卻想理解殖民地支配，是不可能的。像歐洲航路上旅途中的旅人，在每個港都買女人那樣（其中包含許多日本的「唐行小姐」），在臺灣的深山中，自領有臺灣經過25年以後的1920年，「買賣春」的行為，已經落地生根。不過佐藤所描述的，沒有「業者＝仙人跳」（即便有，似乎也是少女的母親），再者，這是「性病管理」不周全的非合法行徑。

事實上，佐藤朝著霧社途中，已經被一位挑夫的鼻子「可憐的、塌陷、醜陋的鼻洞佔據著臉的中心」，所驚嚇。「在蕃人當中發現梅毒患者〔…〕著實意外」（122頁）。結構上的安排呈現著，如果沒有這種「對梅毒的恐懼」，或許佐藤也非全無可能採取別種行動。

雖是精巧的紀行文，卻有著交織數道伏筆的名品。

星期日

李維英雄先生的《模範鄉》中，收錄著採用「賽珍珠論」形式的〈成為當地人（going native）〉這短篇，其中，一面思考雖然身為「西洋人」卻佯裝「中國人」，寫就了農民小說的賽珍珠，一面將李維英雄自身，身為「西洋人」卻並無意願佯裝「日本人」，而活用了日本文學中「私小說」此一形式的實踐，斷言為「當地人化」。倘若「『成為當地人』真的能達到，那也是因為在原本的『當地人』們所創造的語言中，尋求到自身嶄新的生命」（118頁）的緣故。

現今的比較文學，已然達到將「當地人化＝成為當地人」，視為上述狀況的境界，稍早之前則尚未及如此。

所謂殖民地支配及近似的行為，不僅是「被殖民者的文明化」，同時也是「殖民者一方的當地人化」，也是包含在其中的一個向度。例如，《野蠻的熱帶》（*Tropics of Savagery*, Univ. of California press, 2010）的Robert Thomas Tierney，將此點當作「野蠻人的馴化」（taming savages）和「當地人化」（going native），用以對比，然而，日本統治期的「臺灣文學」中，這個問題是十分重大的議題。

以下再次摘錄以Tierney先生的論點，討論大鹿卓的《野蠻人》的貼文。

星期四

佐藤春夫（1892～1964年）的《霧社》首度刊登在1925年《改造》三月號，霧社正是1930年發生山岳部落攻擊內地人襲擊事件，並在內地大幅報導的舞台。畢竟內地人死者高達139人。作為報復手段，陸軍進行了徹底的「掃蕩」，可說是「平定戰爭」的延燒與擴大，因此，佐藤春夫的臺灣小說，重新集結成冊，出版了《霧

社》（1936年）。

事實上，在前一年，有一位作家於雜誌《中央公論》二月號上，發表了宛如佐藤春夫短篇《霧社》的奪胎換骨之作。他是大鹿卓（1898～1959年）。該作品《野蠻人》也傳到佐藤春夫眼中，他甚至從而師事佐藤。總之兩者的短篇之構造，在某種意義上，極為相通。

單身年輕人，從霧社再更深入迷走於深山的「蕃地」。在該地迎接他的是，似乎「像是姊妹的兩個少女」。正狐疑是怎麼回事時，「蕃地」駐在所的所長的「老婆的妹妹們」，「想找夫婿」。（《Collection・戰爭與文學18　日本帝國與臺灣・南方》集英社，2012，293頁）。

佐藤春夫的《霧社》中，「曾經是內地人巡查太太，現在被拋棄，擔任蕃語口譯的女人」的女兒們，因為想要錢，而「誘惑」主角。在這部作品則是駐在所長的小姨子們，想要主角當她們的「夫婿」。而且這微小的差異，就決定性地將故事導向相異的結局。

被內地的雙親「取代不知幾次的斷絕血緣關係，送到蕃地來」（291頁）的主角，已然無家可歸。而且，「在這樣野蠻的土地上艱苦忍耐的期間，或許是馴服於野蠻了，或是自身變得野蠻了，意外地住得舒服起來了」（292頁），這一席駐在所長的話語，決定了主角的命運。

日本對於臺灣的「平定」，不分漢民族或「原住民」，皆將之「文明化」，高舉「馴服」他們為目標。然而，其背後，隨著在島（尤其是「蕃地」）的生活一久，內地人自己卻是走上「馴服於野蠻」，有時甚至是「自身變得野蠻」的過程。之所以說，大鹿的

《野蠻人》是佐藤春夫《霧社》的「奪胎換骨」之作，是因為「馴服於野蠻」而且「自身變得野蠻」這個過程的移花接木，將原本在「民族誌上」不無可能發生的故事，「妝點成情愛的一場武戲」，不，甚至是改寫成一種「色情文學」的，正是大鹿的《野蠻人》。

和駐在所所長的小姨子之一結為連理為止，主角田澤暫時維持「禁慾」的生活。對於蕃族襲擊內地人，部隊以「處理現場」（300頁）為名，組織報復戰，而主角隨之入山。主角擊倒了一個「敵蕃」，宛如蕃族所做的那樣，馘下敵人之首，攜回駐在所所在地。這個田澤，受到姊妹中的姊姊「捉住手腕，『田澤先生。了不起！』」的讚許（314頁）。

就這般地和「野蠻」搏鬥之間，終至理解到「變得野蠻」是怎麼回事的田澤，開始對於女友（＝泰依茉麗卡魯タイモリカル）所散發的「肖似獸皮的味道」產生強烈的反應，「變身成純然狂暴的男人」（333頁）。（順帶一提，時值《野蠻人》單行本刊行之際，當時「馘首」之處和性交的場景，皆被當作避諱文字塗墨）

接著兩人有了肉體關係之後，女友也開始積極地發揮起妻子的角色，然而田澤卻無法只滿足於性慾。面對臉塗白粉，身體散發「令人聯想到內地女人氣味」的泰依茉麗卡魯，他粗聲高喊，命令道：「給我回蕃社穿上蕃布(pala)再來！」（336頁）。不僅如此，最後他自己脫下警備員的衣服，「穿上沾染了蕃人體臭的筒袖上衣，身著兜襠布，肩披蕃布」（339頁）。

無論是佐藤春夫或是大鹿卓，「關於原住民女性的論述」，不過是描繪內地人男性的慾望（或是其壓抑）而已，僅止於將這種論調擴大罷了。《野蠻的熱帶》的Tierney先生，嘗試將大鹿的《野蠻

人》與康拉德的《黑暗之心》（*Heart of Darkness*, 1902）進行比較。然而，他認為「成為當地人（going native）」這個欲望，需要有「當地人女性」的存在來協助。這樣的構圖，也與Patrick Lafcadio Hearn（小泉八雲）等許多「民族誌學家」的例子如出一轍，若說陳腐也是陳腐。然而，若不經過原本如此陳腐的「當地人化」歷程，而直達「混雜化」，這種案例恐怕不存在於這個行星上。例如，巴西這樣的國家中，「當地人化」和「非洲化」便是如此進行的。

一部分的「民族誌學家」之所以對此欲望「自制」，是出於想極力保持客觀來鑑定所謂的「當地人的特性」之故。

「當地人的存在」，也將隨著時代演變，漸次朝向「文明人」的方向「開化」。然而，就好像其「反作用力」一般，「文明人」的「當地人化」，也不時會「戲劇性」地上演。

若將大鹿的《野蠻人》僅僅稱為「陳腐」而棄之不顧是很容易的，但是我認為，這可說在某種意義上，這是個「原型」的「當地人化」的故事。

《黑暗之心》所描繪的「庫爾茲」的「當地人化」，並不如《野蠻人》那般具有牧歌情懷，因為《黑暗之心》運用了雙重構造，將以尋見庫爾茲為使命，而上溯剛果河的馬洛，定位為「民族誌學家」，而產生了獨特的批判性。

另一方面，《日本帝國的英文學》（人文書院，2006年）的齋藤一先生，考察了中野好夫譯的《黑暗之心》（1940年），與同時代的新聞報導和「臺灣事物、文本」（112頁），可能在互文性的文脈關係中被翻譯面世，以及被閱讀。記得當時讀來，極其令人感到興味盎然。

那麼，「一方面作為對於西洋殖民地主義的批判來接受，一方面應當暗自肯定日本殖民地主義」的《黑暗之心》，被當作「日本殖民地主義批判」（108頁）來閱讀的可能性，究竟是有是無？

根本而言，《黑暗之心》是否能構成「對殖民地主義的批判」本身就是個大哉問，更何況將大鹿卓的《野蠻人》，套進「對殖民地主義的批判」這個框架裡，也是徒然。那會成為一種「喜劇」。

身著「蕃人」打扮，投入「蕃人」們的圈子裡的田澤，「用力過猛，咚地一聲倒在草叢中」，「蕃人」們圍著他，築起的「人牆」（340頁）之中，他感到「像是被放入柵欄內的野獸般」，「左支右絀」（341頁）的最後畫面，正可說是滑稽，此外無以形容。

終歸是以「文明人的原住民化＝野獸化」這種慾望的形式，在此以戲劇性的形式來描繪。就我個人而言，這種欲望的「陳腐」，正是這部作品的靈魂。我隱約感到，一部分的「民族誌學家」想要「禁慾」而過分操勞自己，便是為了讓自身遠離這種「陳腐＝滑稽」的狀況。

星期二

屬於「文明」一方的宗主國系統的男性，他在「原住民化」之際，「原住民女性」的存在是重要的關鍵。男女的「和合」能夠產生「文明」與「野蠻」的調和。結果，屬於「野蠻」一方的男性，

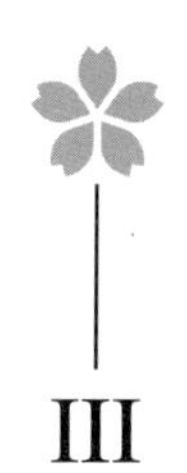

便會被施以徹底的「去勢化」。簡言之，傾向於男性中心主義的「文明」，更讓「原住民女性」成為爭論的焦點。

若然，屬於「文明」一方的宗主國系統的女性，在這般的構造當中，佔據了何等的位置呢？

去年（2016年）2月去世的津島佑子女士（1947～2016年）屢次往返臺灣所寫就的《あまりに野蛮な（太過野蠻的）》（全2卷，講談社，2008年。中譯版為吳佩珍譯，印刻出版，2011年），以1930年代陪伴學者丈夫赴任台北的女性為主角之一（另一為活在現代的姪女）。在臺灣，「霧社事件」（1930年）的餘悸特別侵蝕著內地人的心，那作為與「內在的野蠻（＝慾望）」相呼應的「外在的野蠻」，持續威脅著日本的殖民統治。置身於如此的政治空間當中的「內地人女性」，往往需要「內地人男性」的庇護，然而，卻只能對其暴君般的支配（強迫接受以他方便主義的「性愛學」）啞口無言。關於節育，夫妻間也難以達到共識。

「——老是要我戴保險套，我已經受夠了。對男人而言，那個東西硬梆梆的，很不舒服。〔…〕

——Ki-mo-be-gyan？〔…〕

——對啊，kimobegyan。想要kimocyan，可全都泡了湯。〔…〕

這句話是美霞常去光顧的蔬果店的本島人查某人教她的。將日語的『kimochi』稍微變更後加入台語，這樣的說法現在變得很普遍。」（日文本上卷217頁，中文本151～152頁）

主角美霞說著剛學來的台語的隻字片語以體驗臺灣的風情，或是向丈夫開玩笑，結果總是得到「說台語會破壞氣氛，你可不可以不要說？」（日文本同前，中譯本152頁）的回應，因此對話便無法繼續進行下去。

2010年7月殖民地文化學會的專題企劃「論壇　殖民地主義與女性」當中，來賓津島女士有言「所謂的殖民地的問題，我認為往往傾向於和男女問題呈現類比關係，也與情慾的問題相關聯。因此，這部小說雖然是處理殖民地的問題，卻也執拗地深入描寫夫妻的性生活」（《植民地文化研究》第10號，2011年，7頁）。

「文明人之男女」的夫妻性生活，徹頭徹尾都由男人獨斷主導，女性這方要不是被貶抑為「太粗魯了」（日文版上卷219頁，中文版153頁），就是被認為是「性冷感」（日文版下卷122頁，中文版319頁），而不想理會。女性徒然只是被男性單方面的毛病翻弄而無言、掃興。

若思及此，即便是白日的「內地人社會」，人際關係也只落得是動輒得咎，和本島人（有時是琉球人）幫傭之間的關係也是一觸即發。

在這樣的情境中，《太過野蠻的》的主角漸漸無法否認自己受到莫那魯道（1880～1930）這「霧社事件」的首謀者、悲劇英雄的性吸引。

短期回到日本的美霞，一聽到莫那魯道這個「令人懷念的名字」，「宛如風聞舊情人的消息般」，「藉由莫那這個名字，美霞在台北的時間，彷如臺灣的雨般復甦了過來」（日文版下卷57頁，中文版276頁）

對於「內地人女性」而言，殖民地臺灣是一條死巷，在內地人間相互監視的社會中，連性生活都無法成為活力的來源，而是讓身體疲憊，反倒只能從「原住民男性」（＝莫那魯道）的身上尋求心靈支持。

凱倫・白烈森（Karen Blixen）的《遠離非洲》（*Den afrikanske Farm*, 1937）、瑪格麗特・莒哈絲（Marguerite Duras）《抵擋太平洋的堤壩》（*Un barrage contre le Pacifique*, 1950）、珍・瑞絲（Jean Rhys）《夢迴藻海》*Wide Sargasso Sea*, 1966）——我們無須窺視上述這些西洋殖民地主義所創生的女性文學的最前線，就能持續探求宗主國系統女性的「原住民化」（going native），是和男性們的「原住民化」依循著完全相異的路徑，帶有獨自的殖民地主義批判（+男性中心主義批判）的可能性。

我認為，恐怕早從失去殖民地之前開始，真杉靜枝和坂口䙥子等女性作家就已然開始著手的工作，津島女士透過21世紀文學的框架，更加批判性地繼承了。

從莫那魯道、到親生父親、流產的孩子、早夭的孩子，主角與各種死者一起「咚咚……，咚」（日文版下卷348頁，中文版460頁）隨著潮汐渡海的小說結尾，充滿高潮張力。這宛如是夏曼藍波安那樣「海洋文學」萌發之態。

星期四

前一篇文章中提及的坂口䙥子（1914～2007年）滯台期間，

1940年到1946年這5年多的歲月，並不算長。然而，她原本就對「蕃人」有著強烈關注，也有過在戰爭晚期疏散到「蕃地」的經驗，她的「蕃地故事」至今廣受矚目。

《植民地を読む——「贋」日本人たちの肖像（閱讀殖民地——「偽」日本人們的肖像）》（法政大學出版局，2016年）的作者星名宏修先生，在其著作的「第四章」處理了在帝國日本的邊陲地帶產生的「混血兒」的問題，其中作為重要作品，舉出了描寫內地日本人巡查和原住民女性所生的「混血兒」的結婚問題的《時計草》（初出1942年）。與「蕃人女性」通婚生下的「混血兒」煩惱著究竟是要與「內地人女性」結婚，還是與「蕃地女性」結婚。女性作家坂口䙥子記錄了「內地女性」思欲與「混有蕃人血液的混血兒」結婚者，並將其心聲紀錄如下：「您所要前進的方向，並非只有和高砂族的人加深血緣關係而已。將高砂族的文化越益拉近日本的傳統，不也是一種前進嗎？」（原文轉引自該書118頁，中譯由譯者自譯）

雖然作者本身並非夢想著和「蕃人男性」結婚，但「內地女性」卻寫出了決心和「混血兒」結婚的「內地女性」的小說故事。臺灣時代的坂口的文風，主要在關懷「內地人的血統」和「蕃人的血統」如何交混。

然而，這位坂口，戰後撤退之後，仍然持續量產著「蕃地故事」。其中評價最高的是，候選第44回芥川獎的〈蕃婦羅波烏的故事〉（1960年初出）中，也被收錄於《Collection　戰爭　文學18　日本帝國與臺灣　南方》（集英社，2012年）當中。

1970年代以後，「唐行小姐」和「前隨軍慰安婦」等的訪談漸

次進行，其中浮現了洞察了所謂的「女性的敘述」的系列問題（＝底層人民（Subaltern）問題）一般的敘述，如今讀來也覺新鮮，再者，由於坂口自身是個聽取十數年前「霧社事件」記憶的「局外人」，因而其距離感，反而不是將故事以「真實的敘述」呈現，而是得以作為「好幾次重新講述的敘述」來展示。

身為「蕃婦」成長的「初江（ハツエ）」這位女性，以堅毅、時而滑稽、時而捧舉明褒（すかし），「混雜著日語、台語、泰雅語〔…〕快口疾言地說話」（416頁），以此語調貫串通篇。

雖然敘述本身偶爾會脫軌，然而我曾經關注到仔細論述《咆哮山莊》（*Wuthering Heights*, 1847）中的「女傭說的話」而寫成的〈艾倫·迪恩的亡靈〉（收錄於《耳朵的愉樂》，紀伊國屋書店，2004年）這篇論文。文中，未受教育的女性，並非是以「第一人稱我的敘述」，而是以「講述親近者的生涯的敘述方式」，來發揮其本領。不過《咆哮山莊》的敘事，是向著洛克伍德這個單身青年所講述的，因此欠缺了女性向女性打聽出來的故事（山崎朋子或森崎和江或川田文子或石牟禮道子的「水俣病患者訪談紀錄等[3]」），所營造出來的生動，反倒像是用「嘲諷語氣」對年輕單身男子講述，才是其特徵。然而，對此，〈蕃婦羅波烏的故事〉當中，「女性向女性打聽出來的故事」的滋味，是無法形容的特別。

雜誌《社會文學》23號（日本社會文學會，2006年）中刊行的李文茹女士的論文〈從性別研究來看臺灣「原住民」的記憶與表

3 是石牟禮道子在《苦海淨土》這部小說當中，以「ゆき女聞き書き」為題的一章。主要描述訪談水俣病患者ゆき女士之內容。

象——以霧社事件為中心〉，以「莫那・魯道的英雄性」為主軸，注意到「霧社事件」論述往往傾向於男性中心，因而關注與此「大敘事」對置，作為「小敘事」的〈蕃婦羅波烏的故事〉。這也是因為此作是企圖「從男性中心的歷史記述跳脫出來」（107頁）的「『她』的霧社事件」（104頁）故事之故。

霧社事件中喪夫，即使變得有如行屍走肉，在被帶出蕃社，前往移居地的途中，竟與內地人巡查墜入情網，最後跳崖完成了殉情。初江一面回想羅波烏（「若能承男子之歡，是否肌膚便能像那般雪白閃耀？」），一面侃侃而談，而她自身也正忍受著丈夫被「高砂義勇隊」帶走的孤獨——「夫君回來，能讓我的身體露珠淋漓，我也能再現花容嗎？真是沒把握。」（《Collection　戰爭文學18　日本帝國與臺灣・南方》，419頁）

正如李女士也指出的那樣，這部小說中，「由於強調了近代的市民社會中被認為應當隱藏起來的性相關的部分，因而「蕃女」原始的一面」，不僅被「凸顯」了，還因此，帶有「將日本男性在山地製造的性別暴力問題低估」（前引《社會文學》107頁）的傾向。然而，「初江」口無遮攔的露骨敘述，「內地女性」一方面感到輕蔑，一方面並非充耳不聞，反倒是歡欣地側耳傾聽，好似要生吞活剝了「蕃女的性」，「身歷其境」一般。如此的性衝動又該如何理解？

無論是「唐行小姐」，或是「前隨軍慰安婦」，要傾聽她們的「故事」之人，不分男女，必得以自身的性來碰撞。對男性而言，這容易淪為「色情文學」，對於男性訴說過去的性體驗的女性，也無法不意識到如此好色的耳朵，因此自然傾向於保護自己的節操聲譽，然而，女人對女人的敘述當中，這種「顧慮」消失的瞬間會悄然降臨。其中，坦誠相對的交流便於焉誕生。

〈蕃婦羅波烏的故事〉是一部描寫「內地女性」和「蕃人女性」之間，彼此加以牽制，卻又有「顧慮消失的瞬間」的小說。

若然，距今近20年前，久保田望（くぼたのぞみ）小姐所譯的Isabel Fonseca《埋葬我時，請讓我站著（*Bury Me Standing*）》（青土社，1998年），我曾寫過書評，其中不得不寫到近身描摹「吉普賽女性」的Fonseca，表露了對於女性身體的「羨慕之意」。論文〈艾倫·迪恩的亡靈〉發表於《思想》（1998年3月號），剛巧是同時期。

順帶一提，坂口女士是熊本出身，撤退後也在熊本的八代繼續創作小說——「一直以來都只寫喜歡的東西，只管做喜歡的事。那是因為總是在眼前高舉巨大的夢想，才得以做到。八代的女人，很強喔！」

星期一

然而，名古屋的出版社「あるむ」自從去年（譯註：2015年）刊行的胡淑雯（1970年～）的《太陽の血は黒い（太陽的血是黑的）》（原著2011年刊行，三須佑介譯，2015年），已經在《殖民地文學研究》的第11號（2012年）和第12號（2013年）刊載了摘譯，我一直期待著全譯本的到來，也留心LGBT進行的年輕人的性事百態的描寫，散發著最先端的風味，是一本足供盡享臺灣社會活絡氣氛的書。但是，與此同時，作為一部描繪比作家胡淑雯還要年長一、二世代的，總之就是被登場人物的祖父時代的記憶所束縛的臺灣青年的歷史感性，也屬秀逸之作。

以下，茲引用最初刊載該小說摘譯的《殖民地文學研究》第11號上頭，三須先生所附上的解說。因為他的摘要遠比由我絞盡腦汁來寫，更為簡要到位。

「《太陽的血是黑的》的敘事者「我」，是個24歲攻讀哲學的研究生。為求自由，離家出走，開始寄宿於同學「小海」家。「小海」是特權階級出身，祖父是國民黨的高官，是鎮壓50年代左翼運動的當事人。「我」的外祖父則是被當作政治犯，服刑15年之後，生存於社會的底層。政治犯的女兒（即「我」的母親），幼年時期沒有父親，因而蒙受性暴力，因為貧窮，所以無法好好接受教育，成了文盲，抱持著自卑感，罹患了精神疾病等事實，漸次被披露」。（249頁）

先前介紹的蘇偉貞《沉默之島》也相同，在《太陽的血是黑的》當中，作家自身已然不再被問到究竟是「本省人」還是「外省人」的「哪一個」了。擁有著相異過去的人們，在世代交替的反覆進行之中，蛻變為「臺灣人」（這概念指的是也開放給成為「非＝臺灣人」意義上的「臺灣人」）。無論是民族上的身分認同，抑或是性方面的身分認同，文學作為一個能一邊享受「浮動」的樂趣，一面祝賀「生命」的場域，「文學」發揮了它的功能。若從遠處來觀察臺灣文學，我不禁有如此感受。而且這樣的「臺灣人」經常孕育著諸多的龜裂。「原住民族」或「移住民族」。「經驗了日帝支配的漢民族」或是「經歷了抗日戰爭和國共內戰，較晚入台的漢民

族」。

然而，展讀《太陽的血是黑的》時，不得不驚訝的是，此作品關注臺灣文學（白先勇的《孽子》等）的比例，不下於關注《變形記》（*Die Verwandlung*, 1915），《慾望街車》（*A Streetcar Named Desire*, 1947）或《羅莉塔》（*Lolita*, 1955）之比例。

文學是，建築在過去創作的文學積累上的藝術，文學讀者，順勢就會受到這樣的「副文本（subtext）」所吸引。

此作足以作為臺灣的風土民情小說、歷史小說，以及「以中文書寫的世界文學」來閱讀，全譯本刊行超過一年以上，期盼能更廣泛地被閱讀。「外國文學」開始多多少少得到受眾，對於韓國、臺灣、中國，甚至是其他亞洲文學的關心，卻沒有提高多少，這樣的現狀令人遺憾。

對照描繪著深知無法揮別對於歷史的執著，但還是無法直視歷史的彆扭的日本人，不知怎麼陰錯陽差地獲得世界性名聲的村上春樹，基本上亞洲的文學大多還是把文學的可能性賭在如何面對歷史，而陸續創造出富有野心之作。

話說回來，津島佑子女士之所以生前，比起日本作家，更愛透過與亞洲作家交流來獲得創作的力量，背後或許也是相似的原因。

星期三

我初次以電影（伊力・卡山〔Elia Kazan〕導演作品，1951年）的形式，接觸到田納西・威廉斯（Tennessee Williams，1911～

1983年）的《慾望街車》，已年代久遠。當時並不知曉威廉斯是男同志，也不知道女主角因為年輕時失去的「丈夫」是男同志這個衝擊性的過去，只記得因此而好像附魔般的費雯・麗（1913～67年），以及苛責她的馬龍・白蘭度（1924～2004年）的演技所震攝。

然而，其故事背後，伴隨著南北戰爭和奴隸制的廢止，南部的莊園主階級開始沒落和頹廢，路易斯安那州對於法領的往昔感到鄉愁，馬龍・白蘭度所扮演的新移民（波蘭系移民）們的抬頭，橫亙著這樣的歷史。若是現在，我想我連這樣的背景都能夠領會了。

前一篇所介紹的胡淑雯女士的《太陽的血是黑的》，成功地將歐美的古典進行戲仿，其幽默手法有效地散見於作品當中。其中，《慾望街車》絕妙地發揮了了畫龍點睛的效果。

其實《殖民地文化研究》第14號（2015年）中，譯者三須先生投稿了一篇〈胡淑雯《太陽的血是黑的》試論〉，其中細膩地論述了《慾望街車》是如何交織在作品當中。

「此作並非僅在小說《太陽》當中多次引用。透過登場人物們「解讀」此作之行為，故事往前推進。之所以這個戲劇以及電影會雀屏中選，有諸多理由。試列舉如下，①布蘭奇的精神耗弱與精神崩壞，以及決定性地導致如此的史丹利的性暴力，②與臺灣現代史有著不可思議的重合，③同性戀這個表徵（布蘭奇唯一愛過的艾倫和作家田納西・威廉斯也是同性戀）④象徵布蘭奇的『白』。」（205頁）

①和③的主題是涵括了《太陽的血是黑的》整理的主題之一，而這和②所敘述的「二二八事件」，以及其後的「白色恐怖」所帶

來的創傷經驗，密切相關。而且，布蘭奇的④「白」（Blanche在法語是「白色的女人」之意），三須先生的解讀是，諷刺的是，這和國民黨主導的「獵赤」（Red purge）產生關聯。

稍事整理之後，我想《慾望列車》是一部描繪多語言都市紐奧良的性倒錯的小說。究竟《太陽的血是黑的》是否能夠稱為描寫了「多語言都市・台北」我尚且無法論斷，不過這三個月，我回顧了自己對於臺灣的書寫，無論是《太陽的血是黑的》，或是《沉默之島》，皆可明白稱之為將多語言性化為主題的小說。再者，路易斯安那與臺灣的類似性在於，兩者皆是承受這樣的文化糾葛同時被「政治化」的土地。

《太陽的血是黑的》的主角，李文心和他的男友小海，是現下的年輕人，必然是以「國語＝普通話」交談。（小海只能操持了「蹩腳的台語」日文本127頁，中文本94頁）然而作為「白色恐怖」的犧牲者，被送進收容所的李文心的外祖父他們，「國語寫不順手的時候〔…〕就改用日語表達。」（84頁，中文版62頁）——屬於那樣的世代。

臺灣的，尤其是本省人因時制宜「使用國語」和「使用方言」（閩南語和客家語、原住民語等），是複數語言的使用者，這與路易斯安那的前莊園主人相仿。「Blanche DuBois」其實應當是法文發音的「Blanche DuBois」（譯註：法語中字尾S不發音）。

我認為包括新潮文庫的小田島雄志的譯本，《慾望列車》的日語翻譯是錯誤的。史丹利將主角大聲喚作英文的「Blanche」是無妨，但是妹妹史黛拉偶爾回憶往昔，叫姐姐法文發音的「Blanche」也並不奇怪。在語言的罅隙間流連失所的法文發音

Blanche，這種「姓名的擺盪」，連結了《慾望列車》的危脆。再者，胡淑雯的《太陽的血是黑的》也可稱為一部，試圖描繪各種「擺盪」（包含性別的擺盪不定）的現代小說。

星期一

臺灣的蔡英文總統（1956年～）是臺灣南部出身，父方的祖父是客家籍，祖母是原住民的排灣族。這在臺灣是廣為人知的事實。

排灣族裡誕生了一位利格拉樂・阿𡠄（Liglay A-wu，1969年～），因此多少接觸過臺灣文學的人，對於「排灣族」這個部落名，應當是意外地親近，利格拉樂・阿𡠄的父親是外省人，1960年代，為了讓這樣的男子成家立業，似乎「大批的媒人、掮客湧入原住民部落」，「母親〔…〕便是如此進入了眷村」。（《臺灣原住民文學選2故郷に生きる（生活在故鄉）》魚住悅子編譯，草風館，2003年，16頁。中文譯文以《誰來穿我美麗的衣裳》晨星，1996年，35～36頁）。然而，利格拉樂・阿𡠄成長的眷村中，原住民出身的妻子只有她的母親和另一人，兩人被其他女人所輕視，「只因為『山地人』這三個字，〔…〕就拖到村外被痛打了一頓。」（18頁，中文譯文以《誰來穿我美麗的衣裳》，37頁），女兒本人則親眼目睹了這一幕。再者，女兒成長歷程中，也遭受「聽說山地人的孩子會吃人喔」這樣的傳聞」（17頁）所困擾。

回顧如此的過去，利格拉樂・阿𡠄達致了作為原住民裔女性主義者的深刻認識——「身為一個原住民，我一直堅定的相信種族岐視在臺灣是存在的，〔…〕而同時身為女性，我也常深刻的感受到社會上普遍存在的性別歧視，卻忘了也有同性歧視；〔…〕我完全忽視了如母親般這一群弱勢又少數中的弱勢，在社會變遷與外來文化的衝擊下，她們不但喪失了在原來族群社會中的地位，同時還要承受來自異族間的種族歧視，同族間的性別歧視及異族同性間的階級歧視；種族、性別、階級的三重壓迫，同時加諸在原住民女性的身上」（18～19頁，中文本38頁）

這可以說是後殖民女性主義的基本認識。

「難道這就是『文明』嗎？」——她說的極對。

順帶一提，利格拉樂．阿𡠄的母親，在喪夫之後，「回到部落，與祖母一同生活」（19頁）

星期五

胡淑雯女士的《太陽的血是黑的》，是一部以《慾望列車》為首的諸多「經典」，交織而成的故事，就比較文學觀點來看，也十分有趣，或許我該撤回寫下「成功地將歐美的古典進行戲仿」一文的上一回文章。除去最後的「後記」，全文由18個部分組成的該小說，不啻是現代臺灣的《尤里西斯》嗎？我猛然如此想到。

我並非毫無根據地臆測胡淑雯女士可能是意識到喬伊斯。這部小說整體而言是回顧了1950年代臺灣的「獵赤＝白色恐怖」，而且主角也被定位在生於1985年的研究生，然而每個片段的自由度卻是無遠弗屆的。之所以會聯想到《尤里西斯》（*Ulysses*, 1922），目前是基於這個理由。

然而，即便不是都柏林在1904年6月16日一天發生的故事，僅止於陳述2010年前後，台北的數日光景，便能「回顧」戰後臺灣長達70年歷史的安排之絕妙，令人感到甚至淩駕於《尤里西斯》之上。

譬如，這部小說中，政治的弱勢族群、性別的的弱勢族群、「強烈性格的存在」陸續登場，即使單看「10　公寓酒吧」中出場的「叫『苗木』的傢伙」，雖然僅僅是曇花一現的配角，但仍印象鮮明。「電腦桌面」放著「戴著黑色的膠框眼鏡，一派瀟灑的個性美」的「女孩」的「素顏」臉蛋的「苗木」說──「她今年畢業，在當背包客，一個人，獨自去澳洲打工旅行2個月」（215～216頁，中文本163～164頁）。

這位「苗木」本人「膚色黝黑，媽媽是排灣族，爸爸是湖南人」，他「自稱」「湖南排灣族」，熱愛爵士與藍調。說是原住民的血液慫恿的。」（215頁，中文本163頁）

僅僅一頁的篇幅，令人印象深刻的青年男女便活靈活現。這樣的描寫人物寫法，令人拍案叫絕。或許應該說，比起《尤里西斯》在調性上更近似《都柏林人》（*Dubliners*, 1914）。

拾頁而下，討喜的臺灣年輕朋友的數目也就一個個增加了。

星期三

前一回例舉的利格拉樂．阿𡠄是另一位臺灣原住民作家瓦歷斯・諾幹（1961年～）的伴侶，我在很早以前便得知，然而，在瓦歷斯先生題為〈外省爸爹〉的文章中登場的身為「巨人岳父」的「外省人」是利格拉樂・阿𡠄的父親，我有一時期的確是在不知情之下閱讀的。其後知曉了兩人的關係，才恍然大悟的記憶仍然鮮明。

瓦歷斯先生的散文〈外省爸爹〉描繪了兩位父親，一位是生活在泰雅族部落，人稱「紅爸爸」的單身外省男性，時不時煞有介事地大喊「過些日子，你老爹就要回大陸咧！」，然而他最後卻「沒趕上回大陸探親」，就在台中縣的山峰之間，終其一生。（《臺灣原住民文學選3　永遠の山地（永遠的山地）中村ふじゑ等譯，草風館，2003年，110頁）。這位男性對於瓦歷斯而言是「唯一的乾爹〔漢文化中類似「代父」的人物〕」（108頁）。

而另一位「外省人父親」，簡言之即利格拉樂・阿𡠄的父親，是位「身材相當高壯的男子」，擁有「異於常人的魄力」（111頁），然而其實這位「岳父」，一到了臺灣和大陸之間可以自由通信時，開始「經常在暗夜裡躲在小小的手電筒照映下留下巨人的眼淚」。「才知道對岸年輕時老婆的家書早已越過黑水溝」。然而，這被排灣族的妻子發現了，兩人便「大吵過幾次」。這位父親如下說道——「一、二十年人都交給你了，還吃大陸老婆的通郵醋！」（113頁）

開放與大陸往來的時代，也是臺灣的「眷村文化」成了過去式的時代，然而或許這樣令人愁嘆的場景，在各地「眷村」也屢屢發生。

不過，關於瓦歷斯・諾幹的「岳父」，其後我讀過利格拉樂・

阿媯如下的回憶。

利格拉樂・阿媯高中畢業後不久，與瓦歷斯・諾幹相遇，激發了她的「原住民意識」，也因此，兩人「舉行了排灣族傳統的結婚儀式」。

然而，將此事「向雙親報告時，父親當場打了我一巴掌」。她如此寫道——「結婚典禮，並非僅僅是將我從養育我的家嫁到其他家庭而已，也將我從父親所屬的安徽省高家，完全分離了」（《臺灣原住民文學選8　原住民文化・文学言説集Ⅰ（原住民文化・文學言論集Ⅰ）下村作次郎等編譯，草風館，2006年，277頁）。

在夫婦不同姓氏是常態的文化中，女兒無論如何都是應該父親的附屬品（譯註：指從父姓），然而她出嫁的當天，在雙重意義上拋棄了父親。

星期六

閱讀《臺灣女性史入門》（臺灣女性史入門編纂委員會編，人文書院，2008年）突然感到驚訝的是，有篇〈排灣族的少女歐苔〉（山本芳美）這個專欄文章。

1871年，發生過載著琉球人的船隻漂流到臺灣南部，船上人員當中的54名遭到殺害的事件。當時琉球雖然自稱琉球王國，然而對此事件卻無法進行報復措施，對此，日本判斷不可坐視，便將琉球王國降格為琉球藩，並且在1874年命令西鄉從道「出兵臺灣」。因為當時的臺灣是清國領地，此後日清關係急速惡化，此次出兵的副產品之一，便是〈排灣族的少女歐苔〉。

她在東京滯留半年左右，從「日語和禮儀」到「習字與閱讀」（233頁），試著學習，然而最後她被遣送回到臺灣。

而且，「根據排灣族人的村莊所流傳的故事，歐苔未滿20歲就罹患了精神疾病，孤獨地死去」。（同前）

其後1903年，大阪召開的博覽會中所設置的「人類館」招來物議，已是有名的事情，即使歐苔並未遭到「陳列」，然而卻像個寵物一樣被「玩賞」，被當作洗腦蕃人的「實驗對象」，在此之後還被放回「野生」的狀態。而且，這半年的經驗，似乎對於她的人生並無助益，反而徒然留下心理創傷而已。山本女士寫道，「她很有可能被排灣族的傳統倫理觀視為，『與部落外的男子交媾過』」（同前）。

星期日

《臺灣女性史入門》中，記載著該書編纂的緣由。原本關西中國女性史研究會所編的《中國女性史入門》（人文書院，2005年）的編輯過程，曾經討論過是否要與臺灣女性一同編著的提案，然而無法不覺得「將經歷過相異近代史的臺灣女性，置放在中國女性史當中論述，有著強烈的不妥之感」（239頁）。的確在臺灣，在漢民族移居來台之前，便有原住民族的存在是具體可見的，如若思及50年的日本統治之經驗，與在共產主義體制下的經驗互異的（在某種意義上是與之對抗的）女性解放歷史等，似乎是很難說出「一個中國」等字眼的。

若以聯合國所使用的婦女權力指數（gender empowerment measure）來看，當然超越日本、韓國，更拋開中國、香港，在亞洲中占了第一名的臺灣（2003年的數值相當於第19名），這塊土地上究竟正在發生什麼呢？編纂《中國女性史入門》的續篇《臺灣女性史入門》之時，其背後似乎有著對於臺灣現代史強烈的知識好奇心。

然而，通讀之下，有一點很可惜的是，《臺灣女性史入門》的編輯方針，做了「去除關於日本統治期日本女性的部分」（3頁）的選擇。特地將這個考量寫出來，就表示一度有個選項是考慮連同那部分一併編纂的。實際上，設了一處李香蘭（山口淑子）扮演臺灣原住民女性的電影《莎韻之鐘》（1943年）的專欄（235～237頁），而且在「日本統治時期女性文藝」此一項目中，辜顏碧霞（1914～2000年）這樣的臺灣女性日語作家的名字當中，參雜著坂口䙥子（1914～2007年），也有提及（147頁）。該項目是陳建忠教授所撰的中文原稿，由黃英哲教授翻譯為日語的形式，以臺灣人的均衡感看來，應當是「日本統治時期女性文藝」此一條目，至為重要，並且竟然已立條目，便不可「去除」「在台日本人女性」。雖說不過是50年之久，或者說領台初期，日本女性渡台是相當受限的，即便如此，作為「帝國的女人」渡台，雖然參與日本的統治，但仍一面被迫與家父長制展開炙烈的鬥爭的「內地人女性」的經驗，別說是被當作「臺灣女性史」的一頁「去除」的不合理了，應當有個選項是確實並詳細地追蹤才對。

這正是津島佑子《太過野蠻的》當中描寫，導致「美霞」這位女主角（雖然身為內地人教師的妻子，但是因為偷竊，而被當地的日本人社會所排擠，終至精神及肉體皆崩壞的女性）的誕生的是，應該是作為日本帝國的歷史之一部分的臺灣統治。（《太過野蠻的》當中，主角「美霞」想要和好幾位登場的「本島人」的幫傭打成一片，也終究未能如願。包含這些特徵，該小說可說是作為「遲到的日語臺灣文學」來看，也是第一流的作品）。

《臺灣女性史入門》當中，如果能讓出至少10頁也好的篇幅，訂立一個「日本統治期的日本女性」之項目的話，我認為該書將更能成為一紀念碑式的出版品。正因為是由日本學者發起而創生的書，我認為反而不需要「去除關於日本統治期日本女性的部分」之類的顧慮。

該書的發行與《太過野蠻的》同為2008年，不知該說是諷刺抑或是巧合，我認為可以視為在某種意義上的相互補充。

星期三

《太過野蠻的》的架構上，描寫1930年代的4年之間，作為人妻生活在臺灣的女性（＝美霞），以及追尋她的足跡行腳於現代臺灣的姪女，50多歲的單身女性（＝莉莉），兩者交替擔綱女主角的形式，形構而成的「女性文學」中，美霞的丈夫終究是「客體」，不過是書信的「遞送對象」，基本上男性幾乎不在鎂光燈之下。取而代之的是，揣想僅從傳聞得知的阿姨，「對臺灣的山群有著憧憬」（講談社，下卷，99頁，中文本302頁），「我想要帶〔…〕

阿姨的靈魂來到此地」，因此莉莉遠赴仲夏的臺灣南部，在屏東縣的山岳地帶，與一名據說「一百歲」（同前，93頁，中文版298頁）的排灣族老嫗，使用日語親暱地交談，傾聽她所訴說的往事。接著，甚至得到了親撫傳說中的猛獸、雲豹（排灣話叫「Likuliav」）毛皮珍貴經驗。超越民族以及世代，由女性之間口耳承傳的記憶，以及傳統的厚重。該位排灣族的老嫗（＝Mutokutoku老婆婆）的角色設定為，與莉莉的阿姨美霞相同世代（生於二十世紀初）。

然而，這般的小說當中，僅有一位洋溢著誠懇萬分之印象的男性登場。相識於屏東縣的「臺灣原住民文化園區」，其後擔心獨自旅行的莉莉，因而跟到排灣族聚落的40多歲已婚男性（最初的妻子已逝，其後與喪夫的女性舊識再婚，與繼子共三人同住）。據說第一任太太因意外身亡時，懷有身孕，簡言之他過去曾歷經喪子之痛，駕車載著妻子小孩時發生交通事故，孩子在事故中身亡。男子這般的遭遇，其後也一直在回到東京繼續獨居生活的莉莉心中，沉重地回響著。而且，跨坐在小型機車後座，「莉莉雙手緊抓住楊先生的腰」，疾馳於臺灣南部豔陽下的山路上（下卷，177頁，中文本354頁）。莉莉「將臉頰貼在楊先生滾熱的背輕輕的閉上了眼」（同前，178頁，中文本355頁）。楊先生是位雖然不是很流利但能說日語的客家裔臺灣人。

一面遙想著原住民傳說中，令人頭暈目眩的灼熱的艷陽下，天空中浮現兩個太陽的炙熱中，「對自己的體力有自信的年輕人們，出發去擊退第二個太陽」（同前，247頁，中文本397頁）的故事，兩個人都寄託於不知何時會結束的與亡者間的「靈魂交流」——

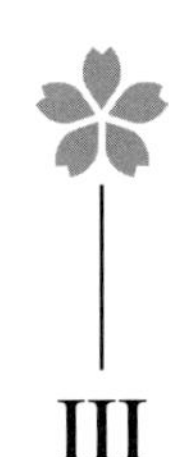

「啊，我的頭腦變得很奇怪呀。……我死去的前妻好像也來到這個地方。／是啊，我的孩子和我的阿姨一定馬上……。」（同前，248頁，中文本398頁）

那是個男女各自都對於自己深具意義無可取代的亡靈所纏身，卻又不得不繼續生活下的的故事。這兩人是否最後有陷入戀愛關係和肉體關係，小說中並沒有明示。然而卻將50歲代的女性的情慾，深入淺出地描繪出來，其力道掌握甚為高明。這和被丈夫的性慾所折騰終致身心崩壞的阿姨（＝美霞）之對比，令人印象深刻。

作為文學者一路走來，我的人生有許多面對女性文學則感到膽怯，往往過度防衛的時刻。雖然我是這樣的男人，但比起年輕女性的性衝動，我認為更能確實理解年長女性的性慾。《太過野蠻的》的兩位主角當中，美霞的性，過於痛苦，令人不忍卒睹，相反地莉莉的性慾，則好似自己的性慾般親近，並且有著切身之感。

星期六

《太過野蠻的》當中，女主角（＝莉莉），從在臺灣旅途中相識的臺灣男性（＝楊先生）口中，聽聞了「臺灣籍從軍慰安婦」等刺耳的往事。

「我出生於竹東。〔…〕竹東更裡面的深山有日軍訓練所。那裡是「賽夏族」原住民所居住的地方，現在則有溫泉旅館。……日軍撤走之後，我母親在友人的家聽到了這樣的事。」（下卷，301頁，中文本430頁），四十出頭的男子，表示「身為日本人的你，我有話對你說」（同上書，300頁，中文本430頁），而下定決心侃侃而談。

「那人家的太太在軍隊的命令下，前往山中的訓練所。她負責處理士兵的衣服。……日本軍隊有五百人、六百人。聽說，再往裡頭的深山，曾有「原住民」的「高砂義勇隊」在此接受訓練。……啊——那裡也有其他地方來的女性。也有「原住民」的女性。夜裡，日本士兵來到小竹屋。那便是她們的工作。……啊——不過十五、十六歲的女性。還只是孩子呢。但她們無法逃走。在白天哭泣著，總是哭泣著。」（同上書，302頁，中文本431頁）

不過，《太過野蠻的》當中，讓兩位女主角不僅是懷孕甚至流產和喪失幼子的津島佑子，她所回想起的「從軍慰安婦」的記憶，不僅止於單純的榨取「膣」的故事——「她們懷孕，把嬰兒拿掉，又再工作。……啊——當然嬰兒也有拿不掉的時候，肚子變大。……出生之後馬上死掉。」（同，302～303頁，中文本431～432頁）

「從軍慰安婦」不僅是「膣」，連「子宮」（甚至是「乳房」）都被「任意役使＝濫用」。並且這並不是僅限於戰爭時期，在家父長制支配世代相承的社會中，「任意驅使＝濫用」「膣」和「子宮」已然日常化，如今也很難說這種狀態已然遠去。

《殖民地文化研究》第10號（2011年）中所收錄的演講「書寫『臺灣』」當中，津島佑子女士，提及《太過野蠻的》的昭和初期的「產兒限制（節育）」，有如下補充說明——「當時的保險套硬梆梆的，用起來不舒服，所以男性討厭使用，因此，女性會懷孕。男性則覺得「囉嗦」，就這樣夫妻關係漸漸崩壞。這是避孕的問題，也是成為父母組成家庭的問題，也是作為國家制度的問題」（7頁）。

無論國家、社會或各個男子，都徒然自私地「任意驅使＝濫用」女性的「膣」和「子宮」。津島佑子女士奮力地訴說的是，從夫妻關係（歷經公娼制度）以至於從軍慰安婦制度，這個（引起女性的性奴隸化）男性中心主義是「比連相接」的。她一邊揭櫫著崇高理想，直言「各位必須要互助合作建立才行」（同前）。

然而，另一方面，則是讓女性懷孕，卻不願意負責的男人。這樣的男人毫無責任感地留下的女孩，楊先生卻選擇擔負起養育之路。正因如此他的話語顯得特別沉重——「因為你是日本人，一開始便想告訴你這件事。不過現在不這麼想了。……啊、這是我父親的故事。父親，經歷種種。……日本士兵在臺灣成了父親。不知道孩子長相，不想知道孩子長相的父親。……」（《太過野蠻的》下卷，304～305頁，中文本433頁）

談到日本男性的自私故事，那麼娶了原住民女性作為當地的妻子，又隻身返回日本的日本巡察的故事有著多種版本。僅僅打算利用女性的「膣」的男性，甚至沒有發揮想像力想到這也會侵犯到「子宮」或「乳房」，結果看來連對於孩子生死所產生的喜怒哀樂，都全部推給女性，這種家父長制的暴力性，在殖民地當中越是被強化。

IV

碰觸生猛的吳郭魚肌肉

1. 臺灣種蝸牛

「吃遍戰爭災害後的焦土中所殘留的地瓜，在蘇鐵的果實和根莖中找尋澱粉（碳水化合物），全無家畜的狀況下，將Mobil（引擎油）代替食用油，作為油炸油食用的時代下，唯獨蛋白質資源（非洲大蝸牛）是豐富的。」——展讀《沖繩的歸化動物》（沖繩出版，1997年）時，竟然有如此敘述。「非洲大蝸牛拯救沖繩居民免於餓死危機」。

按照該書說法，非洲大蝸牛是「1932年（昭和7年）1月，臺灣總督府技師下条馬一博士，由新加坡引進到臺灣，在此基礎上田澤震吾將之當作「白藤種食用蝸牛」，販售到臺灣全島，因而普及的1932年之後，經由臺灣引進沖繩」的。在當地一般以「臺灣種蝸牛（台湾チンナマー）」之名稱之，可以知曉是依據其移入途徑所命名的。

原本「殼長超過180mm」的這種大型蝸牛的「原產地是東非，作為食用、藥用，始於1800年左右被帶入模里西斯島，1847年帶入加爾各答，1900（明治33）年帶入斯里蘭卡，1911（明治44）年帶入新加坡，1920年代普及到爪哇、婆羅洲，1930年代則開始在關島、夏威夷、臺灣諸島、沖繩、小笠原等熱帶太平洋地區幾近所有的島嶼繁殖起來」。

沖繩與世界經濟的接軌，不僅限於日本和其他府縣或舊殖民地地區，其後也推動移民前往那些在亞洲太平洋戰爭的戰場，如東南亞或太平洋諸島賺取外匯，或是作為勞動力，推動移民、「殖民」前往到南北美大陸。相反地，這無庸贅言地也意味著，同時會接受外邊派遣或留駐人士，並且投注資本、流入物資或糧食等。特別是糧食缺乏的時代，作為非常時期糧食而傳入的非洲大蝸牛，是殖民地主義經濟所帶來的全球規模之饑荒與貧困的象徵。倘若僅限於沖繩史的話，換言之，這也可以說是令人回想起「蘇鐵地獄」時代的象徵之一。

然而，非洲大蝸牛拯救沖繩居民免於飢餓的背景，接著有著複雜的推移——「移入後的10年左右（1944），都還是在人工飼養的狀態下，未曾發現逃逸山野，歸化當地的狀況」，然而，據說「以沖繩戰（1945）為分水嶺，逃出的非洲大蝸牛不過5～6年間就爆炸性地大量繁殖」。意即，作為食材被養殖的非洲大蝸牛，在沖繩戰期間，不知何時突破了養殖場的柵欄，野生化了。而且，在成為了糧食短缺的時代，拯救人們免於餓死後，也堅韌地化身為歸化種而存活下來的非洲大蝸牛，在糧食問題平息後，漸次被當作「害蟲」

而疏遠——據說，「非洲大蝸牛對農作物〔…〕的危害成了大問題，市鎮村公所甚至以驅除為目的，向居民購入」。再者，自從發現了其身上「寄生著〔…〕好氧性腦脊髓膜炎的病原體的寄主，廣東住血線蟲」之後，就超越了單純的「害蟲」之域，而被指定為「病害蟲」了。

隨著「人類」社會的全球化，不光是「人類」的移動，對於動植物而言，也被迫離散。原本僅在海底緩步慢爬的海參，為了熱絡中國市場，開始被作為食材，在廣域的交易網絡上移動。描述其所經之徑的有，《海參之眼》（鶴見良行）這部經典的名著。海參生活在自然狀態下，突遭捕獲，被挽去內臟，又煮又燻，加工為海參乾，最後以商品的形式踏上旅途。然而，非洲大蝸牛並非商品，而是作為食用動物，如同字面所示的，被迫離散（生活圈的移動）。而且當時作為養殖動物被隔離，像家畜一般受到豢養，一經野生化後，卻反而成為撲滅、驅除的對象。非洲大蝸牛被「人類」歷史所捉弄，它的歷史經驗，幾乎與「人類」的歷史強制地交織一體，不僅是「蘇鐵地獄」時代的象徵，甚是可以看做像是奴隸買賣、壓榨奴隸，或是奴隸解放後的種族主義式的歧視，這樣的「污辱的世界史」的顯像。由於非洲大蝸牛擔任了全球化餐桌經濟之一隅，因而與「人類」共有著同一歷史。

人權思想的確立和愛護動物運動的高漲，在歷史上像是平行現象般，「人類」所進行的壓榨「人類」和奴役動物，在人類史上是如出一轍的。所謂的擬人法，是「人類」洞察了對於階級分化和動物的家畜化，是互為表裡之後的產物。那絕非使用了過剩的想像力。在想像力運作之前，「人類」就像非洲大蝸牛般被對待，非洲大蝸牛則業已像「人類」般被對待著。以保全生態系之名而高喊杜絕外來種的環境主義，以及排斥移民的國族主義。預備了這兩者相結合而成的現代神話的，簡言之，也正是太古以來的「人類」的擬人法。

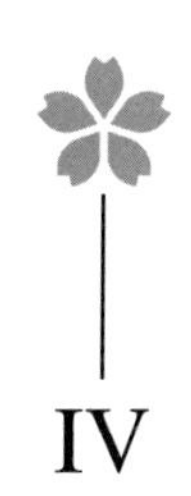

2. 沖繩女工哀史

〈群蝶之木〉（初出2000年）是一部多音交響的小說。描寫在沖繩戰中，被徵用為日本軍慰安婦，戰後也不得不從事美軍的慰安工作的沖繩女性之晚年。這也是繼《水滴》、《入魂》之後目取真俊的第三作品集（朝日新聞社，2001年）的書名同名作。

亞洲太平洋戰爭的末期，姑哲（ゴゼイ）從那霸的妓院被帶到沖繩本島北部的部落，被安排來服侍日本將校。在同一旅館中，朝鮮人慰安婦則被交付處理下級士兵性慾的處理工作。期間，姑哲和在旅館當僕役的男子（昭正）相戀。沖繩戰爭末期時，男子失蹤，姑哲伴著將校穿梭洞窟之間逃脫，倖存了下來，在美軍佔領初期時，則被動員到收容所以美軍為對象，重操舊業。其後，以回收空瓶和剩飯殘羹來餬口。她最終領悟到，終究「無論種在何處，像自己這樣的女子，不可能被承認為部落的一員的」（201頁）。

〈群蝶之木〉當中，介紹了像是劇中劇般的「沖繩女工哀史」這齣沖繩戲劇的梗概。離鄉到神奈川的紡織工廠賺錢的少女沁娥（チルー），受到「當地男子」的誘騙而懷孕，以此為由被公司解雇，輾轉回到了沖繩。然而，卻被親兄弟掃地出門，於是將嬰孩棄置廟前，終於「淪為妓女」，這對母子在沖繩戰末期，在同一戰壕中共渡一夜，卻未曾注意到兩人彼此血脈相連。翌日清晨，兒子「輕撫著睡著的沁娥的髮絲，囁嚅著曾想要叫一次的「媽媽」，就為了以肉身抵擋美軍戰車，而手持手榴彈出了戰壕」。另一方面，沁娥全然沒有想到共度一夜的青年竟是自己的孩子，就邊呼喚著兒子的名字，以剃刀刎頸自戕了」（184頁）。

實則在豐年祭活動之一的這齣戲劇上演的高潮當中，老邁而嶙峋的姑哲半裸著身發出惡臭，闖入觀眾席，雖然終至被觀眾制伏，然而沁娥和姑哲，兩位沖繩女性的人生當中，彼此共振的部分並不少。

沖繩人的戰爭體驗、戰後體驗，無論內部或外部的描述者，皆傾向於將之表述為犧牲者。然而，目取真俊徹底的倫理性，卻重新關注這些體驗，在他刻意試圖詰問他們／她們自身的加害者傾向、霸凌者傾向的行為中，更為顯著。無論姑哲還是沁娥，她們在當地社會裡，都處於被歧視者的地位。然而即便是這個姑哲，當她和將校一同竄逃於森林之中的當下，也成了對民眾見死不救的旁觀者，無法逃離這旁觀者性＝見死不救者性。沁娥棄子的過去也未嘗得到救贖。不過這樣的慚愧之念，越是侵蝕著她們的心，越是讓她們成為地區共同性的零餘人。

作為「友軍」從外部來到的日本士兵，以及作為解放者的美軍，對這些外來者輕而易舉地被征服、搖尾乞憐的民眾，對於「慰安婦」和「離異的女人」卻是搖身一變成為無血無淚的霸凌者。這種沖繩人的雙重性，目取真俊徹底地提出質疑。

實際上1960年代，沖繩本島北部林立著鳳梨工廠的時候，臺灣

「女工」作為旺季勞動者，進入沖繩，而正視這個問題的也正是目取真俊。

〈魚群記〉（初出1984年）的主角，是個熱衷於在流經沖繩本島的河川河口釣吳郭魚的的小學生之一。河岸有他的父兄參與經營的鳳梨工廠，少年對於離鄉到此打工的臺灣女工產生情愫，他的慾望沒有出口，因而終日鬱鬱寡歡的故事。

吳郭魚的原產地是非洲大陸的東北部，時至今日業已移殖到東南亞和臺灣，棲息地分布廣大，在沖繩「1954年移入臺灣〔…〕作為食用魚被放流到各地」。然而，「一開始增生的時候，有時會釣來食用，不過由於生活廢水和畜牧汙水注入的河川不少，因而此種魚帶有居住於汙染水源的形象，幾乎不被活用」，成了現狀。（前引《沖繩的歸化動物》）。

倘若非洲大蝸牛是戰時和戰後象徵沖繩的歸化動物，那麼吳郭魚則可以說是，象徵著戰後沖繩的復興（＝振興）期，以及「回歸日本」前後的歸化動物之一。目取真俊的〈魚群記〉中，並置了對於這種吳郭魚和鳳梨工廠的臺灣女工的記憶。

東亞地區裡，鳳梨產業最初生根的是日本統治下的臺灣，在西南諸島則僅僅在1930年代，開始於八重山地區實驗性地栽種和生產罐頭而已。再者，其依賴臺灣系統的企業家及技術人員之處甚大。鳳梨產業在沖繩生根，是在《鳳梨振興法》（1960年）以降。不過，由於鳳梨工廠裡工作的當地女性勞動者，不僅不熟練，也徒然增加人事費用，因此在這方面，開始雇用已有經驗且薪資低廉的臺灣女工，是恰巧在1960年代中段的事。然而，以沖繩的「回歸日本」和「中日恢復邦交」（1972年）為契機，她們突然銷聲匿跡

（林發《沖縄鳳梨產業史》沖縄鳳梨產業史刊行會，1984年）。

將希望寄託在鳳梨振興法的沖繩從業者們。林立的鳳梨工廠排出熱水和鳳梨碎屑的排水孔周圍簇擁著吳郭魚。以及為了捕捉這些吳郭魚而來的少年們。另一方面，作為旺季工作者來到鳳梨工廠的臺灣女工群。雖然一面稱這些女工為「臺灣女人（Taiwan inagu）」，一邊沿襲著殖民地主義時代歧視臺灣人的遺制，在女子宿舍周圍徘徊，想吸引臺灣女性注意的沖繩男子們。〈魚群記〉的設定是由這樣的鳳梨工廠的設立，所引發的一連串連鎖反應的狀況，目取真俊想要稱之為「魚群」的不僅限於工廠排水管周圍群聚的吳郭魚。在此，無論是臺灣女性、抑或是沖繩少年或男子們，全體都是「魚群」。

關注群聚在美軍基地周圍的沖繩男女百態小說系譜，是由大城立裕和東峰夫等人構築出戰後沖繩文學主流的。然而，《魚群記》的目取真俊則是，慎重地與基地持續保持距離，而是選擇了沖繩男子和少年們站在構造上的加害者或霸凌者、壓榨者位子的鳳梨工廠，當作描寫百態的舞台。回想起少年時代被根植了對「臺灣女人（Taiwan inagu）」輕蔑情緒的過程，正成為讓他「發覺沖繩不再一面倒向被害者或被歧視者的立場，而是兼有加害者和霸凌者身分的契機」，日後目取真俊如下回顧道：

> 談論起日本對於臺灣或中國、朝鮮等亞洲各國所應負起的殖民地統治和侵略戰爭的責任時，戰後出生的我們有什麼責任呢？有些這樣的意見產生。然而，並不可以說，既然並無直接的加害責任，就不必去想關於日本所進行過的殖民地支配和侵

略戰爭的歷史與責任。為何如此說，是因為歷史是由過去連接到現在脈脈相傳的，殖民地支配的時代所形成的對亞洲各國的歧視意識，現在也在我們體內鮮活地被繼承著。（〈前往臺灣之旅〉，《琉球新報》2000年9月2日）

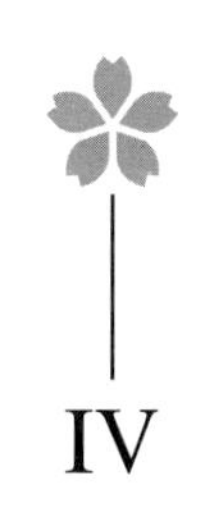

以〈前往臺灣之旅〉為題的報導中，形成了《魚群記》付梓16年後的補注。大田昌秀等和平主義路線者，本於琉球處分以前的「非武思想」之故，近現代沖繩民眾只是被描述為「被害者」，因而向日本政府和美國政府提出異議，然而相對於此，目取真俊的創作，則可以理解為提示了替代方案。可以說是在摸索一種方法，也就是不忽視加害者性，而是將從重新凝視加害者性的行為加入迴路當中，進行一種全面性的糾舉。從〈魚群記〉到〈群蝶之木〉，目取真俊的姿態，首尾一貫地堅持著這種路線。

而這種加害者性的情狀，當然並非沖繩民眾所固有的。作為一種戰爭責任，甚至應當在軍規的架構中被詰問、被裁決的加害者性，應當由武裝侵入沖繩的外來者們所背負才對。不過，目取真俊一方面將外來者們的加害者性驅逐到背景當中，而執拗地將沖繩人的加害者性前景化。

3. 肌肉的反駁

1999年6月的《朝日新聞》晚報上刊載了〈希望〉一文，可以讀出目取真俊試圖提示，誘拐「美軍的幼兒」而後殺之，並自決的

attack and suicide，足以作為「此時此地」的一種選項。然而，作為斷絕擬人法惡夢的策略，〈魚群記〉的作者所構思的，應該不光只有這麼一個奇襲策略。

> 我所放的箭，其尖銳的針頭貫穿了標的。我將針從到處躍動活跳的魚的眼球中拔出，將指尖放在空蕩蕩的傷口上。與冷澈的觸感相抵抗的生命展現的紮實彈性，一舉將集中在我指尖的神經纖毛的戰慄與興奮激發，終至收斂為一點消失在傷口當中，此時白燦燦的陽光照亮波光瀲灩的河邊，矗立的我業已不在此地。僅僅是指尖燒灼的觸感殘留該處，我再次回到該地時，散發著具有某種啟示性的殘光。（〈魚群記〉，《沖繩文學全集》第9卷，國書刊行會，1990年，58頁）

吳郭魚的眼球裡，填按了人類指尖的肌肉，引發吳郭魚肌肉的反駁，再將之押回吳郭魚體內，漸次地，「我（ware）」迷失在肌肉的陶醉之中。漸漸地人類被動物化，動物被人類化的狀況當中，只管想要從他者的肌肉中學到些什麼。

目取真俊在〈魚群記〉以降，也時常讓吳郭魚在小說中登場。隨著時代推移，沖繩本島河川邊的吳郭魚，被工廠排水所侵犯，「背鰭和胸鰭融化滲血，背骨呈現S形彎曲，身體的一部分膨脹」，飄盪著不吉氣味。即便吳郭魚化身為這種「公害魚」，少年們仍然按耐不住捕捉的慾望。「想要用手臂感覺魚的掙扎」，絲毫無法逃避這種衝動。（〈巴西老爺爺的酒（ブラジルのおじいの酒）〉，《入魂（魂込め）》朝日新聞社，1999年，55～56頁）。

三島由紀夫《午後的曳航》當中，塑造了一個少年，曾經耽溺於捕捉野貓進行支解工作，自然流露地述懷道，「漸次地顯露出來的貓的皮膚內裡，其半透明珍珠母般的美麗，毫無一絲猥瑣」。三島似乎急欲將少年此般的衝動「政治化」。或許目取真俊也被相同的焦慮所纏身。

不過，目取真俊透過〈水滴〉描述了身為沖繩戰的倖存者，一位中年男子（＝德正）的腳因為水團（water mass）[1]而疼痛，以及透過〈入魂（魂込め）〉描寫Aaman（＝大寄居蟹）築居在同樣是男子（幸太郎）的體內。他執著的是，想要拋回給人類肌肉的那些他者的反駁——他者「掙扎的觸感」——並非貓的屍骸所透顯的「半透明珍珠母般的美麗」。探究為何人類在與他者的格鬥中，失落了己身的「魂（mabui）」，卻仍然緊抓著使用肌肉的思考不放——目取真俊堅韌地想要經營的主題是，透過互相碰撞的肌肉來探究歷史。而可以與之相提並論的，不是三島由紀夫，而是弗朗茲・法農，他在阿爾及利亞戰爭激戰之時，作為一位精神科醫師，從事正視法國人或是阿爾及利亞病患肌肉顫抖的這種工作。

他一方面自問自答，關於阿爾及利亞解放戰爭當中，為何會有「民族文化」的問題，弗朗茲・法農只承認形成途中的「民族文化」，此外並不承認為「民族文化」。如果我來東施效顰套用在沖繩的話，就是無論是島歌、或是沖繩雜炒[2]、Kachashi（配合快節奏

1 譯註:在海洋學中指一範圍內溫鹽值等特性相似的水體，可與周圍水體區別開來，類似氣象學中的氣團。

2 譯註:ゴーヤチャンプル，將綠苦瓜、蛋、豆腐一起拌炒的料理。

的沖繩民歌所跳的舞蹈）、沖繩空手道，將這些以「沖繩文化」稱之尚且言之過早。再者，若然，我們應當認為真正的「沖繩人」還未呱呱落地呢！換言之，正是為了摸索尚未現形的「沖繩文化」之萌芽，因此目取真俊才不論對象是「人類」或是動物，都持續地關注其被歪曲和阻撓的肌肉。

> 一場痛苦、快速的鬥爭，在其中，不可避免的，肌肉必得取代概念。（《大地上的受苦者》（*Les Damnes de la Terre*），心靈工坊，楊碧川譯，2009年，235頁。日文版鈴木道彥、浦野衣子譯，みすず書房，1996年，213頁）

面對壓倒性的暴力，想要從中解脫的時刻，無論是「人類」或是吳郭魚，生物會使己身肌肉產生極大的負擔。當我們邊援引弗朗茲・法農，邊專注閱讀富山一郎〈作勢的肌肉（身構える筋肉）〉時（《暴力的預感》岩波書局，2002年），其中所描述的肌肉，並不僅止於戰慄於「暴力的預感」。肌肉對於新「民族文化」誕生的預感，也越漸僵化而顫抖。

目取真俊思考的原點，絕非是執著於沖繩人的加害者性，也非企圖重新思考「沖繩人」的原罪性。其中，賦予「民族文化」形象才是問題意識之所在。

對於沖繩現狀「作嘔」，一方面就出現了因而扭斷「美軍幼兒」的脖子的男子，所進行的敢死行動，可以說是一種例子；而女性面對強暴者的抵抗也是另一種例子。求生者中得以存活者的身體內側，應當也存在著忍受棲息著死者們的暴動的，一種瀕死的身體。這些殖民地主義的暴力當中，被扭曲、歪斜的肌肉的故事。而只要仍然不正視這般的肌肉的反駁（法農將肌肉的收縮稱之為「肌肉的反駁」contradiction musculaire。），那麼便只能從中找出現成的「沖繩文化」殘骸而已。再者，雖然收縮肌肉是任何人皆可達到之事，但是能夠做到將身體託付給肌肉的反駁，並且對之側耳傾聽，則是唯有碰觸到他者肌肉的人才能辦到的。

目取真俊（以及以沖繩作為線索，思欲修復世界的我們）所面對的課題，並非純然是歷史記載的問題。而是致力於多少賦予一些未來的「沖繩文化」的輪廓。

*初出《複數的沖繩》（西成彥，原毅彥編，人文書院，2003年），本文兼為該書的序文。

島尾敏雄的波蘭

1

「世界史對於人類而言，經常強迫眾人認知『波蘭人』」的存在。〔…〕被鄉愁所束縛的人類、感到被迫在異地體驗到強烈疏離感的人們、被成群結黨的同胞捉弄而對自己感到懊惱不已的人們，這些眾生百態，多多少少都是『波蘭人』」——曾經我這樣寫道。（〈漂泊的波蘭文學〉宮島直機編《もっと知りたいポーランド》弘文堂，1992年，273頁）

了解波蘭、接觸波蘭，感受其歷史，這便意味著去發現我們內在的「波蘭人傾向」。再者，特別是以戰爭體驗為契機，想要接觸波蘭的人們，很難抵抗與「波蘭人」同化的作用。

《尋找夢之影（夢のかげを求めて）》，是1967年秋天島尾敏雄嘗試書寫關於蘇聯、東歐旅行的回憶所寫下的。其中對於萬人引

以為鑑的「波蘭」，以及諸多實像一同被描寫出來。

一邊閱讀描寫華沙猶太區起義（Warsaw Ghetto Uprising）時代的耶日·安傑耶夫斯基《聖週》（*Wielki Tydzien*, 1945），一面浮現的想像是，在現實的華沙，只要踏入該地區，立刻志氣消沉。然而，在島尾的這種記憶當中，接著卻日關東大地震後，「橫濱郊外的原野的樣貌等」，鮮明地甦醒過來。

> 升上尋常科[1]不久的我，為了獻給母親，把那些枯莖收集成束帶回家。那是一種奇怪的草，結著貝殼般堅硬的果實。溼地裡生長著芹菜，可以撿拾到那裡四處可見像玳瑁糖般融化而扭曲的玻璃碎塊，以及或者可能是人類骨頭碎片。（《島尾敏雄全集》第9卷，晶文社，1982年，77頁）

這時，島尾正以幼兒時期身為橫濱日本人的回憶，見證著波蘭的戰後景象。對於德軍佔領時期，並不在華沙的島尾而言，猶太區起義宛如歷歷在目。在此之後島尾，在萬靈節的夜晚，一面擠身於天主教教徒慣例湧入的祭弔人群中，一面委身於自由的歷史想像力當中。

> 街上有些場所人們喧騰地一擁而入，我被這種慌亂的氣氛所刺激，不知是想避開德軍開始攻擊猶太區的行動，又或者是為其所吸引，連自己也無法區辨，就這樣被捲入人流之中，而

1 日本在1947年學校教育法制定之前的初等義務教育。等同於臺灣的小學一到六年級。

感到戰慄，當時我的背後，即使是在夜視下，仍能感到廢墟般建築物寬廣地佔據了位置，橫陳在原野上，這絕對沒有錯，就是華沙猶太區的牆壁裡的場景。在我的想像也不可及的，人們群居的異樣光景，所被嘗試實踐之處。（80～81頁）

連「想像也不可及的」的場所，以及事件，都試著想像的力量。戰後數十年之間的波蘭，正是強迫人類進行這般僭越的想像的場所。

島尾的波蘭旅行，也可說是他再次發現自己「日本人」性格的場所。

例如，看了朗茲曼的紀錄片《浩劫（Shoah）》的日本人，或許能從「猶太人」、「德國人」、「波蘭人」，甚至像朗茲曼為名的「法國人」身上，都看出「日本人」，若不能如此，就失去觀賞的意義了。

《尋找夢之影》最率直地敘述的是，透過這般的戰爭，共有經驗與記憶的可能性之夢。

2

然而，就島尾而言，尚有另一個受到波蘭吸引的理由。從橫濱開往納霍德卡（Nakhodka）的船上耽讀的蘇聯作家弗拉基米爾·博戈莫諾夫（Vladimir Bogomolov）《佐夏（Zosia）》，便是一例。

戰爭末期，持續西進的蘇聯軍的青年軍官，在駐留期間於波蘭的村莊邂逅了一位少女，受到強烈的吸引，卻沒有交談一句就離開村莊。

這段純愛，之所以擄獲島尾的心，若是島尾的忠實讀者其理由便了然於心。大平洋戰爭時期的奄美、沖繩，以及戰爭晚期的波蘭，在歷史上十分肖似。勉強來說，最後日本軍放棄了沖繩，蘇聯軍進逼德軍終至得以使之放棄了柏林。再者，在佔領時代的波蘭，與《佐夏》所描寫的純愛一同，《灰燼與鑽石（*Ashes and Diamonds*）》中從事反共性的抵抗運動的波蘭青年，他的愛與死，也同時存活過。只不過這兩造的細節，分處在戰爭下的兩個地區而已。然而，島尾卻是對此細微的差異至為不經心，他徒然只是熱中於將Japonesia（日本群島）[2]的戰爭所引發的愛的故事，與解放軍士兵和當地女性間的愛情，相重疊起來而已。

從〈海濱的歌（はまべのうた）〉到〈Long Long Ago（ロング・ロング・アゴウ）〉都是。島尾是作為一個奇蹟似地沒有被戰爭擄走的愛的見證者而活著的。恐怕若沒有此大前提，島尾是無法聲稱「喜歡」波蘭的吧！

「我喜歡那個國家所經驗過的歷史環境」（37頁）——那並非只是出自於，因為它在長期鄰國的政治、文化之影響下，從最初便處在一個沒有民族固有性保證的歷史環境中這點而已。「對於相異種族的血統混合之中，所培養出來的自我鑄模的執著」（79

2 Japonesia是島尾敏雄結合拉丁語的日本「Japonia」，以及拉丁語中表示群島的語尾「nesia」而成的自創詞彙。

頁）——島尾是一位，與那「相異種族的血統混合之中，所培養出來的自我」邂逅，在其成像之中投影了自身的「自我」，並且將這樣浪漫的異國情調，當作結婚生活實踐，並進一步將此連結到「日本群島論」的作家。再者，對此「鑄模的執著」，「在日本是較淡的」，但他是思索著，在波蘭是有可能的。

> 這個國家多次的國境移動，簡直就是為了找到自己生存場所的動作。偶爾似乎像是，太過拓展其領域，則全然失去居所一般，失卻了那吉光片羽，重疊著錯誤，讓兩枚重疊的玻璃的領域圖，向右錯位，向左位移，在這當中，終於將焦點置放在現今的位置上。但卻也無法就此斷定今後國境範圍會一直維持不動。原本自己究竟是何人的大哉問，即便試著回溯過去，仍然無從理解其本源。不過，我並非我之外的任何人的此一結論，在這些活動之間，越漸鮮明地浮現起來。然而，我自身所內含的渾沌的地下道，究竟通往何處並不明確，這件事反倒支撐了我渡過每個日子。（同前）

歷經戰前、戰爭中、戰後，在島尾自我發現的整體旅程中，這兩二次波蘭旅行得到以上之定位。

然而，在發現自己的活動當中，「血統」的問題，不可能避之不談。島尾心中的「血統」——那是島尾內心騷動的「血統」，以及想要在其盡頭再混入他者「血統」的慾望。

島尾獨特的史觀在於，他確信無論是透過強暴，抑或是純愛，倘若除卻了男女混合「血統」和「血統」，參與雜種化的歷史進程

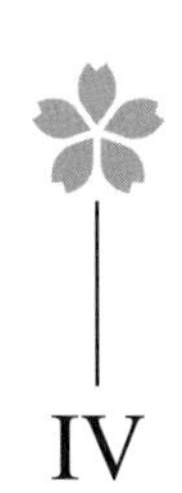

這一個面向，「日本群島」或是「波蘭」也不足以確立，並且他臆測也不會產生隨之演變而來的未來。

3

然而，身處波蘭的島尾，並非在異性戀上面賭上「自我」的未來。

打從出發之前，島尾似乎便與熟稔日語的波蘭人交往甚密，到了波蘭之後，他也因為與在華沙的日本人及在華沙大學學習日語的學生往來，而免於極端的孤獨。

通過冷戰期間，波蘭與日本之間，學術人才往來頻繁，島尾的波蘭體驗是放置在如此的積累之上的。兩國在相異的政治、經濟基礎上，推演各自的歷史，或許將戰後兩國的關係，稱之為殖民地主義的關係，是有欠思慮的。然而至少學習日語的波蘭人，一有機會便想與日本人接觸，反之，對波蘭抱有興趣的日本人，藉由這些日本通的波蘭人，避免了停留波蘭時的不便。這種相互依存的關係，對於兩國的文化交流所產生的功能甚鉅，不可忽視。

換言之，島尾以在日留學中的波蘭人為媒介，對於波蘭開始懷抱夢想，甚至拜訪這些留學生在波蘭的老家，深入觀察其日常的家庭生活。

我在這時，不禁想起中島敦的〈瑪麗安（マリヤン）〉。在日本統治下的密克羅尼西亞的島上，看到日本人就靠過來的瑪麗安，在透過土方久功介紹下認識的中島敦面前，也不掩飾她的好奇心。

創作了〈瑪麗安〉的中島敦，僅止於淡淡地描繪了卡內加（Kanakas）族密克羅尼西亞女性的堅韌以及不認生的親切，巧妙地與陷入異性戀情的浪漫主義保持距離。然而，殖民地主義的邊緣地區，異性間彼此因為知性上的好奇心而與之結合的例子應當並非鮮例。

島尾的東歐紀行中，即使色彩相當淡，但是這種知性上的東方主義，仍像晚霞般籠罩著。前往Tłuszcz（波蘭文。華沙近郊村落。英文為Twushch）途中被置之不理的波蘭女性安娜，循著島尾的足跡追了上來，她的「等等、等等（マッテマッテ）」，之所以有著奇妙的逼真感，是因為某些地方夾帶著殖民地主義式的悲戀的痕跡之緣故。——我不禁如此詮釋。

活過了殖民地主義的歷史進程，一面寫下這些記憶，日本文學終於活到了戰後。在這之中，曾經的殖民地地區邊境上，差一點踩進死亡，卻也享受著與當地的異性交往的甜美，島尾將其體驗使用在解讀的框架上，不遠千里造訪波蘭，在那異鄉的土地上，身處身分認同的搖擺，以及非日本人使用的日語的不精確，及其所觸及的感傷之間，透過這種浮游感，回顧他的歷史，以及殖民地主義日本的歷史。

在莫斯科的機場，久未聽聞日本人說日語的島尾，終於聽見日本人〈吵架的態勢（喧嘩腰）〉（580頁）的日語，而他的旅途告終之時，也是戰後撤退的開始之際。

＊首見於《ユリイカ（Eureka）》1998年8月號「特輯　島尾敏雄」

女性們的張口結舌

以《ディクテ（Dictee）》為題的多語種文本，與其說是將人體所發出的詞彙忠實地寫下，倒不如說是建構在，將語彙從人類的咽喉、嘴角流洩的瞬間，以現在式的形式再現的多面向的語言實驗之上。在教室或教會裡令眾人複誦同樣詞句或跟唱的教師和牧師的聲音，在遠處響起，而將語言傳授、植入國民腦中，最終將該語言擴大成全民意識的殖民地官僚和獨裁者（dictator）的聲音也帶著「譏諷」般的氣味。無論是在殖民地統治之下，或者在亡命、移居地是弱勢族群，人們只能用字謎般的語言，而應當訴說的話語，卻無法從咽喉向外吐露。幾乎只能被理解為一種發話前的雜音，顯得膽怯。《Dictee》之所以試著密切進行，必然是出於如此「張口結舌」的女性的身體性。

這些女性（diseuse），被獨裁者（dictator）命之以口傳口，重複著被口授（dicter，法文）的詞語。稱不上是「敘述者（story-teller）」「發話者（speaker）」的女性（diseuse）。即便按照被諭令地回答，聲音也沙啞、龜裂。並且，其身體滲出的鮮血和體液般的聲響當中，必定棲息著背叛了教師＝牧師＝獨裁者（dictator）期待的抵抗雜音。正確地分段化，以句讀切割，應當被發言的部分，最終以「張口結舌」的方式帶過，女性們的對抗方式千百種。《Dictee》之所以震攝了讀者之處在於，Theresa Hak Kyung Cha（1951～1982），比起書寫女人們的「發言」，更執著在記下女人們的「張口結舌」。

嘗試將女性們的語言能力，以文學進行挪用的挑戰，是一種可以追朔到文學起源的傳統。女性們自己拿起筆書寫，讓無法獨自書寫的女性們開口言說，抑或是，只要能夠進行其表述，就能將敘述的詞語忠實地記錄下來，化作資料庫，如此的嘗試，可說是正如火如荼地展開中。然而，《ディクテ（Dictee）》企圖在發話之前，便迫近人們的「張口結舌」，是十分具有挑戰性的。

＊

Theresa引用了幾種文字文本當底本，作為迫近女人們的「張口結舌」現場的方法。

Theresa的母親Hyun Soon Huo在少女時代所記下的「日誌（journal）」（181頁）便是其中之一。可以想見在「日誌」當中，記載著曾經在滿洲國擔任初等學校教師的年輕韓國女性，其近乎非日常的日常。與其說是不設定他者會是讀者的「日記」，不如說這必然是一面預想著在血親之間傳閱而寫下的，其後被交付給女兒，女兒也開始懷想母親和自己同是「bilingual〔…〕trilingual」（45頁）的年輕時光。

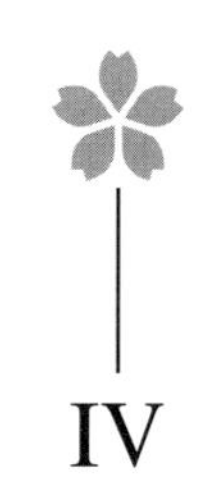

> 你的班上有50個小孩。他們以朝鮮語報上自己的姓名，但是也必須要學會怎麼以日語說。他們太過年幼，因而不會說日語，所以你先以朝鮮語向他們說話。（49頁）

透過「日誌」的中介，母親和女兒之間，產生了跨時代的對話。簡直就像那對話的殘響般，《Dictee》的好幾處，是以第二人稱描寫，身為女兒的發話者，與母親分別享有時間和記憶，追溯其過去。

母親的「日誌」應當主要是以韓語寫成的。白天被宗主國的語言（日語）壓得喘不過氣，雖是變得「張口結舌」，到了夜晚，卻搖身復活的韓語，應當是十八歲的「妳」的強力支柱。當然，「日誌」的韓語中，也或隱或顯地銘刻著宗主國語言和滿洲地區當地語種的壓力。無論這再怎麼稱之為「隱身之處」（46頁），母語者並不保證不會有朝一日被非母語者嗅出陰謀的氣味。周圍充滿了非母語的罵言、嘲笑與醉語壓迫耳膜，即使想摀起耳朵，也不得不遵從獨裁者（dictator）的命令，否則就難以保命。踉蹌中勉力撐住寫下的「日誌」這部歷史性的文本，對於《Dictee》而言，既然起用「日誌」為底本，或許就是Theresa追求的話語（écriture）的祖型。

母親以韓語紀錄的文本，是充滿回憶的「相簿」，也像是因為女兒演奏，而解開繫繩的塵封「樂譜」般的存在。兩人的呼應，從韓語轉為英語，由英語切換至韓語，隨心所欲地轉調，穿越時代仍能連綿不斷。母女之間的親暱時光搖曳在語言和語言，時代和時代的分界上，宛如填補了母親青春歲月的絕望與孤獨。「日誌」便是專為這般神話般時間的到來所開的處方箋。書寫「日誌」時的母親，可能完全預想不到，會與女兒一同混雜著英語，二部合唱般地，像聖經般展讀這文本吧！

《Dictee》當中鑲嵌了多種語言。直書的韓文所撰的碑文、據說是Theresa父親親筆（181頁）所寫的「女、男」及「父、母」等楷書、東洋醫學所使用的解剖圖等的圖版類，理所當然收錄其中，連各部分象徵性地被羅馬字化的希臘文的女神名號、儀式的拉丁語、法語的口述筆記之例，以及自詡肖似馬拉美的詩作（附有英譯）等，皆涵蓋其中。雖是以英語為基調，但是四處散見著外國語。可以說是一幅自在描繪出青春時期母親的語言環境的渾天儀（mapping）。

形成東亞思想的根幹的漢字文化。作為殖民地主義式的國家宗教的語言而引進的「教育敕語」等混有和製假名的漢文。「君之代」等古代日語。近代言文一致體耍雜技般嫻熟使用漢字及片假名、平假名的書寫。「國語」的「作文」。

Theresa像是被試圖復原「日誌」所寫成的當時的語言環境的野心所附身一般，上演用韓裔美國人的「多語使用者性」來對抗「日誌」的劇碼，鉅細靡遺地費心粉飾。

「有話要說的痛苦」，以及「選擇不語的痛苦」（4頁）——因為語言所引起的雙重折磨，在多語種使用者身上更為重層化。其中有「想以A語言說話的痛苦」、「想以B語言說話的痛苦」，也有「不打算以任何語言言說的痛苦」。或許對於語言本身並無任何

怨恨。然而，在特定的場合被強制使用特定語言的痛苦，與被測試、被視姦、被告、被處刑的痛楚相仿。《Dictee》這個文本，在法文教室中的筆記訓練或教會中的教義問答、機場出入境審查或通關；以及為了取得合眾國公民權的而做的宣誓、手握話筒時人們的遲疑與失語、拷問或抽血的場景，接連描繪呈現的，或許應該說是，當我們語塞時，不能說也不能沉默也不行的「張口結舌」，以及滿洲國的一個韓國女性的「張口結舌」之間，打通通道的語言上的挖掘工程。

雖說如此，母親傳遞及翻譯給女兒的語言和經驗，那或許就像醫院護理師執行「抽血」般，是一種對他人的掠奪（64頁）；也像是收件人不在，因此作為代理收取信件，不得不回信給素未謀面的寄件人的女性所陷入的混亂和羞怯之情景（142頁）。然而，《Dictee》的源頭之一，毫無疑問的就是在滿洲「張口結舌」的母親，那充滿跌跌撞撞的「日誌」中，以及透過該「日誌」，母女倆之間的會話和忘言當中。

然而，《Dictee》當中，未必想要與女人們的「張口結舌」面對面的男人們的話語（特別是在「KURIO　歷史」的部分之中），也花了不少篇幅描寫。愛爾蘭裔的旅行者F. A. McKenzie《朝鮮的悲劇（*The Tragedy of Korea*, 1908）》便是如此，它如何處理從該書的附錄部分引用出來的〈給羅斯福大總統的請願書〉，是任何人看了都會感到過度反應的。

〈請願書〉是大韓民國首任大總統李承晚（Syngman Rhee），在1905年7月12日，與居住在檀香山的韓國人牧師尹炳求（P. K. Yoon）聯名起草的有問題的（いわくつき）的文書。

如同出生於間島，在朝鮮半島解放後重返祖國，又在1962年，像是和家人一同再次離棄故鄉的Theresa之母，這樣屬於背負著多次「亡命」命運的韓人，李承晚除去在「光復」後的大韓民國擔任政治指導者的15年外，也是個90年人生的大半皆在半島之外度過的流亡人士（即便出身李朝時代的名家，向美國傳教士學習近代教育，結果卻在大韓帝國時代經歷了牢獄之災。釋放後，成為橫跨世界向西洋列強宣說民族大義的發言人，奮鬥不懈。接著在1960年被趕下大總統的寶座，再次流亡海外。1965年客死夏威夷）。

Theresa一家，對於李承晚所設下的獨裁體制（dictatorship）總體上似乎是持批判態度的，然而，《Dictee》當中，〈請願書〉之所以全文引用，應有其理由。當Theresa全文引用〈請願書〉時，其中可見她將親美的國家主義修辭，貶斥地體無完膚。

> 為了向大眾宣傳，鞏固情報並將之塑造為容易理解、充斥各地的世俗之物，這種作法，並無法超越與之為敵的陰謀者的作法。即便他們表現的提示，有多麼誘人。其回應，即便可能以消極形式的發生，還是會被當作照預定那樣完成，而預先被符號化。只能甘於被挫志、吸收、單向的通信（知會），而得不到對方的回應。（32～33頁）

與那以外交為名的陰謀相同，試圖想以陰謀對抗之的李承晚等人的意圖，當場只能被報之以「不回應」的冷淡對待，然而，李承晚高聲宣言自己是合眾國「順從的僕人（obedient servants）」（36頁），其作戰策略在峰迴路轉之後，時至解放後的朝鮮半島則是出奇地奏效。將「存在於夏威夷的8000名朝鮮人」和「我1200萬名同胞」（34頁）等引以為例的愛國主義者的語氣，這正是在Theresa周圍，「美國少數族群（American Minority）」推動要求權力和文學表現之際，必得要經過一次的洗禮一般。然而，倘若Theresa沒有寫下對這種口吻的絕望，是無法撰寫《Dictee》的。

不僅如此。李承晚等人的「請願書」當中，有個特徵是趨近極端地濫用了第三人稱代名詞（she）。眾所周知，在英語當中，「船舶」、「國家」，可以用「她」來代稱。然而，「請願書」當中太過忠於這個英語式的規矩，導致日俄戰爭日本政府的不誠信，被擬人化地描述為「她〔中略〕不守承諾」（35頁）。因此，想當然爾，這也假想了，必須保護使之免於邪惡的「她」所侵犯的，還有另一個「她＝朝鮮人民眾」。然而，Theresa徹頭徹尾地抨擊演出了「她和她對立（SHE opposes Her）」（87頁）這種對立的愛國主義男性們的修辭。

> 雖然一邊採用民主主義，然而她自身思欲停止只會帶給她持續的折射作用的機關。墨爾波墨涅[1]，只消將分裂的姓名／語彙／記憶，從這張嘴裡消災淨化即可／正因為將一個詞完整地由口中發聲，試著說了一次，她，一次就可以說出的她，她就成了不需要分開言說的姓名了。（89頁）

這並未終止於對於帶給作為「民族」的「她」之間「分裂」的

1　希臘神話中掌管悲劇的繆斯女神。

暴力，所進行的批判。在政治抗爭的譬喻當中，被濫用的「她」一詞，承受了來自「機關（machine）」的「折射作用（refraction）」之波及。這是對此待遇的詛咒。

始於柳寬順[Ryu Gwansun]，聖女貞德、聖女小德蘭（Marie-Françoise Thérèse Martin）、Hyeonsu/ Hyun Soon Huo等有名無名的女性們，Theresa在《Dictee》當中招喚，面對將會發生的「合唱舞蹈」（153頁），開始編織語言，正是為了恢復「SHE」這個英文單詞中，女性所不能分割的身體性。

將女性以大寫的集合體「SHE」擴大，針對男人們策畫的「她」和「她」之間的衝突和對立，這樣的政治機關甚至想喊話「停止（arrest）」。別說是壓抑每位女性的「張口結舌」了，將之封鎖在不發一語、鐵板一塊的「她」當中，而且偷偷慶幸這個「女性」是個不發一語的抽象概念，另一方面又自任為其「監護人」和「代言人」的獨裁者[dictator]。《Dictee》企圖將在獨裁者[dictator]的保護傘下的每一個女性奪回。目的是為了修改在政治語言內部的「她」這個代名詞的誤用。

正因如此，將《Dictee》納入，與「韓人以英語所寫的文本」這種〈請願書〉的同質性被保證的範圍內的作法，是個謬誤。不只限於「韓裔美國人」，從合眾國的少數族群之間，將「存在於夏威夷的8000名朝鮮人」和「我1200萬名同胞」引以為例，另一方面，擔任「保護者」和「代言人」的獨裁者[dictator]，此後也會陸續出現吧！對於被歸納為「少數族群（Ethnic Minority）的文學」範疇的文學而言，「張口結舌」的人們的聲音和身體，是要求權力而隱藏的殺手鐧的緣故。

《Dictee》所對抗的是，並不單純只是獨裁者而已。「大總統閣下」的面前，宣誓「忠誠」的親美民族主義者使用英語這點，Theresa也提出異議。她和一面使用「母語」（韓語），一面也對抗「自居為養父的獨裁(dictator)者國家」之語言的母親相異，Theresa以「養父之國」的語言，明知故犯地展現了「張口／結舌／皆奉還（嘔吐／卻又／還回）[2]」的演出。

＊《Dictee》的引文，原則上使用池內靖子譯本（青土社，2003年），加以適當地調整文字和字型的調整。並且加以補足原著的英文字——Theresa Hak Kyung Cha, *Dictee*, University of California press, 2001.

＊本文首次刊載於《異郷の身体——テレサ・ハッキョン・チャをめぐって（異鄉的身體——關於Theresa Hak Kyung Cha）》（池內靖子、西成彥編，人文書院，2006年）

2 這裡作者使用了同音雙關語。三個單字個別是「嘔吐」、「卻又」、「返還」之義，並且串聯起來，有「奉還張口結舌」之意，呼應並重申了主題。

後藤明生的「朝鮮」

《如同被石頭驅逐（石をもて追わるるごとく）》（1949年）一書書名轉用自石川啄木，然而附上了「一個脫北少女的手記」的副標題。這一冊手記，被如此題記著[1]。不僅如此，戰後相對較早的時期的當時，這類強調被害者性的手記文類，陸續刊行。親自執筆，企圖做記憶和回想的主人，是具有野心的嘗試。關於撤退者，其他在1951年到1952年間，日本的外務省（相當於臺灣的外交部）進行的問卷調查《朝鮮終戰的紀錄》（1964年）的作者，森田芳夫先生所進行的採訪等，鍥而不捨的調查，以地區為單位的社群或學校同學會等地團體裡，撤退者們的記憶，被化作語言，以對照彼此的記憶之型態，試圖來進行記憶的共有化。1970年前後，陸續有作

1 赤尾彰子《如同被石頭驅逐——一個脫北少女的手記（石をもて追わるるごとく——一少女の北鮮 出の手記）》，書肆Eureka（書肆ユリイカ），1949年。「石をもて追はるるごとくふるさとを出でしかなしみ消ゆる時なし」——然而，即便是離開澀民村，移居北海道的石川啄木，這份殖民地的成長經驗，也未能讓他預想到未來會體驗到的棄鄉、失鄉吧！

家們開始根據撤退經驗，進行文學創作。這些作家們，一方面意識到那樣堆積如山的龐大證言，而不得不各自構築自己獨特的文風來消化之。

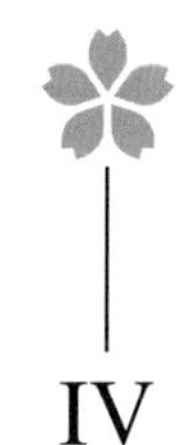

殖民地朝鮮的平安北道、新義州出生的作家古山高麗雄（1920～2002年），18歲離開了殖民地，在出征的南方迎接戰敗。然而，其對於出生之故鄉的執著，嗣後於《小小的街市圖（小いさな市街 ）》（1971年）結果。單行本的「後記」中坦露，「值此作品寫作之際，遠赴關東、關西、中部、北陸、東北各地，聽取自新義州撤退回來的諸氏之證言」[2]。主要的架構是，思慕新義州的中年男子，計畫製作殖民地日本人居留地區的地圖，依靠著新義州出身者同鄉會的名簿，寄出協助請求信的內容。然而，恐怕這是調查旅行的成果，因此並非是以某女士收到請求信後回信，這種形式（倘若如此，便太過沒意思了），而是以接到請求信，該女性被觸發的私人感懷為中心而發揮的結構。古山，讓戰爭中亡夫、成為未亡人撤退回日本的女性，訴說如下的心緒。

> 真的是人人說的那樣，我們搞小團體、很團結那樣，撤退者真的團結嗎？所謂撤退者，因為動不動就提到撤退和朝鮮滿洲的事，或許從旁人角度來看，的確如此。也或許旁人看來，我們很礙眼吧！還在新義州的時候，內地人〔…〕也說相同的話。朝鮮人這些傢伙，隨時馬上就會聚在一起……不過我想在朝鮮人眼中，他們也認為，內地的傢伙也容易馬上就聚在一

2　古山高麗雄《小小的街市圖（小いさな市街 ）》河出書房新社，1972年，237頁。

起。即便如此，雙方都是出於不安，而不知不覺中彼此聚攏的吧[3]！

殖民地帝國日本，從「內地」向「外地」進軍，即使可以說是斷續性的民族移動，對此，以其人之道還治其人之身的撤退，也正呈現了「民族大移動」[4]的樣貌。不過，往往離散就是如此，對於當事人的經驗，非當事人是毫無關心的。而這種不關心就成為孤立當事人的重要原因了。撤退者容易形成小團體，這可說是殖民地時代的團結之堅的延長，也深刻含有歸國後忍耐孤立之中，互相撫慰的含意在其中吧！即便讓少數族群孤立的是多數族群自身，多數族群對少數族群的團結還是會敬而遠之。隨著時光流逝，撤退者也高齡化，其記憶在社會當中，更是被邊緣化。朝鮮時代的日常和撤退後的日常，看似斷絕，或許在彼此依偎之處，卻意外地有其連結。

在38度線以北的朝鮮迎接戰敗時，有紀錄留下了，內地籍的日本人有，「軍人27萬1千，居留民50萬」的數字[5]。古山，帶來了那凌駕這50萬人每一個人的撤退經驗的光明，照亮了其後的人生。這裡我以下想舉的後藤明生的例子，也是如此。

後藤明生（1932～1999年），出生在殖民地朝鮮的咸鏡南道永興。戰敗後，被趕出家人經營雜貨商的出生之地，集中到使用專賣局的煙草倉庫的日本人收容所。在秋天，一度被趕上列車前往南

---

3 同前書，82頁。

4 森田芳夫《朝鮮終戰的紀錄》巖南堂書店，1964年，219頁。

5 前引書《朝鮮終戰的紀錄》所收錄的穗積真六郎所撰「序」，4頁。

方，卻未越過38度線，而在寄住安邊近郊的山村（花山里）的地熱[ondol]房屋過冬。終至，在該處土葬了亡失的父親和祖母，其餘家人在隔年5月終於徒步跨越38度線，撤退到福岡縣朝倉郡[6]。

其後，身為作家出道的後藤自身回顧了朝鮮時代，將撤退經驗作品化，要從〈無名中尉的兒子〉（1967年）或〈一封母親來的長信〉（1970年）開始。

同一時期，在文壇上，庫頁島出生的在日韓裔第二代，李恢成（1935年～），發表了《重複再次的路》（1969年），書中的主角成人後在東京成家立業，一面試著與住在北海道的兄弟姐妹取得聯繫，一面回顧他在庫頁島西海岸，一個名叫真岡（現在的Kholmsk）的港邊小鎮上渡過的少年時代。他以此書衝擊性地躍上文壇。再者，不容遺忘的同時代的殖民地文學還有，重返戰敗前夕誕生的故鄉——殖民地大連，歷經了戰敗及戰敗後大連經驗的清岡卓行（1922～2006年）的《金合歡的大連》（1970）吧！

此外，或許李恢成華麗的登場，引起了連鎖反應。1971年的雜誌《文藝》5月號，推出戰前的朝鮮人日語作家金史良特集時，邀請李恢成撰寫隨筆，並刊載了安岡章太郎、金達壽、金時鐘三人對談〈文學與民族〉一文[7]。後藤為此特集所觸發，書寫了〈我內在的朝鮮問題〉，確立了自身身為日本撤退者的立場。

後藤曾坦露，對於對談當中，安岡章太郎代表日本民族作家，

6　《關係　及其他四篇》（旺文社文庫，1975年）所收錄之「自撰年譜」之外，尚參考了幾部自傳性色彩濃厚的小說作品之記述。

7　《文藝》1971年5月號。

和朝鮮民族作家、詩人對峙有所違和之感。

> 安岡章太郎先生住在朝鮮卻不了解朝鮮人，也不懂朝鮮語。說他失去了重要的東西，恐怕在這點上，安岡先生和我的不同是，到底有沒有考慮到，原本鞭打別人的日本人，因為戰敗產生逆轉，最終變成被鞭打的一方這點[8]。

執著於「因為戰敗產生逆轉」，是討論後藤明生和朝鮮關係時，極其重要的關鍵。甚至可以斷言，他只從這一點描寫朝鮮。以下，我想探究後藤明生與其「內在朝鮮」惡戰苦鬥的樣貌。然而，後藤受到1970年當時小小的「舊殖民地風潮」、「朝鮮風潮」的背景所鼓舞，重新凝視戰敗經驗這個自己的原點，以自己的方式接納了自己作為一個殖民地崩壞的活證人立場。

1. 從記憶的客體到主體〈一封來自母親的長信〉

〈無名中尉的兒子〉一作，給了主角在妻子反覆懷孕、生產的家庭生活中，於撤退到山村途中，關於吐血而亡的父親的回憶一個出口。此作，採取突然回想起關於朝鮮時代的父親的記憶，屬於較為單純的形式，然而〈一封來自母親的長信〉，則是強調了挖掘在殖民地的記憶時，掩飾不住膽怯的自己這個部分。

---

8 《文學界》1971年7月號，19頁。

若是把記憶力極度減退的狀態稱為健忘症，男人也是其中一種嗎？這個詞彙莫名地滑稽。健朗地忘卻的症狀。又或者，男人的狀況是酒精性的痴呆症呢？[9]

「八年前」，將母親寄來的長信一直以來放置不理的主角，漸漸提起精神翻開大學筆記，開始書寫。主角越寫越覺得，母親的信並非充斥坊間的「手記」或「回想」，而是活生生的「記憶」。這也是「現在的男人，逐漸幾近完全失去的〈記憶〉本身[10]」。

因此身為主角的「男人」煩惱的是，比起在他自身的記憶中，他在母親的記憶當中更深刻地被記著，這種來路不明的感覺。後藤發表成名作〈關係〉（1962年）之後，描繪在自己和他者相互干涉的關係之中，人們才能是他自己的文體，逐漸穩健成形。而他在母親的長信中發現自己，感到作為一個「宛如被蛇吞沒的鴨蛋，完全〈被記憶在母親心中的男人〉[11]」，有多侷促不安。

母親在信中稱作「你」的這個兒子，在寫信途中，碰見了逐漸失去的記憶再度活絡起來的狀況。在北朝鮮山村的小學裡，被交付「敲鐘」任務的時代，在腦中復甦。主角思緒思及，日本人從過去到現在都只會想起童謠〈螢之光〉[12]，到了剛剛解放的朝鮮，則搖

---

9 前引書《關係　及其他四篇》，14頁。

10 同前，13頁。

11 同前，18頁。

12 譯註：改編自蘇格蘭民謠〈Auld Lang Syne〉，由稻垣千穎作詞。

身一變，成為朝鮮語的愛國歌曲被傳誦的事實[13]。據說，「當時能讀朝鮮文字的小學生，一個也沒有」，因此這首愛國歌曲「被用藍色油墨印刷在草紙上」，「以漢字和假名若無其事地書寫著」（「東海の水は白頭山より流れ出て……」），旁邊以「片假名附上了朝鮮語的讀法」，「トンゲムル　ペットウサネ　マルコタルトゥロー」[14]。

「男人」在戰敗前的小學時代，有過捉弄「敲鐘」的朝鮮學生的前科。然而，因果循環，戰敗後，這個「男人」被任命為朝鮮人小學的「敲鐘者」。不僅如此，還遭受了被以朝鮮語叫囂的命運，「パンマンモック、トンマンサンヌ、イリボンヌドラー！」＝「只會吃飯、撇條的日本鬼子們[15]」。（其實，這首歌是起源於日本內地的流行歌，以「東京は日本のキャピタルで（東京是日本的首都）」開頭，是〈東京節（パイノパイ節）〉[16]同譜換詞的歌。）

因為來自母親的長信，「不小心被母親記憶了的男人」，填補

---

13 大韓民國的國歌的基底，是在1896年做的詞，配上蘇格蘭民謠〈Auld Lang Syne〉的旋律所傳誦的愛國歌曲。在日本統治時代，因為有鼓舞朝鮮民族主義之嫌，並且和〈螢之光〉的旋律相同，因此禁止公開傳唱。朝鮮半島解放後，開始廣受傳唱，從後藤的作品中可以窺見，38度線以南，這被選定為國歌之外，為了迴避與〈螢之光〉共有相同旋律，初代大總統李承晚，在1948年以大總統令，敕令改用安益泰作曲的管弦樂曲〈韓國幻想曲〉的旋律。

14 同前引《關係　及其他四篇》，41頁。

15 同前書，47頁。

16 譯註：「東京節（東京調之意）」，或稱「パイノパイ節（painopai調）」。大正時代由演歌師添田知道，將美國民謠〈Marching Through Georgia〉填詞的流行歌。

了母親記憶的空白，以「加〈註〉[17]」的形式，學會了與健忘症對抗式的戲耍方式。

後藤描寫撤退體驗，並非是為了重現撤退體驗。反倒是，當這些被他者記住的人們，會反射性地陷入自己的記憶，後藤關注此一過程，才是他最強的寫作動機。因為那封母親寄來的信，本來安於健忘症的記憶卻又因此騷動起來。後藤關注的是，面對那樣意外的事態，人類慌張的姿態。後藤就像在強調自己與作為毅然決然敘述撤退經驗的主體的書寫者，是不同的。這背後顯現了只能稱作後藤的膽怯或作家風格的行為，其後，也陸續在後藤的「朝鮮故事」中形成各式變奏。

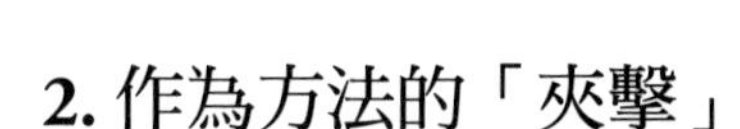

2. 作為方法的「夾擊」

後藤明生的代表作之一，未經雜誌刊登直接出版的中篇《夾擊（挟み撃ち）》（1973年），雖然和〈一封來自母親的長信〉共享了許多逸事，但更具有凌駕那之上的錯綜複雜的構造。

主角「我（私）」，在19歲前往東京時，身穿舊陸軍步兵的卡其色外套，和健忘症展開搏鬥。「我（わたし）」已經不再因為被他者所記憶而痛苦了。主角引用了果戈里的《外套》，將為了尋找外套，主角所遭受的惡戰苦鬥，甚至命之為「記憶迷宮巡訪」或是

17 同前書，30頁。

「記憶地獄巡禮[18]」，作品中的「我（わたし）」雖然罹患了無法操縱記憶的健忘症，但還是試圖接受身為「迷宮巡訪」主體的自己這個身分，而小說也由此展開。

「早起的鳥兒有蟲吃」——習慣夜行生活的主角，某日和眾人一樣早起，徘徊於首都圈，接受了自己身為積極的行動主體，對事件發動「夾擊」的身分。而且，主角對於探測當初來到東京時的自己的過去，所進行的步行實驗，曾幾何時卻轉變成，誘發貼近朝鮮經驗的行為。

「夾擊」這個頗具興味的標題，或許也可解釋成，指的是在過去的某個時間點上，降臨到主角身上的事件，以及與現在之間，一個人類被「夾擊」的狀態。「昭和7年，我誕生之後，人生中所獲得的這40年來，原本誠屬突然的事，也變得已然理所當然一般[19]」的現實，將主角擊潰；但即使如此，依舊委身於證明自己身心健康的健忘症，主角幻想著和過去「突然」相遇，而花去了整日時光。

中公文庫版的解說中，大橋健三郎根據主角傾訴，「在我未能知覺的時候，突然就有什麼結束了，而且再來就是旋即在我未能知覺的時候，又有什麼開始了」[20]的感慨，做了如下的斷言。可說是強烈意識著，後藤撰寫隨筆〈我內在的朝鮮問題〉（1971年）之後的解釋。

---

18 《夾擊》，集英社文庫，1977年，35頁。

19 同前書，158頁。

20 同前書，156～157頁。

> 幾乎可以說，夾擊一詞一脫口，「突然」發生的過去事件本身，從以往便時時刻刻來夾擊「我（わたし）」。那最為決定性的直接原因，不用說，對當時是元山中學一年級的少年「我（わたし）」而言，正是日本戰敗這個全然的「突然」的事件[21]。

無論回想起來感到多麼「突然」，戰敗仍是一種「必然」。並且，〈螢之光〉和〈東京節〉從日語切換為朝鮮語，似乎都早有計畫。關於這些，都還是有人只能認知是「突然」。或許是主角尚為年幼吧！然而，意外地，這就是所謂的人類。像這樣的人類，思欲再次面對過去的時候，仍然僅能依靠名為「突然」的僥倖。與這種「記憶地獄」的周旋，形塑了小說《夾擊》通篇的結構。

《夾擊》主要講述的是，關於前往東京時，身上所穿的卡其色外套的行蹤，所展開的解謎和搜索。然而，對抗就像「突然」消失般行蹤不明的過去殘骸的行為，也可說意味著，作者自身想要貼近戰敗經驗、撤退經驗的搏鬥下的產物。當然，後藤並非是為了煞有其事地敘述戰敗經驗、撤退經驗，而編出了這種「方法」的吧！「記憶地獄」並非是撤退者所特有。然而，後藤與戰敗前後的生活周旋時，目睹了名為「記憶」的地獄，倒是真實不虛。再者，終究無法如願重訪的北朝鮮「巡禮」，取而代之的是《夾擊》當中，則完成了關於在主角所居住的首都圈裡，遺失的外套（的記憶）的「迷宮巡訪」。

---

21 同前書，250頁。

3. 作為方法的「夢囈」

以連載形式，在《海》雜誌上陸續寫成的《夢囈》（1975～1976年）的第一回，其楔子部分，強烈地意識著夏目漱石的《夢十夜》，突然地就轉入主角（「我」）的夢中。與北朝鮮時代的小學同學，在夢中重逢。接著，彷彿像是模仿〈一封來自母親的長信〉，從在往日母親的信上「加〈註〉」開始起筆那樣，在自己的夢上加「註」，就在此過程當中，第一回也就收尾了。

究竟作為收集累積了龐大過往經歷記憶的檔案管理員的「我」，和作為替從那檔案的深處如泡沫般湧上來的殘片拼湊而成的夢加「註」之主體的「我」，兩者有何關係？「我」所能做的，不過是活化記憶有效發泡，對每個泡沫加以註釋，增加關於自身過去的知識總體量而已。《夢囈》中後藤嘗試的僅限於，一面組織聯繫永興時代的舊友和鄰居，在內地日本重逢，動員他者的記憶，促使自己被封印的記憶，浮上意識的表層，而且現在生活在東京郊外的集體住宅，對於突發性地浮上的過去，眼睛發亮的程度而已。《夾擊》中，關於卡其色外套，主角所嘗試的企圖，直接可以適用於解釋他想看清朝鮮時代記憶的動機。

這樣一部《夢囈》中，令人印象深刻的是，日本人和朝鮮人一面有著一定程度的分居，然而作者卻意圖讓彼此互相意識著的永興這個小都市，活生生的姿態能被片段式地復甦。

少年對於朝鮮老婆婆經營的玩具屋中，「附贈牛奶糖」的抽籤遊戲，感到禁忌的喜悅，對他而言，甚至是貌似英雄的朝鮮人小學時期的威風回憶。關於有者媲美芥川龍之介的《鼻子》中登場的

「禪智內供」（譯註：侍奉主佛的僧侶）的禪智和尚的大鼻子的那位朝鮮爸爸（aboji）的回憶。關於另外一位名喚「naonara」、同樣神秘的朝鮮女性的回憶。受雇於自家經營的商店的朝鮮人教自己遊戲的回憶。關於9個朝鮮人政治犯，像串珠般被帶往拘留所的回憶。戰後撤退的內地人之間，並非沒有重逢的機會，然而如今只有住在記憶的底層的朝鮮人的姿態，像滾雪球般連鎖地甦醒過來。但其中並非表現了中西伊之助《可疑朝鮮人（不逞鮮人）》（1922年）和《在紅土中萌芽（赭土に芽ぐむもの）》（1922）、湯淺克衛的《簡蘭兒（간난이）》（1935年）和《棗》（1937年），以及同輩的小林勝的《分蹄者（蹄の割れたもの）》[22]（1969年）中可見的日本人和朝鮮人間濃厚的交流和插身而過。畢竟不過是，10歲前後的少年時代記憶中所沉澱的小都市的日常風景。不過，由於戰敗，而被驅逐到記憶底層的朝鮮人的存在，在和過去周旋時，夾帶著強烈的存在感，浮出水面。

連載中的重點之一是，以「煙」為題的第五回。為了追溯徹夜企圖突破38度線的黎明時分，望見村落人家的炊煙得以放心的那天，此次連載是以書寫一邊通宵值班聆聽深夜廣播，記下朝鮮語廣播的女性播音員的一個一個單字的場景開場的。並且，內地人少年憧憬朝鮮人的孩子們的遊戲，回顧昔日，朝鮮人們腔調很重的日語片斷地復甦。「カミサマ二、タテマツル、チョコマンナ、ノーソクハ、アリマセンカ？（有供奉給神明的小小的蠟燭

22 譯註：作品名稱意識到戰前朝鮮語中以チョッパリ（쪽발이，雙蹄）蔑稱日本人。

嗎？）[23]」——其中的「チョコマン」是朝鮮語的「小」，「ノーソク」是帶有朝鮮腔調的「蠟燭」。主角往日的語言能力不到雙語話者的程度，但應當是更能理解朝鮮語的程度。然而，如今僅能偶爾哼唱朝鮮語的歌曲，駑鈍的耳朵全然不聽使喚。守在收音機前的主角，正當通宵值班之時，不期然在兩則的朝鮮語節目之間，僵住。她無法區別北方和南方的朝鮮語節目。「這究竟是南方還是北方？北方還是南方？[24]」——在兩種朝鮮語節目的夾縫中，主角腦中越過38度線的彼方，突然甦醒。主角身為當時「擅長朝鮮語的中學生」，為了尋找朝鮮人的聚落，被命令前往偵察。「這究竟是南方還是北方？北方還是南方？」——在主角眼前出現的是「巨大的白楊木」、「低矮的稻草屋頂」、以及「炊煙」。

集結成冊的《夢囈》的「後記」中，後藤如此寫道：

> 當然，我並非想表達現今看來過去是場夢。與此相反地，從過去看來，現在也並非一場夢。這部小說中，我思考的是，從過去到現在的時光，從現代朝向過去的時間，兩者的複合形。這兩者就像變成雙色印刷的時間本身。
>
> 《夢囈》這部作品，可說是為了書寫這種雙色印刷的時光，我所思考出來的一種方法[25]。

---

23 《夢かたり（夢囈）》中公文庫，1978年，116頁。

24 同前書，128頁。

25 同前書，373頁。

作為「方法」的「夾擊」，在此完成了變形及進化為「夢囈」這個「方法」。兩種時間的複合正是一種夢，而「夢囈」亦即將該複合的作品化的「方法」。倘若《夢囈》和一般的「手記」或「回想」相異的話，為了表達往返於現在和過去之間的這種雙向的時間，也必須要放棄將回顧過去的現在固定下來，並且放棄客觀地、固定化地敘述過去的時間之流。因為這種信念在作品中是一貫的。

4.「往返」或者兩個中心

《夢囈》的續篇，1976年到1977年間，同樣發表在《海》的2篇所組成的《往返》的故事從記述一個從草加市的住宅區搬到習志野某處公寓的作家，與其家人和貓的平凡日常寫起。

第一部份的話題中心是，在福岡縣朝倉郡惠蘇宿渡過青年時代的父親。主角自身也是從撤退之前到現在，戶籍一直設在惠蘇宿（對從少年時代就聽慣了本籍地名的主角而言，他的本籍地只會和「yosonsyuku」這個發音一同甦醒），但說道故鄉只會想起永興。這就是所謂殖民地第二代的實際感受。本籍在朝鮮半島，而在庫頁島出生長大的李恢成，被束縛在鄉里之村落上的記憶之中，想來也是相同的情況。對於他們的父親世代而言，本籍地就如字面所示，即為故鄉。然而，對於身為第二代的他們而言，戶籍上的本籍地和記憶上的故鄉，呈現雙重化。而且，為了大學考試，而前往東京之後，在首都圈輾轉遷居，無論到哪裡旅行，主角返回的依然是現居地，他們在記憶上的故鄉，有時就是在意外的一些瞬間，能在幻想中成功重返故鄉。

> 自己真的應該回去的地方是永興，我似乎到如今也在心裡某處這麼想著。〔⋯〕／然而，無論出訪哪裡，我必定會回到習志野來。我回來的場所，並非永興，也非父親、祖父、曾祖父出生的惠蘇宿。而只會是現在我和家人同住的，這個習志野。[26]

後藤，在《往返》這部小說中，清楚地在心中描述了自己背負著宿命，終究無法逃離作為殖民地出生的第二代的自己。

接著在第二部分中，描寫他和共享著殖民地朝鮮記憶的兩位撤退者的對話與會面。主角他小學時代的舊日友人的妹妹，讀到主角在週刊上寫的永興回憶散記之後，捎來一封信。

> 高中畢業後，我開始在市內的銀行工作，但也是那條街的怪人，因此過得不是很順利，四、五年前辭職，自那之後，便以無業身分和母親同住，也可以說是失去當人的資格，幾乎不開口，就任性地做我那不明就裡的學問（？）正襟危坐地度過一整天[27]。

正當專注讀信時，同樣是因為讀了週刊雜誌上文章的一位廣島

---

26 《往返（行き帰り）》中公文庫，1980年，231頁。

27 同前書，119頁。

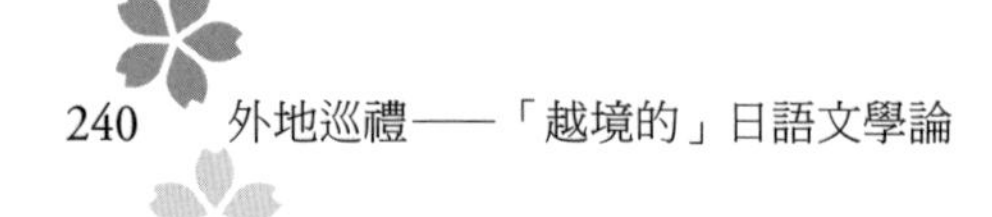

男子，突然打了電話過來。面對素未謀面的對象，男子開始沒頭沒腦地，開始訴說起永興時代的回憶，他的鄉愁，和主角有不少共通之處。

> 雖說如此，到底人對於故鄉的感情這種事，該如何說明呢？特別是像擁有永興這樣不能再去的故鄉，這種心情該如何訴說才好呢？[28]

一位是薾居的昔日友人，一位是滔滔不絕地傾訴永興時代回憶的陌生男子，這兩人分別居於兩個中心的地位，後藤像是描繪橢圓般[29]，總結了《往返》的第二部分。在作為出生地故鄉的殖民地上，迎接戰敗的時候，熬過了嚴峻的撤退和戰後的人們，以兩種類型對照的方式，後藤並未讓撤退者的敘述變成獨白，即便是對話，有時也是沒有透過語言的中介，便使之形成互相擦身而過的故事。

後藤明生，為了描繪多個「橢圓」，不懈地致力於雙重化中心。殖民地出生的第二代，不得不生活在雙中心性之中。撤退者容易陷入的滔滔不絕和沉默的雙中心性。〈無名中尉的兒子〉或〈來自母親的一封長信〉之後，後藤在撤退者小說的呈現上，反覆試誤之中所寫成的作品群，結果看來，那各自都需要錘鍊獨特的「方法」。提供素材的，當然是後藤自身的永興經驗，以及與共享（或

---

28 同前書，198頁。

29 同前書，231頁。再者，後藤明生之所以開始重視作為小說方法的「橢圓」形象，據說其背景在於邂逅了武田泰淳的《司馬遷》。關於此點，請參照《圓與橢圓的世界》（河出書房新社，1972年）等書。

者應當說是分別擁有）相同體驗的親朋好友及鄰居的重逢和對話。然而，後藤在那之上，時或加以記憶論、時或加以雙語使用論、離散論、敘事論，來形塑作品。

5. 去殖民化時代的宗主國文學

清岡卓行的《金合歡的大連》中，主角是長於大連的撤退者，關於阿爾及利亞獨立戰爭的收音機廣播，喚醒了自己對於舊殖民地的鄉愁，是個令人印象深刻的場景[30]。之所以能夠親身重新身歷其境，到底殖民地獨立意味著什麼，這是在殖民地經驗了戰敗的他們所特有的感性。然而，賦予這般鄉愁輪廓的，是撤退後那「謊言般的日常」[31]當中的遭遇。再者，對一般日本人而言，只不過是遙遠國度的事件之事，對他們而言，卻會感覺是極度恐怖的周邊的事件。

清岡和後藤的戰後小說，之所以不得不採用「回想」的形式，卻又徹頭徹尾是當作當代的小說來寫，正是為了描繪插入戰後時光中的殖民地時代的時光，以及撤退時期的時光「突然」到來的緣故吧！對於清岡而言的大連，對於後藤而言的永興，都在戰後日本土

30 「他突然聯想到，必定是在阿爾及利亞出生和成長的許多法國人子弟，產生了不可思議的親近感。」（《金合歡的大連》，《清岡卓行大連小說全集》上卷，日本文藝社，1992年，70頁）。

31 以1977年，父親的歿後33年忌日為主軸撰寫的系列作品，便是以此為題。（連載於季刊《文體》，1977～1978年）。

地上，增設了它們的遠端領地。日本在1945年8月失去了殖民地，但是舊殖民地成了遠端領地，作為「故鄉」降臨在撤退的日本人心中。對於像後藤這樣的日本人而言，殖民地內地人和當地人，經常持續維持著心理鄰居的關係，而且總是帶著他者的臉孔，在他們的記憶中蠢蠢欲動。

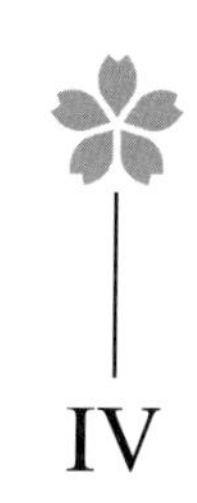

這種文學，和日本同樣作為戰敗國，失去以東普魯士王國為首的昔日的「生活圈（Lebensraum）」等地，生存在戰後德國人的文學和去殖民化的20世紀之中，舊殖民地出身的西洋人文學當中，也可看出相似的型態。這意味著，後藤明生的朝鮮，是君特．格拉斯（Günter Grass）的但澤市（Freie Stadt Danzig），是卡謬的阿爾及利亞。後藤一面將自己的文風，與金達壽和金時鐘、或是李恢成、金鶴泳等同時代的作風做出區隔，一面獨自追求殖民地出身的內地人作家特有的「朝鮮作品」的可能性。

＊首次發表於《韓流百年的日語文學》木村一信、崔在喆編，人文書院，2009年。

V

外地巡禮

——外地日語文學面面觀

1. 外地的日語文學與相異語言

所謂的「外地的日語文學」，在此定義為，日語使用者生活在與非日語間不斷地接觸、鄰接關係之中所產生的文學。

對於作者而言，無論日語是母語或是母國語，不會去過問，這不過是由上強加而來的「國家語言」罷了。假使登場人物不會說日語以外的語言，只要以外地為舞台，作品就沒有置身於上述條件之外的自由。更甚者是，即便是以內地為舞台的狀況下，只要讓一個擁有外地經驗背景的人物登場，從那刻起，該文學就帶著「外地的日語文學」的各種特徵了。

這樣的設定，最後會要求我們把鷗外和漱石等所謂的「洋行作家」的眾作品，也收入相同範疇。然而，我不想將之認為是一種溢出常軌，或是一種焦點的擴散。

例如，《舞姬》（1890年），這部深諳異國語言的菁英日本人和當地女性開始同居關係的小說，其「外地日語文學」的特徵，同樣在湯淺克衛《簡蘭兒》（1935／1946年）中出現。不僅如此，倘若重視太田豐太郎在船內寫完手記的地點，是當時法屬印度支那最大的港灣都市西貢這點的話，我們應當更加注意到，這是一部最早以印度支那為舞台的日語文學。回國途中的太田豐太郎自身，竟然沒有呼吸到殖民地都市的空氣。不過，朝向日本航行前，預先堆載的煤炭味、搬運石炭入船的港灣勞動者們，各式各樣的聲音一起（作戰），該手記於此寫成。而且，《舞姬》的舞台柏林，19世紀成了急速成長的德國都市。自中世以降，持續對東方懷抱著野心的德國人，瓜分波蘭之後，更多方伸出觸手延及東方，特別是柏林，隨著東方流入移住者，更開始強化了作為國際都市的性格。甚至可以推論，愛麗絲（譯註：《舞姬》女主角）一家人是這種移住者的可能性很高，鷗外聚焦在有著東方作為廣大腹地的柏林裡的零落離散者，其手法以日語模仿了君臨中歐的新帝國裡，自然主義文學的特徵之一的「外地文學」形式。近代是國民國家的全盛期，也與近代招致大都市的無國籍化是一體兩面的，特別是在德國，這在之後促使了納粹人種主義抬頭。再者，亞洲的各都市、滿洲、上海、包含密克羅尼西亞等舊南洋地區等大日本帝國的邊緣部分，也同理可證。

「外地的日語文學」，擁有著擔負著大日本帝國野心的帝國主義性的文學的一面，此外，超越「內地的日語文學」的界線，順著溢出其外部的異國情調的動向，作為被「外地」與「帝國邊緣」表象所纏身的日語文學的一種樣態，也有必要重新理解。

中島敦的《瑪麗安》（1942年）裡，很浮濫地使用了「可憐（痛ましい）」這個字。夏威夷的卡納卡人瑪麗安的洋裝，以及她不經意在書架上擺放的皮埃爾·洛蒂（Pierre Loti）的袖珍本，西洋殖民地主義和日本殖民地主義所導致的怪異，在主角心中映顯為「可憐」，這些附隨於近代化的諸般現象，在「外地」則成為帝國主義＝殖民地主義帶來的結果，而重頭到尾重新詮釋。大日本帝國以北海道為始，開創了所謂的「外地」，擴張其在亞洲地區的霸權支配時期，無論該作品是以如何的立場和信條所書寫而成的，那只要有一丁點提及到「外地性質的事物」時，該作品便不得不正視帝國主義＝殖民地主義的現實了。大日本帝國的歷史，對於日語文學而言，強烈要求並獎勵著「外地的日語文學」。

這時，我們在閱讀「外地的日語文學」時，最低限度應該留心的事，是在作品背後，首先需要致力於確實地側耳傾聽那非日語的相異語言的聲響。閱讀《舞姫》者，設使不諳德語，也無法不在腦海中浮現愛麗絲訴說家庭的貧困、愛麗絲回應太田豐太郎的盛情、愛麗絲詰問豐太郎的背叛時，種種場面中愛麗絲的聲音吧！也同時伴隨著太田豐太郎所發出的菁英日本人的德語和法語。

這時，閱讀《瑪麗安》的讀者，也不會錯過學習英語又懂日文的瑪麗安，即使是身穿寬大棉洋裝在勞動當中，與島民的女性夥伴間，不用日語而是使用卡納卡語彼此耳語交談的一面。再者，主角正在窺視其身影時，瑪麗安不知是否意識到或下意識地，自己發出了一聲「yoisyo」[1]的號令，她的雙重性、三重性。一面描繪著這種

1　譯註：日語中在使力之前的助勢發語詞。

全部都是和「可憐」這個形容詞毫無違和感地黏著在一起的環境，中島敦也伸指撫摸了近代世界的傷口。

2. 外地日本人群像

然而，「外地的日語文學」中不可或缺的構成要素是，與相異語言的陰影和帝國主義的爪痕同等重要的，「外地日本人」的存在。即使原本是「設籍內地的內地人」，也包含外地經驗一久，幾乎便和內地斷了聯繫的人。「外地出生的日本人」擁有日本以外的國籍，在國籍法上，除了移居到採用出生地主義的美國的那些移民第二代之外，直到戰敗為止都極為少見。

然而，以特定的形式，和外地接觸過的內地人，無限地溢出內地人的常軌。所謂的海外發展會引發的，並不只限於內地日本人的進軍海外，還有內地日本人的發展和質變（更甚者是變節）。這種事態，綜觀在大航海時代以後的西洋文學，也能容易辨認出來。魯賓遜（Robinson Crusoe）執著於自己作為清教徒的身分，然而回到祖國之後幾乎是浦島太郎狀態。在無人島度過的30年對他而言，造成了不可逆的變化。描述這些歐洲人的質變的文學中，居於極致地位的是，就要提到《奧邁耶的癡夢（*Almayer's Folly*）》（1895年）、《黑暗之心（*Heart of Darkness*）》（1902年）的作者康拉德（Joseph Conrad），從丹尼爾·笛福（Daniel Defoe）到康拉德之間，近代英語文學所顯示的最大的一步，各自走在質變的路上，外地的歐洲人之間，彼此映照出自己，也透過語言表述帝國主義時代的歐洲人的擔憂，而獲得了現代主義作家般的風格。

長期鎖國之後獲致開放的日本，包含從菁英和軍人，以至於「唐行小姐」，各種勞動者、移民、開墾殖民地者，諸多進出海外者，離開了內地。富有這種積極進取性格的內地日本人，暗自活躍之姿，正是「外地的日語文學」偏好描繪之處。說到「外地的日語文學」，一般大多會容易聯想到其特徵是，描繪「帶有外地特徵」的那些非日本人的存在，以及該土地上特有的風土文物。即使只舉森鷗外的《舞姬》為例，常常會傾向於感覺到，從柏林市的街區風景和愛麗絲的存在形塑了異國情調的核心。然而，在《舞姬》的最後，出現了會讓人不禁想大叫「會遭報應！」的名字——相澤謙吉，他和豐太郎兩人一組才真的是典型的居住海外的日本人菁英吧！森鷗外滯留期間的德國，有為數不少的日本人菁英在此謳歌青春，熱衷於異國特有的性生活。《舞姬》是一部日本留學生與德國女性萌生戀情與愛情幻滅的故事，這是一部內地日本人選擇了在國外的單身、隻身生活為其命運，經歷慾望及其挫折的故事。太田豐太郎絕對無法從同樣是日本人夥伴的影響和感化逃離，而自由無虞。

明治中葉以後，內地作家一半是為了取材，經常遠渡海外。中西伊之助的朝鮮、佐藤春夫的臺灣、横光利一的上海，以及如前所述的中島敦的密克羅尼西亞。將這些以「外地的日語文學」之框架一併閱讀時，不可忘卻的是，不只是身為敘事者和主角的位置的那些進出海外日本人的身影，透過其視角所觀察到的各式各樣的同胞們也不可忽視。《在赭土中萌芽》（1922年）的中西伊之助，像是領先《異鄉人》（1942年）的卡謬似的，一面對於殖民地的宗主國

人和當地人表示同等的關心（卡謬則是同等的不關心？），最後在監獄當中持續維持著中立性。又或者《霧社》（1925年）的佐藤春夫，接觸到身上流著前日本巡查血液的混血兒及聚集在日本人俱樂部的日本人群像時，煩惱於要採取何種適當的距離。《上海》（1928～1931年）的橫光利一則是，彷彿想要與逃亡的俄羅斯男女及中國的運動參與者貼身接觸似地，日本男性大言不慚地說，「肉體所佔有的空間，就會不斷成為日本的領土而流動」；而相對於這些男人們的自我陶醉，在「土耳其浴」工作的日本女性，則被賦予了相對化的決定性功能。停留在帛琉時的中島敦也是如此，其作品中，久居密克羅尼西的畫家土方久功的存在十分重要，凸顯了主角新來者身分。簡言之，如果將康拉德的《黑暗之心》作為指標的話，「外地的日本文學」，絕對無法只敘述主角船長馬洛，每部作品都需要有像貿易商庫爾茲般的人物登場，否則無法貫徹初衷。這種傾向變強的時候，「外地的日語文學」有時就會將「外地日本人」之外的外地相關要素，幾乎都排擠到背景去了。正如同把《黑暗之心》當作非洲小說來讀，就顯得過於歐洲中心一樣，相同的狀況也發生在「外地的日語文學」當中。

然而，擔任帝國主義尖兵的內地日本人，假使並非士兵也會挺身而出，暴露在外地環境之中，在一面委身於數種搖擺，一面作戰的意義上，是相當於士兵的。而且，在外地被認出的同胞，對他們而言，就像明天的自己。後來的進軍者，在先來的進軍者身上嗅到在外地作戰的嚴酷，重複著令人感到暈眩的經驗，漸進地習得「外地日本人」的風貌和膽量。

1936年，為了參加在布宜諾斯艾利斯舉辦的國際筆會（PEN

International）而告別了神戶的島崎藤村，回顧著與同船的巴西移民、巴拉圭移民，居住於新加坡和南非的日本人，甚至南美的日本人的交流，將此旅行紀錄命名為《巡禮》。對於明治以後遠渡海外的日本人而言，他們的旅程並不僅止於異鄉體驗而已。那或許應該說是，巡禮者拜謁走過相同路途的前賢之後塵的擬似經驗。是涉足「外地日本人」的生態現場，從極近距離觀察的知性活動。並非僅限於紀行文如此。「外地的日語文學」，在於不得不描寫到「外地日本人」這點來說，就盡是巡禮者的文學了。

3. 喪失外地

第二次世界大戰中的戰敗，波及日語文學的影響不可勝數。在戰前的日本，內地和外地組成連續體，提供了日語文學發展的土壤。然而，到了戰後，外地在內地的回想之外，成了沒有立足之地的抽象化的「異鄉」了。外地的記憶，像幽魂一樣徘徊在戰後日本（舊內地），僅能默默地收藏在空間的裂縫和罅隙，也就是成了異物。而且，大半過去被稱呼為外地的地區，在朝鮮半島內戰和中國革命，蘇聯發起的回復領土，不光是造成了將舊內地人的記憶，全面驅趕到過去而已，連日的報導就像撥開舊傷上已結的痂那樣的拷問，困擾著撤退者的心。大岡昇平《野火》（1951年）不僅僅是描繪了戰地經驗，還有阿部昭《司令的休假（司令の休暇）》（1971年）和後藤明生的《夢囈》（1976年）等，描繪了這些在內地經歷戰線後方與焦土經驗的日本人，以及藉由抓附著在外地的記憶而苟

活下來的撤退者、復員者，兩者在相同時空中生活的困難，這些描寫與外地進行清算的過程的戰後日本文學系譜，都不容錯過。在殖民地朝鮮所寫的《簡蘭兒》這樣的作品，並非是為了戰後日本人與朝鮮人的和解共生之夢及其困難而寫的，而是為了再次確認這樣的夢無法實踐而寫的。這些暫且都稱為「喪失外地的文學」吧！

在此很容易聯想到，第二次世界大戰後的德國當中，有著相似的現象。《鐵皮鼓（*Die Blechtrommel*）》（1959年）的君特·格拉斯（Günter Grass）便是一貫地背負著這樣的立場的作家。羅馬尼亞出生的猶太裔德國人，在納粹大屠殺（Holocaust）後倖存，若將戰後在巴黎持續寫詩的保羅·策蘭（Paul Celan）也納入討論，那麼可以說戰後德國文學中「喪失外地」的主題，連「納粹大屠殺之後」這另一個重擔也一起背負了。

接著，第二次世界大戰後，歐洲當中的戰勝國也放棄了廣大的殖民地，在此英語圈、法語圈，也產生了不少「喪失外地的文學」。對於阿爾貝·卡繆和瑪格麗特·莒哈絲而言，祖國解放後的時間，就是被逐出舊殖民地，成為決定性事件的苦重時光的連鎖。這樣的系譜，在另一方面，殖民地出身者，到了戰後也透過以舊宗主國的語言，持續書寫，來開拓後殖民主義文學的可能性，因此往往傾向於被驅逐到背景裡，隱而不顯。然而，以第二次世界大戰後的這個世界史的時間尺度來思考的話，將日語書寫的「喪失外地的文學」，和舊西洋殖民地出身者的文學，以相同尺度來測量，有其必要。悠久而漫長的殖民地文學的傳統，在去殖民化的過程中，分化成「喪失外地的文學」和「去殖民化的文學」。

日語文學的狀況，也需要套用相同的示意圖。內地人撤退者、復員者的文學，倘若當作前者，那麼朝鮮半島和臺灣出身的日語作家們，便被包含在後者。

然而，歷來我並未特別劃定「外地」的範圍，便行筆為文。究竟是否戰前的「外地」，僅限於因戰敗為契機，內地日本人所放棄的地區？

明治初期的合併之後，舊蝦夷地和舊琉球王國地區，長期以來被置放在「內地」的外部，戰後歷經國際追認日本領有，以及由美軍占領歸還日本，其外地性便被「否認」了。然而，此事本身應當是一個接下來需要重新付諸歷史性審視的事項吧！

再者，還有一個不容遺忘的地區是，南北美洲的日本人移居地。無論是外出打工，或是偽裝逃亡，移居南北美的日本人泰半都自認為是，相當於「設籍內地的外地日本人」。保管他（她）們的身分證明的，不是臺灣總督府和朝鮮總督府，或是樺太廳、南洋廳、滿洲國，而是日本國駐外機構。這樣的差異，對於日本人本身而言，並無太大差別。美洲大陸的日本人和亞洲各地區的日本人，實則是不同的籠中鳥。使他們體會此理的契機是，美軍襲擊珍珠港（1941年12月7日——美國時間）之後。然而軸心國在國際社會孤立之後，再者在日本戰敗後，幾乎全部的當地日本人，雖滯留該地，但卻並未失去身為「外地日本人」的自覺。

為何要重提這些史實，是因為思考「外地的日語文學」時，我們大致都傾向於排除1945年8月15日（日本時間）之後的緣故。的確以此日期為界，便失去了作為日本統治、日本軍占領地區的「外地」。然而，美洲大陸的日語文學，即使到了戰後也未曾失去「外地」特質，即便微妙地改變形態，仍然持續殘存著。不僅如此，締結舊金山和平條約之後，日本人的渡航再次活絡起來的美洲大陸，一面繼承了部分戰前的「外地的日語文學」之遺產，以日語的創作活動，時至戰後仍然顯示著一定的存在感而延續著。

作為「未曾失去的外地」的美洲大陸——最後我想回顧的是這點。

4. 巴西與日語文學

從日語使用者生活在與非日語的持續接觸、鄰近接觸關係而成立的文學——在本文開頭我所揭示「外地的日語文學」定義，可以原原本本套用到思考南北美洲的日本人移居地文學的狀況上。在此，我想將對象集中在巴西的日語文學上，用以思考移居地文學的外地文學性。

巴西的日本人移居地，之所以會以旺盛的日本文學為據點，得到急速成長，是從1920年代開始的。初期的寫手是，並不限於順著移民政策前來的農業移居者，還有流連在大連、上海、或是巴達維亞（譯註：Batavia，雅加達在荷屬殖民地時的名稱）、新加坡等地的典型流浪記者或旅行者，日後越漸擴大範圍到拓殖經驗者層。因此，1930年尚且是作家預備軍的石川達三，以移民監督者的身分參加，還有6年後換資深作家島崎藤村參加的筆會（PEN International）的回程途中，訪問過當地。他們進行的是，雙重的確認工作，一是，即便生活圈相異，同為被烙上了近代日本刻印的日本人之間會有的同質性，另一則是，與此配對成雙的內地日本人和外地日本人之間的差異。遠渡巴西的作家們，其撰寫風格，幾乎是祖述了其他的「外地的日語文學」。他們和其後以慰問和大東亞共榮圈的文化政策的執行者身分，被徵用到戰地的作家們，並無太大差異。

事實上，被淡出在石川達三和島崎藤村的光環之後，無論當時抑或戰後，在日本國內幾乎不被關注移民作家的日語文學，也並沒有偏離這樣的「外地的日本文學」風格太多。萌芽期的移民作家較重視反映紀錄移居後經驗的寫實主義，然而，對於當地巴西人的羨慕和歧視的眼光，即便同樣身為日本人，對於駐外機構或移民公司相關人士的依賴和反彈，對於前輩移居者，一樣有著依賴與反彈等，圍繞著巴西移民的環境，和亞洲地區的「外地」狀況並無二致。勉強說來，大概就是，動輒強調對於只能操持日語的自己感到焦躁一事，是共同特徵。再者，他們與巴西社會同化程度越高，其同化之方向的多樣性，便成為煽動巴西日本人看待同胞眼光多樣化的形式。特別是第二次世界大戰期間的巴西，愛國主義者與同化主義者的決裂，將日本人社會撕裂成兩半，測度自己和他者之間距離的習性，比起任何一個「外地」而言，巴西等南美地區都是採用極端的形式，滲透進每個日本人心中。對於各種日本人庫爾茲的存在予以威脅、憤怒、或是受其魅惑。被戰後繼承的巴西日語文學（Colonia文學），持續在地球的另一面暗自追求著，描繪出外地日本人相互撫慰在亞洲的「外地」壯志未酬而被拋棄，乃至相互監視網的眼線等文學專屬的可能性。

在巴西的日本人社會中，找出適合戀愛的異性，並非難事。就像柏林的太田豐太郎被愛麗絲所吸引般，被當地的異性所纏身的日本男性也不少。然而，阻止異族通婚的壓力，往往不間斷地從日本

人社會波及過來。南美的太田豐太郎，有時也可能和巴西人過著幸福的家庭生活，也有不少時候會對南美的愛麗絲見死不救，或是置之不理。對於這樣的日本人同胞的逡巡，巴西的日語文學持續抱持著相當大的關注。那是每個巴西日本人，在人生的各個階段上，如何行使被突如賦予的自我決定權的百態，對此表示熱切關注的少數族群文學本身的宿命。在那裡沒有範本可循。登場的日本人，不斷地在範例的行列中溺斃。

如此這與從戰前殘存到戰後的「殖民地文學」像是雙軌並行，戰後的日本人作家也嘗試著前往巴西「巡禮」。高木俊朗、角田房子、大城立裕、船戶與一等，他（她）們像是被捲入異世界般，在巴西日本人之間被踢皮球，在那之中可以找到宛如引發突變的日本人進化版本，在震驚之餘，也熱衷於將此種迷宮體驗，置換成文學。

戰後日本人作家，創作以巴西為舞台的小說，乍看之下貌似容易辨識其將之以純然的異國情調寫成。然而，一旦讓巴西日本人登場，這部小說就被牽扯進「外地的日語文學」之範疇了。

我不將「外地的日語文學」這個問題，封印在過去，而是作為今日的問題重新接納。在這之外，另一方面則是想呈現把《舞姫》當作現代文學重讀的可能性。

其實，滯留在聖保羅的2002年，我應當地的國際交流基金會之邀，進行了專題演講。日本人的移民體驗和太田豐太郎的留學體驗，在思考明治以後，日本人的海外經驗之際，往往傾向於被當作兩種對極的姿態來討論，但我覺得並不是。我說，或許在西貢的港邊寫完手記的他，之後可能回心轉意回到德國，和愛麗絲一同移居巴西。早在日本人的巴西移民活動上軌道之前，19世紀大舉來到巴西的移民，就是德國（裔），以及義大利（裔）。特別是對於愛麗絲這樣德國的零落離散者而言，巴西是充滿夢想的新天地。以此為基礎，我試著闡述《舞姬》或許可能發生的續篇故事，而替我誦讀講稿的阿根廷的日裔朋友則說，你的妄想並非妄想，是真有其事。便替我舉了札幌農學校出身的農業學者，伊藤清藏這個具體的例子。畢竟，伊藤清藏博士和留學德國時彼此建立深厚信賴感的德國女性，一同前往阿根廷，利用作為德國人的特權得到廣大的土地之後，廣納從祕魯或巴西流徙到此的日本人脫耕者，而在阿根廷大獲成功，成為當地日本人社會傳說中的英雄之一。1936年，造訪布宜諾艾利斯的島崎藤村，與這位伊藤清藏博士會面的場景，記錄在《巡禮（巡礼）》一書中。

「外地的日語文學」，絕非已然塵封於過去。就像歐洲人在地球上的任何角落所做的那樣，無論前往世界的何方，日本人都能看出另一個作為分身的日本人。日本人離散在世界各地，為數之多令人驚訝。他（她）們未必肖似內地的日本人。不過，例如散步於聖保羅市內的話，普通的日本人也很容易被誤認為日裔巴西人。旁人看來並無二致。日本殖民地主義歷經半個世紀多，並未給予我們這樣的外地體驗，在亞洲地區就戛然落幕了，然而外地的確就是上述的那種場所。我在聖保羅時如此揣想。

我們對於「外地的日語文學」的關注，絕非屬於「戰後處理」的一環。我們可以從這種關注當中，發現從凝視不同質性的同胞這種他者的視角而言，外地至今仍是天選之地。我想，戰前的內地人作家被外地吸引，也並非只是出於異國情調。在我們想要測量內地日本人所含藏的可能性究竟多大時，沒有比起外地更充滿令人驚異之處的場所了。

戰後已過60年，曾幾何時，對於日本人來說，外地甚至拓及地球的各個角落。原本應當是內地日本人的人們，也不知不覺來到了放棄當日本人的境界了。

＊首次刊載於神谷忠孝、木村一信編，《〈外地〉日語文學論》世界思想社，2007年。

巴西日語文學的去向

「外地」等詞彙，如今或許已成為死語。現在，活躍於海外的日本人不少，那是為了在「外國」從事商務、援助活動和維持和平活動，並非為了發揚日本國威而奮鬥。然而，在戰敗前的日本，不消說像是臺灣、朝鮮這樣的殖民地和滿洲國這樣的魁儡國家，連進軍南方的日本人，也在爪哇、新加坡的土地上，普及日語媒體，描繪著以為會實現的「大東亞共榮圈」的夢想。以日語撰寫的文學，更為了擴展其腹地，在日語教育盛行的臺灣和朝鮮，不僅內地出身者，連在當地人之間，也出現了用日語創作文學，賭上自己民族未來的人們。這些我總稱為「外地的日語文學」。接著，這樣多樣的日語文學，一般往往認為，它在1945年的8月立即就消失如露水。而能夠留住其鳳毛麟角，繼承其系譜的，頂多是復員者和撤退者的文學，抑或是戰後留在日本的舊殖民地出身者（所謂的「在日」）文學而已。倘若巴西日本人文學，現今值得矚目的話，這也是上述這種近代日語文學的歷史當中，它屬於極其例外的種類而言。

今年（2008年）正值第一次移民巴西的近八百人出航的一百周年。把1908年的笠戶丸移民之後，到因為攻擊珍珠港而中止移住計畫的1941年這段時間，當作第一波；戰後日本復興後的1953年之後，重啟前往南美的組織性移居計畫的十數年當作第二波。這兩大高峰期，在百年間將總數25萬的日本人送往巴西。

戰前的移居者們，基本上是努力地將日本人社會移植到巴西。到了1920年代，以聖保羅為中心，日語媒體開始得見，日語文藝也開始紮根。以聖保羅為舞台的日語文學，開始跟以上海和大連為舞台的日語文學相同，以異國情調為賣點。另一方面，在開拓的土地上，描繪艱辛困苦、渾身泥濘的作風，大致上仿似描寫開拓北海道以至滿洲移民之苦難的寫實主義。簡言之，那是「外地的日語文學」的一部分。巴西的日本人當中，獲得「大東亞戰爭」的勝利之後，夢想著在日軍的壓制下前往南方，再次移居的人變少了。無法相信因為日本戰敗而「喪失外地」的「人生勝利組」的運動有著向心力，也證明了出於巴西的日本人不過是將自身理解為「外地的日本人」。

對此，戰後的巴西日語文學，正視並接受日本戰敗，也不選擇回國或是再度移居，而是選擇定居巴西的人們，這種坦然轉向的姿態，是其共通的基礎，以此尋求人生的重新出發。第二次世界大戰中，被列為敵性語言的日語，在巴西是被禁止使用的。渡過了那樣的鎮壓時代，而重新出發的巴西日語文學，已經不把巴西當作「外地」看待了。他們不是「日本人」，而是重新自我定義為「巴西的日裔人」，並稱其社會為「Colonia」。幾乎所有的第一代至今仍保有日本國籍，然而擁有巴西國籍的第二代、第三代，則是急速地與巴西社會同化、生根。「Colonia」的第一代在教養子女時，不得不放棄教養成「日本人」的方式，但是至少以傳授日語的方式，期待他們成長為「巴西的日本人」。縱然如此，那些希望大多是落空的。這樣的事態，在戰前的殖民地是不可能發生的。舊殖民地的土地上，日本人（內地人）的子女，理所當然地被當作日本人（殖民地出生的內地人）來教養。然而，巴西的第二代、第三代再怎麼樣還是「巴西人」。唯有被擁有日本國籍、身為少數族群的雙親撫養長大，這樣的成長經歷，深植子女的心中。在這之中，「Colonia文學」，主要是由支援第一代在巴西的重新出發之形式獲得成長的。描寫在新天地巴西辛酸含淚地努力適應，對於巴西的違和感的類型居於一極；而描繪在逐漸適應巴西社會的過程中，本應作為日本人成長的人們，隨著時代變遷而脫離、變貌的文學，則處於另一對極。

「Colonia文學」的興盛期，其同名的文藝雜誌以同人誌的形式，發行於1966年至1977年之間（於32期休刊）。尚且存活的戰前移民與愛好文學的戰後移民，競相提供作品。戰後移民也受到日本戰後文學的強烈影響，這並非導因於長年生活於巴西之故，打從他（她）們選擇放下戰後復興期的日本來到巴西的當下，就是有著放棄身為「日本人」的坦然轉向。雖然與早遠時期就來到的「Colonia」成員們不同，但這種坦然仍是一種成為其心理支持的力量。這兩者皆可說是賭上了「另一種日語文學」可能性的文學。

戰後，日語文學傾向於集中在以東京為中心的內地文壇，觀看這種現狀時，很容易全然忘卻其實至少在戰前、戰爭期間的日語文藝，廣泛地分散在殖民地和占領地等據點。失去這些據點，結果最後剩下的是從前日本人的移居地，尤其是聖保羅。

巴西從戰前便是被日語文學所選中的舞台之一。石川達三的《蒼氓》甚至是芥川獎第一屆得主。即便到了戰後，尋訪巴西的日本人作家，為「Colonia」日本人的存在所震攝，往往自身也著手創作以巴西為舞台的小說。北杜夫的《光輝的碧空下（輝ける碧き空の下で）》和船戶與一《山貓的夏天（山猫の夏）》等便是代表。因為以海外為舞台，因此雖然帶有異國情調，但生活走跳於當地的那些謎樣的日本人、日裔人們的姿態，不可思議地打動人心。娛樂性質的日本文學，特別會積極採用這樣的小說結構。不過，彷彿無視於這般日本文壇上「巴西描寫」的流通傳播，巴西當地的「Colonia」作家們，幾乎都正在不為人知的情況下老去、消殞著。

譬如，現在位於熊本縣宇城市的松橋町南豐崎出身的「Colonia」作家，名為衣川笙之介（Koromogawa Shonosuke）的作家，有人知道嗎？或許是意識到芥川龍之介所取的名字吧！這是筆名，本名是林田法人，1924年出生，10歲時舉家遷居。進入了開墾地的當地學校就讀，夜晚則由父親教導讀寫日語。20歲開始在汽車修理工廠擔任板金工人勞動，1980年代之後，開始著手寫詩和小說，曾發行過作品集（《南十字星的剪影（南十字星の影絵）》等）。富有獨特文風，描寫前往巴西之前的少年時代之作《樹影扶疏之日（木もれ日）》中，散見熊本腔，銘刻在移居者腦海中的故鄉光景，復甦如夢如幻。在〈Olivia〉一作當中，則是描繪了在聖保羅擔任民間治療師的日本人的活躍身影，在巴西至今仍然有許多取材自根深蒂固的巫術、民間醫療的作品，是其重大特徵。1990年代，在聖保羅，被視為最受期待的Colonia作家之一。

「Colonia文學」，現在已經進入遲暮之年。戰前移民已享天壽，而戰後移民的第一代也逐漸高齡化。第二代之後，操持日語的僅限於擁有日本留學經驗的一部份人們。1925年，桑托斯出生的第二代作家——山里アウグスト（Augusto Yamazato）則是例外中的例外。戰爭結束後隨即留學日本的山里先生，將自幼經常來自家聚會的沖繩系初期移民們的口述回憶當作底本，寫作了長篇《來自東方的人民（東から来た民）》；《七個民工（七人の出稼ぎ）》當中則描寫了日語不流暢的第2、3、4、5代民工的孤軍奮鬥。

觀察如此的現狀，作為「另一個日語文學」，維繫命脈細水長流延續至今的巴西的日語文學，處於後繼無人的狀態是無可否認的。如果有將來性的話，使用葡萄牙語的日裔作家，回顧日本移民的往日，或許還有可能。在北美，日裔的英語文學，已經確保著一定的地位。即使是巴西，近10年來，帶有多文化主義的傾向也正在抬頭，挖掘東歐的猶太裔和中東裔，以及非洲裔少數族群歷史的文學，開始提供了話題。無論如何，我們正在迎接透過翻譯接觸葡萄牙語寫成的日裔人文學的時代。

然而，在現在的時間點上，我的所思所想如下。從前，夢想著「大東亞共榮圈」的戰前日本文壇，對於日語文學的寫手的想像，不一定僅限於內地日本人。他們展望著，在臺灣有臺灣的、朝鮮有朝鮮的、滿洲有滿洲的、南方有南方的日語文學的誕生。積極地朝向「外地的日語文學」，或許會壓倒「內地的日語文學」的未來邁

進。例如，英語文學現在不只是在英國或北美、大洋洲，在非洲和加勒比海地區或亞洲土地上，也是百花撩亂、美不勝收。在法語圈也發生同樣的事態。試想，日本的狀況也是，看似因為戰敗的衝擊而中斷其命脈。原本應該作為日本人誕生的人，在新天地開始開拓全新人生及身分認同，其堅韌強力的步伐，也成為了海外移居地文學中，屢屢被當作主題的題材。

在迎接巴西移民百年的這個年度，思索被忘卻的巴西日本人足跡，極具意義。即使為了下個百年，也是至關重要的。

＊初次發表於《巴西移民百年紀念／移民文學展》，熊本近代文學館，2008年。

外地的日語文學

——兼論巴西的日語文學

1

我強烈感到必須在思考明治以後的日語文學勢力圈的擴大、據點的分散的基礎上，再次定義現在「外地」的概念。

其中之一的問題是，要如何看待在北海道、沖繩等明治維新之後，被日本整併的地區的文學。當我們將臺灣、南樺太（南庫頁島）、朝鮮半島、滿洲的日語文學，統稱為「外地的日語文學」[2]時，如此，將之稱呼為「舊日本殖民地的日語文學」，也並無太大差異。在這些土地上，他們樂天地展望著「殖民地」特有的未來，不只期望內地籍的日本人，也期待以非日語為母語的當地人參與。

2　黑川創編的《〈外地〉的日語文學選》全三冊（新宿書房，1996年），可以說是這種用語的先聲。

而且在該地的非日本人，以自身的語言創作文學時，當他面臨是否選擇，以殖民地主義宗主國的語言（日語＝國語）進行的創作並尋求活路的選項時，那正是非「內地」的「殖民地」特性了。然而，倘若如此，不將北海道或沖繩（舊蝦夷地和舊琉球王國）叫做「外地」或「殖民地」的理由之一，這些地區在戰後仍屬日本領土，來自內地的居住者並未被要求撤離，仍然由日語單一語言支配的狀態，日益持續外，並無變化。至少在這些地區，以民族語言創作，或是加入原住民族的日語文學，這些選項仍然存在著[3]。若是考量到此種狀態，我想，除了將「外地的日語文學」定義為「日語使用者生活在與非日語間不斷地接觸、鄰接關係之中所產生的文學」之外，別無他法[4]。在此我必須強調，在北海道的愛奴語和沖繩的琉球語，尚未失去其威信。

再者，另一點令人十分在意的是，明治元年的夏威夷移民之後，日本人作為外國人移住的「移居地」。在美利堅合眾國，根據移民法，1924年採取停止接受日本人移民措施的前夜，支持加利福尼亞州的日語文學的理論家翁久允，寫下這一段話，「再來的在美日本人，會終結作為移民的生活，進入成為移居民生活的時代。而且，過了20世紀的中葉，我們會從我們的子弟身上獲得了以世界性的語言——英語來寫故事的人才吧！在他們的時代來臨前，我們必須當作他們的中介者，在日本民族的傳統下，繼續吐露在他國所受

3 收錄於西成彥、崎山政毅編《異鄉之死——知里幸惠及其周邊》（人文書院，2007年）的拙論，〈雙語的白日夢〉當中，我論及了以《愛奴神謠集》聞名的知里幸惠所具有的，作為愛奴語創作者的萌芽的可能性（雖然未能開花結果）。

4 本書246頁。

的精神痛楚」[5]。此段預言，在美日開戰後，在美日本人歷經被迫遭受的嚴峻命運，正可說是應驗命中。然而，在美利堅合眾國當中，由於停止接受移民，更是助長了送出移民前往南美（特別是巴西）的動向。在南美「移居地文學」越過第二次世界大戰期間的沉默，時至戰後，也曾重啟移民，就結果而言，因而延續其生命直至今日。

例如，以百年為單位思考上述「移居地的日語文學」，若僅僅是下了不將「移居地」稱作「外地」的判斷而已的話，尚屬容易之事。在「移居地」日本人是名符其實的少數族群，即便第一代尚能接受，但是連第二代之後都繼承日語文學的可能性極低。借用翁久允之言來說，「移居地的日語文學」，無論舞台何在，都不過是「中介者」而已。可以預想得到，只要殖民地支配持續，就有可能延命，就連在非日語話者之間，都是被期望能出現「殖民地＝外地的日語文學」和「移居地的日語文學」的寫手的。而在這兩種文學之間，關於是否有對未來的展望這點，就有決定性的差異了。日本是否統治過，那之間的差異便很大，「移居地」無論在何處，皆是散佈在「外國」的「日本散落他處的領地」，而非「外地」。因此我們可以試著如是想。

然而，若以「日語使用者生活在與非日語間不斷地接觸、鄰接關係之中所產生的文學」這一範疇來探討之，則「移居地文學」，雖不能稱為「殖民地文學」，至少有可能足以包含在「外地文學」之列來思考吧！曾有人傳唱著，「我要去，你也去吧！／狹窄的日

5　翁久允《移植樹》移植樹社，1923年，16頁。

本，我可是住膩了」（〈馬賊之歌〉1922年），而日本人被這樣的歌曲煽動了逃避的衝動，這種逃避的衝動，便是日本人移居海外的通奏低音。這些移居者，「生活在與非日語的不斷接觸、鄰接關係當中」，看出以日語進行文學創造的可能性。那是將異國情調當作武器，意欲在內地文壇上，帶入新氣象的龐大野心之展現，但是這也是攸關著形成日語文學新據點的一大計畫。

大半的「移居地」日本人到了戰後仍然留在當地，並不像所謂的「殖民地」的日本人那樣，以全體撤退為前提。這件事意味著，亞洲地區的日本統治或是占領地區裡中途熄滅的「外地的日語文學」，其發展的可能性（或者在北美，因為「以世界性的語言——英語來寫故事的人才」崛起，而畢竟會被取代的「外地的日語文學」的可能性），在巴西等南美的土地上，作為移民第一代的文學，至少存活下來了。

透過將「外地」限定在「殖民地」或是「占領地」的方式，在該處地文學活動整體，就不至於因為日本戰敗而順勢僥倖地被封印在斷絕了血脈的過去之中，反而為了重新叩問或許會發生的日語文學之替代方案（alternative）的可能性，需要去關注，與北海道或沖繩這樣的內地不同，擁有著決定性相異之「前史」的土地。而且，也需要注意到至今日語創作活動仍然存續中的「移居地」。思考「外地的日語文學」時，我想要一併承擔這兩個課題。

2

作為度過相異歷史的主體，為了嘗試重新定義自身，1950年代，誕生了一個特有的概念——「Colonia」。其同人雜誌《Colonia文學（コロニア文学）》的發行（1966～1977年），可謂此一概念固定化的展現，從1908年的笠戶丸移民開始，正好歷經半世紀的1958年編纂了《Colonia五十年來的歷史（コロニア五十年の歩み）》，其中如是說：

> 那座名為戰爭的黑暗隧道，對於吾輩巴西日本人而言，曾是慘淡、不安、而且鬱悶的壓迫，作為補償，我們得到了和現實盡可能地搏鬥的自信和勇氣。雖說是戰爭期間、戰後的空白時代，但其實何嘗空白過，這不正是Colonia最充實的成長期，也是人格形成期嗎？穿越戰爭的隧道，重見青天之時，巴西的日裔人已非昔日的「滯留民」，也非「巴西的本國人」。我們是作為Colonia而成長茁壯的[6]。

所謂「名為戰爭的黑暗隧道」，總括了二段時期，共約十年的期間。一是，在偷襲珍珠灣之後，他們經歷了日本、巴西兩國斷交、駐外領事館和本國企業撤退，更甚者是在巴西被當作敵對國家子民對待，這樣的「戰爭時期」（當時在巴西的日本人，不僅身處

---

6 再次引自細川周平《在遠方所做的事物（遠きにありてつくるもの）》（みすず書房、2008年）。該書，12頁。

巴西官方勢力的監視之下，也在日本人彼此的監視體制之中，還經常發生由愛國組織發動對養蠶農家和栽種薄荷的農家縱火的事件），另一則是戰勝派和戰敗派之間的內亂，招致極度混亂的「戰後」。同樣的十年，這與內地，經歷過在以總體戰進行的「大東亞戰爭」、「太平洋戰爭」、戰爭末期、層出不窮的空襲、戰敗後的美軍佔領經驗，有著完全相異性格。而渡過這相異十年的巴西日本人、日裔人，無法單純將此期間視為「空白」。我想要說的是，這十年的期間，就是讓至今的「滯留民」意識，蛻變為「Colonia」意識足以可能的搖籃期。他們並未像舊「殖民地、佔領地」的日本人那般，踏上歸途。話雖如此，卻也沒有在全面性同化於巴西社會的選項中，找到救贖。在巴西追尋自己這群人的身分認同的答案，就是「Colonia」這個新的存在樣式。「Colonia」和日本列島的日本人已經不再共享相同的歷史了。對於戰前的日本人社會當中，占了支配性地位的皇國史觀，以及那樣的支配性民族意識形態，感到違和的人們，兩者與其自身的日本觀產生衝突，最終希望能達到作為「Colonia」的和解。這種移民社會內部的政治學，便是朝著這個概念的成立和成熟過程在運作的[7]。一邊遠觀從戰前到戰後的日本社會的走向，一面思欲從自己這群人在巴西生活過來的經驗裡，找出身分認同的根據。不是作為一個在美洲大陸和大洋洲，處於大英帝國的邊陲地帶的「外地人」，而是獲得作為美國人、澳洲人、紐西蘭人的身分認同的英語使用者，他們的現代史宛如被壓縮一

7　前引書當中的細川周平寫道，關於「Colonia」這個語彙的發生，「可以想像是因為，決意要永留巴西的認識派（失敗組）的知識人，對立於擁有強烈日本人意識的信念派（勝利組），因此想要祭出一種自我定義，因而開始使用的」（10頁）。

般，巴西的日本人、日裔人，向世人高聲宣言，他們歸屬於「另一個歷史」。

在這種新的身分認同急速被確立的動向之中，1950年代新的戰後移民的其中一群又蜂擁而至。戰後移民雖然背負著日本無庸置疑的戰敗，以及撤退經驗、被佔領經驗，但是他們這群人，卻沒有在那樣的日本內地看出他們的明朗希望，而是決定轉居另一個日本人的社會。他（她）們，將從戰前到戰後的內地、外地經驗，以接枝到「Colonia」的歷史般的形式，謀求人生的再出發。

從這樣的戰後移民當中，成為「Colonia作家」之一的，可舉Ricardo Osamu Ueki（リカルド・宇江木。1927～2006年）為例。

從滿洲來的撤退者Ueki移居巴西，是在外務省（譯註：相當於外交部）所主導的官方移民落幕之後的1974年。屬於後來的移居者，然而從他自己嘗試著將自身渡過的戰爭時、戰後經驗，與「Colonia歷史」接軌的意義上，他可以算是具代表性的「戰後派Colonia作家」之一。在文字處理機和網路普及之後，巴西的日語文學，開始不再依賴活版印刷，而是積極採用新的形態。Ueki的狀況，則是主要作品皆公開在網路上[8]。

代表作《花之碑》，描繪了一個與家長一起移居的17歲的少女，從戰爭時期到戰後的成長，並以其性經歷為縱軸，刻劃而成的歷史巨作。在此，Ueki在作品中寫進了對於從戰前延續到戰後的天皇制感到違和感時，讓幾個日本無政府主義者誤闖「Colonia社

8 收錄有《花之碑（花の碑）》等，其他主要作品共四篇。（http://www.100nen.com.br/ja/ueki/）

會」。

戰前移居海外的背景當中，常伴隨著逃避徵兵的因子。如同為人所知的石川達三在《蒼氓》（「第一部」1935年）當中就曾經大為關注。這樣的傾向可以回溯至自由民權運動的衰退，以及全民徵兵制度的導入、移民美國西海岸人數的增加，互相連動的1880年代[9]。《花之碑》的主角，被託付給在東京擔任新聞記者的叔父，及他的女性解放論者的妻子養育，是個極為進步的文學少女。雖說如此，但是對於全面壟罩著侵華戰爭期間的皇國史觀，她並未具有免疫力。然而，這名少女在移民船上認識的初戀男性則吐露道，「我並非想來巴西才來的，而是不想留在日本才來的」（第15章），是一名反戰派。再者，遷徙流轉過巴西的諸多耕地，最後在戰後的聖保羅從事新聞產業的她，雖然勇敢地投身於屬於戰勝派的男性之間，但在此之外，對之有所好感的「琉球人」，則是從美軍佔領下的沖繩，屢次偷渡，流轉到巴西的一種「亡命者」。他說，「沒有一億總玉碎（譯註：日本全民戰死）的反作用下，卻是迎來一億總白癡化〔…〕，身為日本人太可恥了，所以才跑到巴西來」（第136章）。

在戰前的巴西，「被刑警所監視的自由主義者、社會派文學青年、以迴避徵兵為目的者，這樣的知識分子們，應該是混在新移居者當中，佔了相當的數量」[10]，然而，Ueki強調現實狀況是，在戰

---

9 Yuji Ichioka（ユウジ イチオカ、市岡裕次）著，富田虎男、篠田左多江、粂井輝子日譯《一世——黎明期アメリカ移民の物語り（第一代——黎明時美國移民的故事）》刀水書房，1992年，15～18頁。

10 安良田濟《ブラジル日系コロニア文芸（巴西日裔Colonia文藝）》下卷，聖保羅人文科

後移民之中含有一定數量的廣義「亡命者」。以一個樸素的少女為主角，在其身邊配置了被皇國史觀與神州不滅的幻想附身的日本人，像是要訴說這是要凸顯她的存在。而經過與這樣的男子們的接觸之後，主角終於雀躍地昭告天下般大叫，「至今所謂天皇這個存在，我是要怎麼處理才好，我並不知道。現在我終於知道了。那傢伙據說是撒了鹽就會融化的存在」（第174章）。特別是這部作品，並非是在對於「不敬文學（譯注：冒犯日本皇族之文學）」極為不寬容的日本國內所寫，而是在「Colonia文學」的場域中才得以被撰寫，因而屬於一種「亡命文學」，也就是《花之碑》的屬性。

3

對於天皇制國家的強烈違和感，是Ricardo Osamu Ueki文學的原點。似乎是根據自身的滿洲經驗所寫的《白色火焰》當中，夾雜著獨特的黑色幽默，描繪了在蘇聯佔領下的滿洲，被強迫去服務蘇聯士兵處理性慾的日本女性，以及對此視而不見的日本人社會。無論是蘇聯士兵，或是只能聽從該命令，除此之外別無他法日本人社會的各種面向，正視並處理人類無法逃離性慾的形而下世界。這樣一部小說也可以解讀為，Ueki刻意選擇在移居巴西之後寫成，相對

學研究所，2008年，14頁。有一說，這些知識份子們，作為「移居地文學」的寫手，沒有從事較顯赫的工作，就消失了。對此，安良田濟表示懷疑。

於在戰後日本的撤退者＝被害者敘事的侷限又單一性，作為「Colonia文學」提出其特有的異議。再者，可以作為《白色火焰》的主角後傳來讀的《馬爾他的庭院（マルタの庭）》當中，從滿洲撤退後決意移居巴西的主角，可視為作者分身，和中年的德國女性意氣相投。

德國人馬爾他，在蘇聯軍解放前夜的德國，受到蘇聯士兵強暴而懷孕。其父親是納粹的下級軍官，也是屠殺猶太人的罪犯。因為恐懼被猶太人追究，於是和父親逃亡巴西。然而，為了逃離德國，因此有意識地潛入猶太人的移居組織，因為和猶太裔的男性假結婚，所以過著被該男子鉅細靡遺地追究往日種種的日子。主角從滿洲國撤退時，屢次目睹了蘇聯士兵的暴行，就像療癒馬爾他的心理那般，貫徹當一個傾聽他的告白的被選中的角色。這對男女，懷抱著日本和德國這兩個同樣抱持著戰敗國恥辱的歷史，兩人之間心意交流的主題，伴隨著以巴西這個場域的中立性為前景的口吻，巧妙地加工呈現。

在身為後發的殖民地帝國的意義上，和日本有許多共通點的德國，經歷第一次世界大戰的敗北之結果，失去了喀麥隆、坦干伊加（現在的坦尚尼亞的大陸部分）、西南非洲（現在的納米比亞）、密克羅尼西亞群島等「殖民地」，然而仍然在國外擁有著，可上溯至十字軍時代，自古以來的東方殖民的末裔。希特勒侵略東方，正是以這樣的「德意志裔人（Volksdeutsche）」的回收和保護為目標之一。再者，伴隨著第二次世界大戰終結後，東歐諸國陸續重建，這些包含「德意志裔人（Volksdeutsche）」在內的大量東歐德意志人，成了強制移居措施的對象，移居到東西分裂的德國其中一方。

然而這並非已經縮小的國土所能容納的人數，德國因此被迫和日本同樣需要尋求新的海外移居地。19世紀的建國以來，便積極接受德國人移民的巴西，在此時期也積極地廣納德國人難民，巴西南部的德國裔社群，也對此伸出援手。而且，這時候移居巴西的德國人之中，也包含著納粹殘黨和戰犯。《馬爾他的庭院》就是以巴西南部地區的如此時代狀況為基底，寫就的一部雙重的「亡命・移民文學」。

在巴西這塊土地上，從移民草創期便促使日本人和德裔移民、義大利裔移民等接觸（特別是在聖保羅州的農場上，義大利人擔任農場的支配者和管理者的狀況很普遍）。然而，德國裔或義大利裔的居民和日本人、日裔人，在第二次世界大戰下，同為軸心國國民（或者說軸心國裔的巴西人），因此處在政治警察的監視之下，有著互舔傷口的鄰居關係[11]。

所謂的「外地」是預備了日本人和非日本人邂逅的場所，這在全體「外地」而言，是共通的大特徵。例如上海的白俄人（譯註：指當年支持沙皇的俄羅斯人），或是猶太人的存在，對於在該地取材的橫光利一和堀田善衛的作品中，都佔了相當大的存在感[12]。透

---

11 譬如，增田恆河在〈第二次的乾杯（第二の乾杯）〉描繪在第二次世界大戰期間的巴西，日本人和義大利人第二代的友情，便是一例。（《巴西的日裔文學（ブラジル日系文学）》第6號，巴西日裔文學會，2000年）現在，在巴西雖然當時的治安警察（DOPS）資料已經公開，根據此資料所示，德裔、義大利裔居民的監視對象，其行動橫跨了國粹主義者、共產主義者（後者包含了許多猶太裔）兩者的政治活動。然而，日裔居民的狀況則是，專門關注不符合巴西同化政策的國粹主義者（天皇崇拜者），所謂的「赤化」並未被當作問題。

12 例如，堀田善衛的小說《廣場的孤獨（広場の孤独）》（1951年）當中描述，Tirpitz男

過與異國的「棄鄉者」，或是「祖國喪失者」的邂逅，「外地的日本人」，也開始困惑於自己或許也是「棄鄉者」或是「祖國喪失者」的想法。《馬爾他的庭院》，也可以定位在這樣的「外地的日語文學」系譜上。

4

原本戰敗前的「日語文學」，就不是以集中在東京一極的方式，而是以分散據點的形式，而陸續遂行其「發展」。台北、「京城」、大連、「新京」或哈爾濱的文壇，都應當是當時以紮根於各自的地區性的複數形式創造「外地的日語文學」的實驗場。

1930年代後半，島田謹二著手其後彙整成《華麗島文學志》的比較文學式的「外地文學」考察，他完全不顧本島人＝臺灣人的文學，專注於在台內地人的文學，摸索著如何以英語圈、法語圈、或是西班牙語圈、葡萄牙語圈的「外地文學」來對比，進而定位之的方法。他那「將作為被統治者的本島人文學，與其存在一同抹消」的態度[13]，姑且不論，但是將臺灣作為和「東京（中央）文壇」相

爵（ティルピッツ男爵）是「被納粹追殺的亡命者」，因為他是個「無論國家或是什麼，一有什麼大規模的東西，引發山崩地裂而陷落，在那現場無論何時都會在場的男人」，「即使要入境〔故國奧地利〕〔…〕，也是作為一個沒有國籍、外國籍的人進入吧！在上海的時候，就會說親戚和熟人在美國和阿根廷」（《堀田善衛全集》第一卷，1993年，330頁）。

13 橋本恭子〈關於島田謹二《華麗島文學志》的研究對象（島田謹二《華麗島文学史》の研究対象について）〉、《ポストコロニアリズム——日本と台湾〔改訂版〕》東京大

異的文學運動據點來看待的構想本身，我們是有必要給予一定的評價吧！自從我開始思索關於巴西的日語文學之後，我愈加如此確定。

> 誕生於此地的歷來作品，除卻渡航來台的少數有才者的逸作，僅剩專注耍弄外地生活之慰藉乃至作為「興趣」的短歌俳句，僅僅是amateur（譯註：業餘愛好者）的消遣，不然的話，缺乏才能的青年們，總是茲事體大地被流行弄得神魂顛倒，只是模仿每個時期每段時間的東京（中央）文壇傾向的新詩、小說罷了！回顧一看，對於東京文壇的追隨和模仿，比起在日本內地的各地區，或許這裡反倒是更加強烈。（〈臺灣文學的過現未〉，初次發表於1941年5月[14]）

在此，島田毫不掩飾對於在台內地人文學的低迷表達幻滅之情緒。相同的疑慮與自戒，在其他等同於「外地」的巴西土地上，「Colonia文學」的寫手之間，也常被舉出表明。不過，「外地」的日語文學據點，不僅潛在性地朝向獨特性，對此島田則是最為重視之處。

學比較文學比較文化研究室，2003年，187頁。橋本氏表示，我們不需要對於「抹消」了本島人的存在和文學的島田，要求他沒做的部分，反而應當是在其研究姿態中，讀出他〈對於近代日本文學史的批判〉的研究立場才有建設性。談到「外地」的文學據點，對於「東京（中央）文壇」能夠做何貢獻的話，首要的必當是對於既存「文學史」的「批判」吧！

14 島田謹二《華麗島文學志》明治書院，1995年，467頁。

究竟，「大東亞戰爭」期的「外地文學」在多大程度上，將「東京（中央）文壇」與自身對置看待呢？未來應該擔負起關於「外地的日語文學」研究一環的是，與「非內地人的日語文學」的評價判斷同列重要的，評價判斷與定位「居住外地之內地人日語文學」的工作吧！而且，當吾人要評價「Colonia文學」的時候，也正是在叩問其獨特性。

島田以他比較文學者特有的見識，對於「臺灣文學的過現未」如下抒發其胸臆。

> 請看那廣闊的世界文學史吧！並非僅止於Paris或London或東京，才盛開著文學的美麗花朵。可能是Provence，或是Ireland，或是Algérie，或是Nicaragua的土地上，生長著特異的花卉。〔…〕
>
> 故而臺灣的文學，反倒不是仿擬巴黎或倫敦的都市文學，窮究與我們自身相同立場的其他外地文學，昭示其功罪。倘若能從其中看出值得學習之處，那正可供參考，創造養成獨特的文學——至少在日本文學史上是史無前例的，而且有意義的現代文學的一種樣式——，我是如此相信的[15]。

在此，島田的念頭裡，雖然腓特烈．密斯特拉（Frédéric Mistral，1904年諾貝爾文學獎得主）的普羅旺斯，以及威廉．巴特勒．葉慈（W．B．Yeats，1923年諾貝爾文學獎得主）的愛爾蘭，

15 同前書，471頁。

或是阿爾貝·卡繆（1957年諾貝爾文學獎得主）尚未聲名遠播，但是法語作家和詩人正在顯露頭角的阿爾及利亞，以及魯本·達里歐（Rubén Darío）尼加拉瓜是吧！其中，有以西班牙語為公用語的獨立國家中美的尼加拉瓜，也有1938年才被承認獨立的愛爾蘭。再者，普羅旺斯是以巴黎為中心的法國邊陲，殖民地阿爾及利亞，開始朝向獨立正式戰鬥，是在第二次世界大戰結束之後才開始的。在此意義上，各地區的「外地」性格，不盡相同。然而，作家、詩人們很明顯地，對於從現在或過去的宗主國內部所誕生的文學，保持一定的距離，強烈地意識到「外地」特有的語言環境，並以此作風為豪。島田一面參照這些多樣的「外地文學」，一面構想臺灣這個日語文學新據點，我從他的「脫離中央」的思考當中，獲益良多。

被迫隨著「大東亞共榮圈」這個迷妄起舞的20世紀前半的「外地的日語文學」，從今天的眼光看來，似乎是尚未發育完全便胎死腹中，但是若我們注意刻劃在該處的各種徵候的話，即使從現在開始也還不晚，是十分具有意義的事。再者，我們不能忽視，從現在起由北海道、沖繩，或是南美土地上，「外地」特有的日語文學將會發芽的可能性。因為「外地的日語文學」，只要是在不阻礙「外地的非日語文學」的發展的前提之下，至今仍然作為一種可能型態，沉睡在各種土壤當中。

*初次刊登於《殖民地文化研究》第8號（2009年）。曾收錄於土屋勝彥編《越境的文學（越境する文学）》（水聲社，2009年）。

後記

本書是將這近二十年來之間，關於「外地的日語文學」的所寫、所述之文章，重新集結，編成一冊的產物。

第Ⅰ、Ⅱ部分，是重疊了文字媒體和口頭發表，並加以些許變動的論究，秉持著這樣的脈絡，使用「ですます體」（譯註：指日語中相對於書面語的正式口語）。

第Ⅲ部分，則是從2013年9月19日開始連載在臉書（〈複数の胸騒ぎ：Uneasinesses in plural〉）上的文章中，挑選出廣義的「臺灣文學」，集結而成。藉此若能多少消解一些平日光是收到餽贈大作，卻未能鄭重寫下謝函的不義，將是我莫大的喜悅。

第Ⅳ、Ⅴ部分當中，收集了前陣子發表在論文集或是雜誌類當中的文章，執筆的時間點，本來想要好好重新依據橋本恭子女士的

《《華麗島文學志》及其時代（『華麗島文学志』とその時代）》（三元社，2012年）或是細川周平先生的《日裔巴西移民文學Ⅰ、Ⅱ（日系ブラジル移民文学Ⅰ、Ⅱ）》（みすず書房，2012～2013年）、朴裕河女士的《撤退文學論序說（引揚げ文学論序説）》（人文書院，2016年），加以大幅改寫，但最終只在初次刊登的版本上加入最小限度的修正而已。

從日本戰敗經過50年的時期開始就方興未艾的後殖民研究，在日本這塊土地上可以觀察到一定的落地生根現象。然而，每當觀察到急速民主化的韓國和臺灣的文化、社會、學術的盛況，也不是沒有感受到只有日本被拋在腦後的危機感。在本書當中也大幅地介紹過的李維英雄先生和溫又柔女士這樣「邊境的日語作家」開始名聲高漲，對此，我認為我們也要努力將其定位在日本的文化、社會，以及學術之中，不可懈怠。

再者，我認為，1945年以後的「去殖民化」的進程當中，以整個地球規模來廓清究竟發生了什麼，留心將舊日本殖民地地區的後殖民地文學，與其他地區進行比較，是極為重要的。

最後，本書是日本科學研究費‧基盤研究（C）「比較殖民地文學研究的基盤整頓」（2012～2014年度，研究主持人：西成彥，研究計畫編號：24520411），以及現在正在進行的日本科學研究費‧基盤研究（C）「比較殖民地文學研究的新展開——『語圈』概念的有效性之檢證」（2015～2017年度，研究主持人：西成彥，研究計畫／領域編號：15K02462）之成果的一部分。

在日本而言，所謂的「外地」，就是「日語圈」和其他的「語圈」重合、競爭的地區。而且，日本的戰敗所帶來的「去殖民化」，看似抹消、緩和了這種「重合、競爭」，但那是經過新的人類、文化移動，重新產生出在語圈之間的角力。本書中所集結的成果雖然是與「日語圈」相關的論述，關於與「英語圈」、「法語圈」、「西語圈」等的「拮抗」，我想再重新檢視概念意義之後，另行編纂論集。

若將《雙語的夢與憂鬱（バイリンガルな夢と憂鬱）》（人文書院，2014年）當作邁向今後研究發展的「第一個里程碑」，那麼本書便是「第二個里程碑」。

在此想要感謝願意出版本書的みすず（MISUZU）書房，特別感謝編輯遠藤敏之先生。遠藤先生是從《世界文學中的《舞姬》》（『世界文学のなかの『舞姫』』，2009年）一書便擔任我的編輯至今。回想起來，或許可以說，該書是本書付梓過程中，先誕生的「先驅型態」。是我在撰寫收錄於本書的「外地巡禮」時，萌生構想，一氣呵成，並得以加入みすず書房的「理想教室系列」之一的收穫。我經常深刻地體會到，原來工作是這樣互相連結的啊！

2017年11月30日

京都市　西成彥

解說

從帝國邊境遠眺的「日本語文學」

國立政治大學
臺灣文學研究所
吳佩珍

《外地巡禮：「越境的」日語文學論》出版前，西成彥教授曾在其個人臉書發表部分文章，當時得以先睹為快。之後集結成書出版，是日本語文學與東亞比較文學研究界的一大盛事。西教授專攻波蘭文學以及比較文學，傾向將歐美帝國的「外地文學」、「殖民地文學」與「日本語文學」框架並列，解構「本質主義」的「日本文學」觀點，即使不熟悉「日本文學」的讀者也能以「對位式」的閱讀，掌握「日本語文學」脈絡。作者在第5章「外地巡禮——外地日語文學面面觀」如是定義「外地的日本語文學」：所謂的「外地的日本語文學」，是「日語使用者生活在與非日語間不斷地接觸、鄰接關係之中所產生的文學」（日文原書，264頁；本書246頁），「對作者而言，日語是母語或是母國語，或不過是由上而下被強制的「國家語」，並非是問題所在。就算登場人物只說日語，只要舞台設定在外地，便一定在以上的條件設定當中。甚至即使以內地為舞台，只要出現有外地經驗背景的人物，當下這個文學作品便承襲了「外地的日本語文學」各種特徵」（同前揭書）。

以此定義為前提，作者指出「外地的日本語文學」均透過「移動」與「越境」而形成，同時整理出「外地的日本語文學」以下的範疇（見第1章「日語文學的擴散、收縮、離散」）。1.外地與先住民文學：此處主要聚焦日本近代國民國家／帝國最初形成階段如何納入北海道，同時與愛奴民族發生接觸。「先住民文學」即是「外地日本語文學」最初的實驗結果。2.前進大陸・前進南方：當日本帝國向北方大陸、南方擴張，其移動範圍除了臺灣、朝鮮等殖民地之外，還擴及中國上海租界。各個地域的代表性「日本語文學」有佐藤春夫的〈霧社〉、中西伊之助的〈在紅土中萌芽〉、中島敦的〈瑪麗安〉、橫光利一的〈上海〉與田中英光的〈酩酊船〉等。3.海外移住的文學—北美、南美、滿州國：除了殖民地之外，當時日本人的海外移民地還包含北美、以及以巴西為代表的南美。島崎藤村的《破戒》、石川達三的《蒼氓》均屬此列。滿州是日本現代主義文學發源的聖地，滿州文學更是外地文學的翹楚。4.戰敗與全面引揚[1]：隨著日本敗戰，描寫戰地經驗、引揚過程乃至在外地出生、成長的日本人對「內地」的違和感均屬此列。如大岡昇平

1 日文的「引揚」意指日本在1945年戰敗之後，從日本帝國殖民地或戰爭期日本占領區域撤返日本內地，「引揚者」則指從「外地」撤返的日本僑民。由於「引揚者」已經成為二戰後由外地撤回日本者的代名詞，本文直接以「引揚」或「引揚者」表記因戰敗而自外地遣返，以及被遣返日本國內的日本人。

的《俘虜記》、《野火》，安部公房《終點的路標》、小林勝的《日本鬼子》與後藤明生的《夢物語》等。5.沖繩文學：琉球長久以來處於日中二國強權的夾縫中，被納入日本近代國家版圖之後，更成為太平洋戰爭期間日本唯一發生地上戰的區域。此外，也擁有廣大的海外移民。其「日本語文學」的問題意識強烈，描寫層面廣泛而多樣，如大城立裕的《雞尾酒宴會》、《諾羅艾斯帖鐵路》、東峰夫的《沖繩少年》與吉田末子的《嘉間良殉情》。7.日系文學：主要指以日系移民社會為主題的文學創作。如John Okada的《No-No Boy》描寫美日開戰後，在美日人被視為「敵性國民」而被送入集中營，日系二世被迫從軍宣示忠誠的經緯。松井太郎的《虛舟》則描寫巴西日系二世群像。7.在日文學：日本帝國崩壞後，因政治因素流亡日本，或是殖民地出身者在「內地」就此落地生根的在日作家有邱永漢、李恢成、李良枝等。《偷渡者手記》、《未竟之夢》、《由熙》描寫政權交替後殖民地臺灣出身者為逃避白色恐怖迫害而亡命日本，以及在日韓國人身在日韓夾縫的困境。

全書的基調與定義源自上述2章的建構。此外，本書對於臺灣讀者別具意義者，則是第3章「臺灣文學的多樣性」。作者透過大量的臺灣文學日譯本，從比較文學者的立場對臺灣文學展開的點評，兼具深度與廣度。從夏曼·藍波安的海洋文學，到《白鯨記》的梅爾維爾、康拉德、加勒比海詩人威爾寇特乃至石牟禮道子的《苦海淨土》聯想，將臺灣海洋文學帶向世界文學的另一個高度。他也指出黃錦樹與張貴興的馬華文學，其中去殖民化書寫的語言，「恰巧是華語」，宛如「卡夫卡的德語」，並非是「德國人的德語」般。此外，包含LGBT文學與女性文學的臺灣文學，作者認為是「少數族群文學」的集大成，也是其最大的魅力而被深深吸引。現代日語文學以臺灣為舞台者，則有津島佑子的《太過野蠻的》與李維英雄的《模範鄉》。李維英雄以日文書寫返回「故鄉」臺灣時「近鄉情怯」的心路歷程，作者指出李維「身為「西洋人」，也無意佯裝為「日本人」，但卻運用「私小說」的形式成為作家，其自身的實踐，完全可說是「在地人化」」。對照津島佑子的《太過野蠻的》女主人公的「在地化」，作者批判佐藤春夫與大鹿卓的臺灣書寫，其中日本男性的「土著化」均需要以「原住民女性」為媒介的陳腐模式。甚至借鏡凱倫白烈森的《遠離非洲》、莒哈絲的《抵擋太平洋的堤壩》與珍・瑞絲的《夢迴藻海》等西洋殖民地主義催生的最前端女性文學的經典範本，指出宗主國女性的「在地化」不僅與男性的「在地化」途徑迴異，同時具有探索獨特的殖民地主義（與男性中心主義）批判的可能性。

本書在2018年出版後，隔年旋即獲得第70回「讀賣文學賞」的「隨筆・紀行賞」，實至名歸。如今中文版問世，是臺灣讀者之福。在此鄭重推薦這本對「日本語文學」與「臺灣文學」具獨到洞見的好書，希望與大家共享這份閱讀的喜悅。

2021年9月19日

於景美溪畔

書評

將外地釋放進日語文學的可能性中

日比嘉高

名古屋大學人文學研究科日本文化學講座教授

仰望東方天空看見星光閃耀，便想起西方天空的星群，試著將兩者相提並論。在俯仰之間，巨大的振幅之中，復又加上南方以及北方群星，以對照之線加以連結。曾幾何時，滿天規模的圖像，便立體浮現。

若要加以譬喻的話，西成彥的比較文學論，便是如此樣貌。超乎想像之規模的星座配置，以出乎意料的型態浮現，引發知識上的亢奮。多麼自由而自在的描繪。

繼《雙語的夢與憂鬱》（譯註：原文《バイリンガルな夢と憂鬱》人文書院，2014）之後，西成彥在本書中，將他俯瞰星座的焦點，望向了日語文學的領域。根據西成彥的觀點，他不把外地禁閉在過去，而是關注與內地有著相異前史的土地；透過此法來重新叩問日語文學的替代方案（alternative）的可能性。

構成本書的支柱之一，是他揭示的示意圖。這足以展現日語文學的地球規模之廣度。例如下列幾章，〈日語文學的擴散、收縮、離散〉、〈去殖民化的文學與語言戰爭〉、〈外地巡禮——外地日語文學面面觀〉、〈外地的日語文學——兼論巴西的日語文學〉。

再者，其二是作者對於臺灣文學的特別關注。歷經激烈的政治性、文化性轉變的臺灣島，正因為它所處的境域，堆疊層積了許多曲折。西成彥一方面檢視在臺的臺灣人及日本人的日語作家，以及處理戰後=去殖民地化的日本作家們的創作；同時，在這座島的複雜性中，挖掘出許多契機，足供重新叩問日語文學的現實，以及「內地人」一詞的不證自明性。除了「前日本兵的返鄉」、和作為日誌寫成的Ⅲ之外，收錄了「碰觸生猛的吳郭魚肌肉」的Ⅳ當中，也好幾次提及臺灣。

其三是，論及巴西的日語文學。西成彥關注「喪失外地」這個近代日本以及歐洲的經驗，橫跨戰前及戰後，在同一塊巴西的土地上，日語文學依然持續生存著。巴西與北美並列，是具有獨特價值的場域。以Ⅴ為中心，舉凡「巴西日語文學的去向」一章等等，觸及到頗多巴西近現代的日語文學活動。

然而，我也並非對此書沒有不滿。或許是緣於他研究的形式之故，西成彥的文學論中，只出現了一等星和二等星。這些閃耀星群所受矚目的程度和作品的強度確實出類拔萃。將其強烈的光芒連結起來，便是西成彥所提示的星座配置圖。收錄在本書中的論述，由演講、論文集的序章、邀稿撰述所改寫的章節較多，或許因此也更加強了如此印象吧！然而原因不僅於此。為了發掘東西方作品的對照性，所進行的發掘工作本身，著重刻劃那些孕育作品的環境及其歷史變遷，以及共時性的廣度和厚度，就等於是放棄了以三等星、四等星和變星也同時出現的描繪方式了。兩者是一體兩面的。

然而，西成彥還是選擇了著重在比較文學式的越境性上，而非上述文學史式的厚重陳述。亦即，在論述日語文學諸例之時，試圖在其他文學（史）上找出對應物的手法。他對比的是，歐洲的戰後文學、去殖民地化過程中的克里奧文學，以及舊殖民地出身的西洋人文學者、沖繩文學、愛奴文學。

全文隨處散布著許多令讀者佇足、引發思考的用語及洞察。例如，「偽裝（なりすまし）」、語言的加法和減法、非洲大蝸牛與人類分有歷史、作為一種被疏遠的人類型態的「波蘭人」、作為戰後日本裡的「飛地（enclave）」的舊殖民地（的記憶），以及使得原本理應是內地日本人，卻不覺中放棄當日本人的外地環境等等，每一項的啟發性都十分卓越。

想要「偽裝（なりすまし）」成西成彥，並非易事。但一邊追尋其思考軌跡，一邊領略其展望的遼闊與敏銳的洞察、發光的修辭，我想本書的讀者也將對於幻想出全新的星座比較，感到躍躍欲試吧！

原載於《週刊讀書人》2018年3月16日。

「越境」文學生成的移動航跡

大東和重

關西學院大學法學部比較文學教授

書評

「巡禮」原初指的是，宗教上出訪聖地之旅。然而，也用在無關宗教意涵，踏訪對自身而言的「聖地」之旅上。電影和動漫中的聖地巡禮如此，本書的巡禮，也在於踏訪日本建設近代國家過程中，所擁有的新版圖——北海道和沖繩、臺灣、舊滿洲、朝鮮半島等的「外地」，或是日本人的移民之地巴西，這未嘗不是另一種聖地巡禮。

不過，為何作者將閱讀外地的文學，稱作「巡禮」呢？業已脫離原意的「巡禮」，對自身而言，是無可取代的聖地之旅；也像和辻哲郎《古寺巡禮》般，有時近乎一種「自我追尋」。作者留學波蘭，主要學習了東歐猶太人所使用的意第緒語，專研小泉八雲（Patrick Lafcadio Hearn）。我揣想，正是他閱讀這些在巨大歷史變動夾縫中產生的文學、非屬中心而由邊緣所生文學之經驗，推動他開始關注自身所處的日本，在外地所綻放的似錦繁花。

「巡禮」伴隨著旅行。本書中登場的臺灣的陳千武、夏曼·藍波安、生於美國的李維英雄、從朝鮮撤退回日本的後藤明生、巴西的松井太郎等，皆是被迫移動、或者選擇移動的作家。而他們的航跡，便成為文學。作者以重溯航跡為自身的課題，不僅穿越國境，也跨越語言和疆域，進行解讀。

在人文學科領域中，自從1990年開始，有為期很長的「越境」風潮。但是「越境」的文學有其價值，卻並非所有外地的文學，都很尖銳。再者，對於內地日本的鄉愁，不僅是住在外地的庶民，連作家也會被其擄獲或反彈，從越境這個視角來看的話，很容易帶有否定的意涵。浪曲和演歌裡所演繹的鄉愁，應該也有構築文化的一個面向。但是日本和日本文學，並非總是一個安住之地，因此「越境」，也可以被當作是一個展開旅行的邀請。

作者將東西方文學及研究信手拈來、左右開弓的論述，其手法之華麗，極其絢爛奪目。期盼本書是可作為巡禮當地的導覽，並成為讀者開始閱讀「外地」文學的契機。

原載於《日本経済新聞》2018年3月17日。

文學地圖的更新

——評西成彥《外地巡禮：「越境的」日語文學論》

栩木伸明
早稻田大學文學學術院英文學系教授

書評

從現代波蘭文學研究出發的西成彥，詳細地持續觀察著，相異的語言和文化接觸的時刻；或是弱勢族群語言所寫的文學，與帝國語言所寫的文學，兩相對峙的局面。在他等身的著作當中，將比較文學此一個學科訓練所潛藏的可能性，旁徵博引融入書中各處，更新了20世紀的文學地圖。

這本書冠以副標題〈「越境的」日語文學論〉，是一本將日語文學放置在東亞文學史脈絡，試圖描繪其輪廓的評論集。作者為了重新扣問日語文學所擁有的「替代方案（alternative）的可能性」，不僅探究了舊殖民地和佔領地，更論及了擁有與內地相異「前史」的北海道及沖繩。再者，「使用日語，讓自己的創作活動延續下來」的巴西等「移居地」，也在他的研究範圍。而其成果，便是在讀者眼前開展了一個「脫離中央」的多焦點文學地圖。

對於被量測的作品，作者的閱讀十分精緻而大膽。導入了「移動者文學」這個架構之後，李維英雄和楊逸、溫又柔的作家活動，所擁有的世界文學性的廣度，也躍然紙上。

透過與梅爾維爾和海明威文學的比較，我們便可以理解，石牟禮道子的《苦海淨土》是「「海洋文學的惡夢」之先聲般的作品」。將佐藤春夫訪問臺灣，聯結到路易斯安那時代的小泉八雲（Lafcadio Hearn），也與福克納的〈獻給愛米麗的一朵玫瑰花〉相互相呼應。臺灣與路易斯安那的類似性，也足以凸顯了在臺灣現代小說《太陽的血是黑的》（胡淑雯）當中提到田納西·威廉斯的戲曲《慾望列車》的必然性。

透過打開我們所忽略的場所及事物的視野，我們已知的世界構圖，也開始變化。連接場所與事物的網絡型態，也戲劇性地蛻而變之。本書當中富含了關於日語文學這些變貌的報告，享受發現的衝擊與樂趣的權利，並非作者獨享。讀者也受邀可以依照各自的興趣與關心置換主題，參與發現的過程。

例如專研愛爾蘭文學的我，對於本書針對愛奴文化指出，缺乏「照亮漫長黑夜的燈火」之處，我不由得將其置換成愛爾蘭語的問題來閱讀。再者，作者指出鷗外小說《舞姬》的主角和情人愛麗絲，有過一同移居巴西的可能性。攬觀此一解讀，讓我不禁想重讀喬伊斯的短篇小說〈伊芙琳（Eveline）〉。因為少女「伊芙琳」雖然被束縛在麻痺之城都柏林，但她也曾有過移居到布宜諾艾利斯的可能之故。

原載於《現代詩手帖》61卷7號，2018年7月。

《外地巡禮：「越境的」日語文學論》書評

書評

三須佑介
立命館大學大學院尖端綜合學術研究科教授

本書是統整「外地」的「日語文學」之論述的集結，也是榮獲第70屆讀賣文學獎（2019年）「隨筆・紀行」部門獎項的著作。不僅具有充分的學術價值，同時也是一部優質的文學紀行。[1]

所謂「外地」，是指「國外的土地。特別是指相對於日本的本土，日本將之作為殖民地統治的北韓・臺灣・滿洲等的舊領地」（《明鏡國語詞典》第2版）。如同作者所言，「已然成為死語」（日文版8頁，中文版10頁），「外地」一詞，確實有著已經走入歷史化之印象。然而，作者將之當作是「帝國日本」的餘音，撿拾

1　在撰寫此文之時，依管見已有2篇書評問世。（日比嘉高，2018；大東和重，2018）

了上述「外地」裡「日語文學」的多重聲音，並且豎耳傾聽在「日本文學」的框架下，所無法企及的替代性（alternative）文學的可能性。之所以這麼說，是因為本書一貫地意識著「語圈文學」之邊陲。在這層意義上，與其說是「閱讀文字」，不如說是「聽其音聲」，更能模擬作者的姿態。

本書由5個部份構成，內容如下。I是〈日語文學的擴散、收縮、離散〉；II〈去殖民化的文學與語言戰爭〉、〈前日本兵的返鄉〉、〈原住民文學的嚆矢——關於《胡耆魔犬記》的評價〉；III是〈臺灣文學的多樣性——2016年7月～10月的每日紀錄〉；IV〈碰觸生猛的吳郭魚肌肉〉、〈島尾敏雄的波蘭〉、〈女性們的張口結舌〉、〈後藤明生的「朝鮮」〉；V是〈外地巡禮——外地日語文學面面觀〉、〈巴西日語文學的去向〉、〈外地的日語文學——兼論巴西的日語文學〉。

I〈日語文學的擴散、收縮、離散〉是堪稱本書總論的一篇講演記錄。首先不禁被他的問題意識包羅範圍之廣所震攝。舉凡，作為原住民與愛奴族；以至於帝國日本進軍大陸與南方，以及和當地居民的接觸；北美、南美、滿洲國等海外移居地；戰敗與撤退；沖繩、北美和南美的日裔社會；在日外國人等。他揭示了一幅示意圖。這幅圖，宛如與帝國日本的變化並行前進，由於「日語文學」因獲得外地而擴散，復又因為喪失外地而收縮、離散。「形構出「東亞文學史」之一部分的「日語文學」之「輪廓」」（日文本31頁，中譯本32頁）。作者如此的構想，也連貫了後續的各章分論。

II〈去殖民化的文學與語言戰爭〉中提示了，對被殖民者而

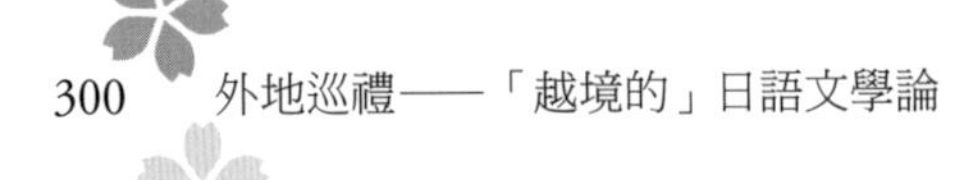

言，獲取知識，與立基於此以醞釀（對於帝國的）抵抗意識，在此二元背反的情境下，「帝國」的語言，是被需要的。在去殖民地化的過程中，它被如何運用？關於此點，特別是戰後的臺灣，「帝國」語言不像在朝鮮半島的那般，單純地被排除而告終，因而使得身為被殖民者的臺灣人的語言，再次被迫轉為弱勢的立場。本書不僅細緻地論述此般複雜境況，同時，也在論及殖民地情境下的文學語言的選擇問題時，諸如對於臺灣的各種語言之向量，加深了「本土化」的可能性；並指出作為「通用語（lingua franca）」的北京官話的向量，則蘊藏著與世界華人網絡相連的可能性。「前日本兵的返鄉」一文中，聚焦在帝國日本的被殖民者（非內地人）的離散者（diaspora）問題。臺灣和沖繩的青年被迫出征南方，在描繪了其「戰後」的文學當中，作者打撈並非歸屬於日本人這個多數族群（majority）的青年們的自我認識，抽絲剝繭分析出文學作為「帝國日本」餘音的可能性。〈原住民文學的嚆矢〉之中，則是針對殖民地文學，特別是原住民的文學的類型化，將北海道（愛奴族）和臺灣對照論述，並且探討由內地人偽裝成原住民的文學作品、鶴田知也的《胡奢魔犬記》。作者並不批判他的偽裝，反而是評價他控訴對原住民的暴力性、以及作為愛奴系統的日語文學嚆矢的貢獻。

Ⅲ〈臺灣文學的多樣性——2016年7月～10月的每日紀錄〉含有「日誌」，我想Ⅲ正是本書的核心吧！在此，作者將臉書（「複数の胸騒ぎ（複數的心驚膽跳）：Uneasinesses in Plural」）上的連載文章裡，挑選出「廣義的「臺灣文學」」（日文版301頁，中文版281頁）。以研究者和作家與研究及作品的因緣為起點，本書作者的思考縱橫無盡地擴散開來，散發著實驗場般的興味。譬如，從原住民作家的夏曼·藍波安的海及魚群的描寫，來發出何謂「海洋文學」的詰問。行文從《白鯨記》的梅爾維爾，以至於加勒比海出身的詩人威爾寇特，再轉到石牟禮道子的《苦海淨土》。宛如牢記海圖的鳥，從上空俯視海洋，依照興趣制定目標，輕快地接近魚而掠捕之。當我閱讀這有節奏地重複俯瞰和凝視的文章時，尚未被發現的研究可能性漸次立體，塑造出一種體驗新知的感受。日誌裡沒有具體的日期，僅註記星期幾，也讓我意識到，他的思考和思索並非以線性（linear）進行，而是呈現循環的螺旋狀。其中列舉的文學作品，從原住民，到性別少數，他的重點也集中在臺灣文學中較邊緣（marginal）的部分。不過，其中最有趣的是，作者關注溫又柔和李維英雄，這類在日語文學和臺灣文學的邊界上的存在。這或許是他的比較文學範圍之廣，所達到的成果。撰評者的我，也由此獲得諸多知性的啟發。再者，本書（日文版）的封面照，是台北的「二二八紀念館」。此地的重層性，也與臺灣文學的眾聲喧嘩（polyphonic）的聲響有關。此建築物位於過往日本統治時代稱為「新公園」的休憩場所，建築物本身則是前NHK台北分局。「帝國日本」餘音繚繞的此地，戰後，不僅在二二八事件中發揮了重要功能，也演變為白先勇小說中，所描寫的男同志相遇的場所。著實是象徵「臺灣文學的多樣性（Diversity）」之處。

Ⅳ〈碰觸生猛的吳郭魚肌肉〉，帝國日本的擴張引發新移動的可能性，及非洲大蝸牛作為其犧牲的寓意來談起，並且論及目取真俊的文學作品中，戰時和戰後的沖繩。〈島尾敏雄的波蘭〉，則將戰爭經驗作為契機，將〈波蘭人性格〉做為銜接點，在島尾的作品裡，拆解出彷彿殖民地主義殘渣的男歡女愛。嚴格來說，波蘭絕非所謂的「外地」，然而，若將波蘭當作鏡子，島尾自身的「帝國日本」記憶，便得以閃現。〈後藤明生的「朝鮮」〉的論述，也揭示戰後的後藤作品，是一種對於「帝國日本」的外地（故鄉）記憶進行的追溯體驗。前者論及地理性的、後者論及時間性的溢出常軌和變形，並分析因此生發出「外地之日語文學」的可能性。再者，作者舉出Theresa Hak Kyung Cha的《Dictee》，嘗試讓發話之前的女性聲音歸檔為例，在〈女性們的張口結舌〉一章當中，也可讀出作者策略性地藉以闡述「外地之日語文學」的表現形式裡的溢出常軌性和可變性。

V之中的三篇論述，一方面定義了上述分論之後，定義了何謂「外地日語文學」。特別是以巴西的「Colonia文學」為例，內容展望了「外地日語文學」未來的可能性。其中蘊藏著在「日本文學」的框架中，絕對無法產生的替代性文學的創作現場，涵納著「日語文學」的可能性。作者將「外地的日語文學」定義為「日語使用者生活在與非日語間不斷地接觸、鄰接關係之中所產生的文學」。還有，日語對於作家而言，「無論日語是母語或是母國語，不會去過問，這不過是由上強加而來的「國家語言」罷了」，只需「擁有外地經驗背景」（日文本264頁，中文版246頁）的人物登場即可。在此其實無需重新拿出上述的各篇論述，我想作者對於「語圈文學」的意識，以及對其境界或邊陲的關心，可以說是本書的通奏低音。然而，一說到「巡禮」，我卻會想像在聖地或靈場繞境，想要獲得恩寵的宗教行為。不過，這絕非單單僅止於繞境昔日遺構而已。一面追尋「外地日語文學」的先人足跡（=過去）；一面對話，並且凝視現在與未來。輕快闊步於比較文學森林的語調背後，我也不禁感受到內蘊在這個聲音之中的那真實呼喊。

參照文獻

1. 日比嘉高（2018）〈將外地釋放進日語文學的可能性中〉《週刊讀書人》，3231號，2018年3月16日。

2. 大東和重（2018）「《越境》文學生成的移動航跡」《日本經濟新聞》，2018年3月17日。

原載於《立命館アジア・日本研究学術年報》1號，2020。

西成彥《外地巡禮：「越境的」日語文學論》書評

三木直大
廣島大學總合科學研究科名譽教授

書評

本書集結了論文和演講稿，以及臉書上的論述和散文、筆記，並非一開始就設定主題寫作而成的。然而這樣的方式，卻反而將作者思考的輪廓，如臨現場地現前。對於日語文學發生場景的追溯之旅，更擴及沖繩、北海道、朝鮮、臺灣、「滿洲」以及巴西。而這也是「巡禮」此一書名的由來。其中，作者在臉書〈複數的心驚膽跳（複数の胸騒ぎ）：Uneasinesses in plural〉中連載的臺灣文學每日紀錄，佔了將近一半的篇幅。在其他的論述當中，臺灣也屢屢登場，因此堪稱是一冊作者的臺灣論。

關於臉書的文章，若是曾經閱讀過〈複數的心驚膽跳〉的讀者，應該記憶猶新。其讀書體驗宛如跟作者思路一同前進，比起論文體裁的文章，更具有閱動的韻律感，十分引人入勝。雖然稍微令人感到驚訝的是，有些文章幾乎如實轉載自臉書，不過作者在某個對談當中，曾經提過德勒茲和德里達所寫的文章，與其說是論文，不如說幾乎皆是隨筆。他並不拘泥於起承轉合的結構，而是隨著文氣流動構築思考。這種文章，是西洋哲學家經常採用的體裁（《昴（すばる）》2015年11月號）。因此這是作者版的「隨筆」，而將之如實收錄其中，則是出自於作者自身的展望。

此書分為5個部分。其中，作者關心的問題意識核心，得到極其邏輯性的闡發，正式書名同名之作「外地巡禮——外地日語文學面面觀」。在此，作者將外地的日語文學，定義為「日語使用者生活在與非日語間不斷地接觸、鄰接關係之中所產生的文學」。並以此為前提，更在另一方面賦予「外地」明確的時間、空間的限定。這點在「「外地的日語文學」，擁有著擔負著大日本帝國野心的帝國主義性的文學的一面」，這一句闡釋中，便足以象徵。接著第一部分的〈日語文學的擴散、收縮、離散〉當中，彷彿「擴散、收縮、離散」這些詞彙如實展示，我們可以讀出在作者心中，佔據「外地日語文學論」的核心之處，有著「撤退文學論」的存在。再者，「外地」也是評論的一種方法。既然有「外地」這個存在，就一定有「內地」，反之亦然。「比較文學」的觀點，將文本在越境性當中展讀的觀點，與「巡禮」一詞緊密結合，而擴大了外地的空間。再者，此書的「外地」一詞當中，甚至蘊含了後殖民主義性／後帝國主義性的成份。形成一種透過定義「外地」，讓作家和讀者所內化的「內地」浮現出來的架構。

接著第三部分的〈臺灣文學的多樣性〉當中，當然討論了殖民地時期的日語文學，而且更展翅翱翔於原住民文學和性別少數族群文學，論述了當代的多樣性（diversity）臺灣文學。然而這個部分和其他部分有所不同，對於討論的對象，並未賦予時間上的限定。相對於較屬於「比較文學」性的其他部分，如同在此冠上「臺灣」之名的緣故，作為一種「外國文學論」的聲線，較為明顯。事實上，筆者之所以想寫本書的書評，是因為作者宛若提出了他歷來的臺灣文學論之總結，而我在文本閱讀的方法上，獲益良多之故。關於臺灣，作者的關心觸及廣泛，其中之一是指出，李維英雄的日語小說，也擁有臺灣文學特徵這點。

李維英雄在臺灣的眷村（模範鄉），渡過了他的幼少年時期。這個過往，對他的文學世界，有著巨大的影響。他以日語將此記憶化為作品。《模範鄉》即是一本象徵此點的作品，其中談論到的趣聞軼事，是無法讓任何「國民性的記憶」所收編的。若借用作者的話，那也正是臺灣文學的一種特質，而正是這般融通無礙的語氣，喚醒了自己讀書體驗，不禁悠然忘卻時間而入迷。接著疑問也閃過腦海。對於李維英雄而言，臺灣是他返鄉的一個異鄉，那麼為了去尋找成長時期的臺灣景物，而前往的中國，對於他而言，又是怎樣的一個異鄉呢？如果將《模範鄉》當作臺灣文學的話，對於筆者而言，李維英雄描繪了中國改革開放路線開始不久後，初次造訪的北京，勾勒回憶中當時泥土氣味的《我的中國》一書，也不就可以成為中國文學了嗎？而且，李維英雄的文學，可以是日本文學，也可以是美國文學……。當然仿造作者的思考架構來說，李維英雄的文學，可以說以上皆是，也可以說以上皆非吧！而且我認為由此推想，對於李維英雄而言，何謂「外地」、「內地」這個疑問，也會躍然紙上。然而，另一方面，卻也並非沒有令人遲疑卻步之處。在筆者而言，我從中國現代文學開始研究閱讀，接著拓展我的讀書領域到戰後臺灣文學，關於殖民地時期日語文學，我也一直有意識地抱持著的立場是，將「臺灣文學」當作「外國文學」來解讀。定位它是一種「可以用日語閱讀的外國文學」。當然，如果筆者出生在戰前日本的話，就無法當作「外國文學」來閱讀，但是「外國文學」這個概念，和近代國民國家這個想像共同體的成立，密不可分。於是，我們就會想問，「臺灣文學」概念及其本身，其成立究竟如何形成？因為這是屬於極其政治性的分類，因此，日語文學和中文（華語）文學這些範疇，反而比較有融通性。然而即便在如此狀況下，「日語」和「中文（華語）」都無法從「國家語言」解脫自由，或許也有來自於轉載臉書的限制，關於這方面的示意圖，較難單從此書領會。

再者如果要思考「日語文學」的多樣性，而使用「外地」和「內地」等詞彙的話，關於中文（華語）文學，也可以進行相同的論述。那可以是中華人民共和國的中文（華語）文學，即便是在身為「流亡政府」或是「兩個中國」之一的中華民國（臺灣）而言，也同理可證。即便用以分析臺灣，外地和內地，並非只有外省人系統的漢語文學和本省人系統的漢語文學而已，也分枝為非漢人的漢語文學，和東南亞華人華語文學。當然要以中文（華語）情境，來論述「小說的單一語言使用」的情況，則會變成「越境的」中文（華語）文學論的功能，而非是「越境的」日語文學論的任務。作者關於這樣的分支化，也列舉夏曼·藍波安等的原住民文學來闡述，或者言及史書美的「華語語系文學論」，來將「熱帶文學」當作素材，討論「去華人化」與「再中國人化」等議題。正因如此，讓我感到更在意關於漢語標準語的說法。作者將「北京官話（Mandarin）」，定位為漢語的共通語，來討論臺灣的語言狀況。然而，「北京官話」是清末時期以前的稱呼，是王朝公用語。此外，「普通話」，是中華人民共和國的語言政策的專有名詞，也是中華人民共和國的「國語」，和單純的漢語「標準語」，在涵義上有所不同。在戰後臺灣的「國語」，是中華民國的「國家語言」，不言自明。在1949年以後的中國語圈的地政學的語言地圖上，有兩個系統。

作者在此書中，經常反複使用「北京官話」一詞，來指稱中文標準語，是為了明示「國語」和「普通話」，都是起源自「北京官話」的一種「帝國語言」，可以理解這是為了聚焦臺灣的「語言戰爭」，而將中文（華語）配置進和臺灣（諸）語言及原住民語的對照當中。然而，即便如此，在中國和臺灣，現代漢語也有相當歧異的演變。若將「國語」等同於「普通話」，那麼其實作者高度評價島田謹二《華麗島文學史》，將臺灣看作與中央相異的文學運動據點的構想，可能也會出乎作者意料之外，導致臺灣文學論本身，被回收在mainland（內地）與臺灣或東南亞（外地），這種片面性的構圖當中。

原載於《植民地文化研究：資料と分析》17號，2018年5月。

國家圖書館出版品預行編目資料

外地巡禮：「越境的」日語文學論/西成彥著；謝惠貞譯.
-- 初版. -- 臺北市：允晨文化實業股份有限公司, 2022.03
面；　公分. -- (允晨叢刊；172)
ISBN 978-626-95094-4-7(平裝)
1.日本文學 2.文學史

861.9　　110019652

允晨叢刊 172

外地巡禮
——「越境的」日語文學論

作　　者：西成彥
譯　　者：謝惠貞
校　　對：謝惠貞、魏妤珊、吳怡潔
發 行 人：廖志峰
執行編輯：簡慧明
美術編輯：劉寶榮
法律顧問：邱賢德律師
出　　版：允晨文化實業股份有限公司
地　　址：台北市南京東路三段21號6樓
網　　址：http://www.asianculture.com.tw
e－mail：ycwh1982@gmail.com
服務電話：(02)2507-2606
傳真專線：(02)2507-4260
劃撥帳號：0554566-1
印　　刷：中茂分色製版印刷事業股份有限公司
裝　　訂：聿成裝訂股份有限公司
初版日期：2022年3月

補助單位：
JAPANFOUNDATION

定價380元
ISBN：978-626-95094-4-7